KNAUR

Über die Autorin:
Steffi von Wolff, 1966 geboren, ist eine bekannte und beliebte Bestsellerautorin humorvoller Frauenromane. Am liebsten schreibt sie ihre Bücher auf einem Boot in Dänemark, auf dem sie mehrere Wochen im Jahr verbringt. In der übrigen Zeit lebt sie mit ihrem Mann in Hamburg.

Steffi von Wolff

Das legt sich wieder

Roman

Besuchen Sie uns im Internet:
www.knaur.de

Aus Verantwortung für die Umwelt hat sich die Verlagsgruppe Droemer Knaur
zu einer nachhaltigen Buchproduktion verpflichtet. Der bewusste Umgang mit
unseren Ressourcen, der Schutz unseres Klimas und der Natur
gehören zu unseren obersten Unternehmenszielen.
Gemeinsam mit unseren Partnern und Lieferanten setzen wir uns
für eine klimaneutrale Buchproduktion ein, die den Erwerb von
Klimazertifikaten zur Kompensation des CO_2-Ausstoßes einschließt.
Weitere Informationen finden Sie unter: www.klimaneutralerverlag.de

Originalausgabe April 2020
Knaur Taschenbuch
© 2020 Knaur Verlag
Ein Imprint der Verlagsgruppe Droemer Knaur GmbH & Co. KG, München
Alle Rechte vorbehalten. Das Werk darf – auch teilweise – nur mit
Genehmigung des Verlags wiedergegeben werden.
Redaktion: Catherine Beck
Covergestaltung: Isabella Materne
Illustrationen im Innenteil von Shutterstock:
Krabben: graphic-line;
Möwen: MicroOne; Segelboot: Dima Oris
Satz: Adobe InDesign im Verlag
Druck und Bindung: CPI books GmbH, Leck
ISBN 978-3-426-52417-6

2 4 5 3 1

1

*München, Kanzlei Laurenz & Laurenz,
Juni 2019*

»Ich bin der liebste und beste Mann, den eine Frau sich nur wünschen kann«, jammerte der korpulente Mann im etwas zu engen Anzug und einer indiskutablen Krawatte. Sie war erbsfarben mit rosa Schweinchen drauf. Geschmackloser ging es kaum.

»Natürlich.« Betty nickte automatisch. »Möchten Sie einen Kaffee? Doktor Laurenz wird gleich da sein. Er ist noch zu Tisch.«

»Nein, keinen Kaffee. Seit der Trennung spielt mein Magen verrückt. Butter vertrage ich auch nicht mehr. Ich brauche Tabletten gegen das dauernde Sodbrennen. Mein Therapeut sagt, das ist alles die Psyche. Also rülpst quasi meine Seele vor lauter Kummer. Der Körper sucht sich ein Ventil. Fünfundzwanzig Jahre waren wir verheiratet, Vroni und ich. Das ist ein Vierteljahrhundert. Und dann, auf der Silberhochzeitsfeier, können Sie das glauben, sagt sie: ›Das war's, Johannes. Das war's. Ich will die Scheidung.‹ Vor allen Leuten sagt sie das.«

»Oh, es muss sehr schlimm sein für Sie.« Betty, die schon seit etlichen Jahren in der Kanzlei Laurenz & Laurenz am Empfang arbeitete, hatte schon viel gehört und viele getröstet. Sie war für alle Männer – die beiden Anwälte, die Zwillingsbrüder Gero und Leif Laurenz vertraten nach zwei gescheiterten Ehen grundsätzlich keine Frauen – die erste Ansprechpartnerin und brachte den Mandanten Kaffee, Tee,

Cola oder auch mal einen Schnaps, wenn alles zu schlimm wurde. Und schlimm wurde es meistens, deswegen hatte sie immer einen Vorrat da.

Der Mandant, ein wohlhabender Hotelbesitzer aus Starnberg, ließ sich in einen der Sessel fallen. »Vroni«, hab ich gesagt. »Vroni, was redest du denn da?« Giselher Heidinger seufzte.

»Und?«, fragte Betty pflichtbewusst und drehte sich von ihrem Bildschirm weg. Die Klageschrift musste eben warten, der Mandant war wichtiger.

»Es würde ihr reichen, hat sie gesagt. Sie hat keine Lust mehr auf mich. Ich hab ihr alles geboten, wissen Sie, alles. Ein schönes Haus mit Schwimmbad, sie hatte ein Cabrio, das hab ich natürlich auch bezahlt, sie hatte genug Geld für ihren ganzen Kosmetikkram und Wellness, und wie das alles heißt, und in der Maximilianstraße war sie Stammgast. Die kannten da in den Boutiquen alle ihre Namen, und jetzt ist das alles nicht mehr gut genug für die feine Dame.« Er schnaubte.

Das war nun der Moment, den Betty nur zu gut kannte. Erst waren die Männer traurig und weinerlich, dann kippte die Stimmung, und sie wurden giftig. So wie Giselher jetzt.

»Da schuftet man sein Leben lang, um der Familie ein angenehmes Leben zu bereiten, und das ist dann der Dank. Meine Frau verlässt mich während der Feier.« Er schlug auf die Sessellehne. »Wissen Sie, was die gekostet hat? Der Michael Käfer musste natürlich das Catering machen. Hundert Leute waren eingeladen. Familie, Freunde, Geschäftspartner. Ganz orientalisch, wie in Tausendundeiner Nacht sollte es sein. Na bravo. Wissen Sie, was das gekostet hat?«, wiederholte er.

»Nein«, sagte Betty und schielte auf die Uhr. Zehn nach

zwei. Konnten die Chefs nicht mal pünktlich sein? Beide kamen und gingen, wann sie wollten, und Betty konnte sich dann immer Geschichten ausdenken. Wenigstens zahlten sie ihr ein anständiges Gehalt, obwohl sie keine volle Stelle hatte, sondern nur vier Tage arbeitete. Den Freitag hatte sie freihaben wollen, um wenigstens mal ein bisschen Zeit für sich zu haben. Immer am Freitagmorgen, wenn die Kinder zur Schule gefahren und ihr Mann Holger in die Redaktion geradelt war, setzte sie sich je nach Jahreszeit mit einer Tasse Kaffee entweder auf den Balkon oder an den Küchentisch, um einfach mal die Stille zu genießen. Diese Viertelstunde war immer so schön. Sie dachte über den Tag nach, was anstand, dann telefonierte sie hin und wieder mit Susanna oder Caroline, ihren allerbesten Freundinnen aus Kindertagen, die leider beide weit weg wohnten. Susanna in Hamburg und Caro in Bad Homburg bei Frankfurt. Aufgewachsen waren sie alle drei im Hamburger Stadtteil Winterhude, und seit sie im Kindergarten in die Mäusegruppe gekommen waren, hingen sie zusammen wie Pech und Schwefel. Ihre Freundschaft zu dritt war nie überschattet von »drei sind einer zu viel«, sondern immer nur beleuchtet von »nur zu dritt sind wir vollständig«. Susanna, Betty und Caro fragte man nie einzeln, sondern immer nur »Kommen Susanna, Betty und Caro auch?«, »Ich wollte dich, Caro und Betty einladen« oder »Vergesst Betty, Susanna und Caro nicht«.

Die drei waren eine Einheit, obwohl sie nach außen hin so unterschiedlich waren, auch später noch: Susanna, die große blonde Kühle, die immer ein wenig unnahbar wirkte, Designerkleidung und teuren Schmuck liebte, aus reichem Elternhaus stammte und immer alles besser wusste als die anderen. Caro, die Burschikose, Sportliche, Laute und Engagierte, die sich unheimlich für die Umwelt einsetzte, früher bei Osterdemos mitgelaufen war und »Hopp, hopp, hopp, Atomraketen stopp! Frieden schaffen ohne Waffen!« gerufen hatte und allen anderen ständig erzählte, dass sie keine Plastiktüten mehr benutzen sollten. Und Betty, die kleine, süße, familienorientierte, die für jeden da war, für alle Schulfeste Kuchen und Torten fabrizierte, freiwillig sonntagmorgens um halb acht bei Starkregen die Fahrdienste zu Fußballturnieren übernahm und die Schlüssel von allen Nachbarn hatte, damit die Blumen die Urlaube überlebten und die Post reingelegt wurde.

Die drei waren mittlerweile fast fünfundvierzig Jahre alt. Sie hingen zwar nicht mehr täglich zusammen, schon wegen der Entfernung nicht, aber sie verstanden sich ganz wunderbar und trafen sich mehrmals im Jahr zu Geburtstagen oder Konfirmationen der Kinder.

»Sagen Sie doch auch mal was!«, forderte Giselher nun lautstark und aggressiv. »Das ist doch alles nicht richtig. Geliebt hab ich sie, die Vroni, ach, ich lieb sie ja immer noch, wissen Sie, so eine Ehe, die wirft man doch nicht nach so langer Zeit weg. Im Alter wollten wir eine Weltreise machen und lange in Kenia bleiben, bei den Löwen ... alles vorbei. Weil Vroni endlich leben will. Das hat sie gesagt. Können Sie sich das vorstellen?« Nun wurde Giselher rot. Jetzt war er am springenden Punkt angekommen.

»Dieses Miststück. Keinen Cent kriegt die von mir«, brüllte er.

»Nun sprechen Sie doch erst mal mit Doktor Laurenz«, versuchte Betty ihn zu beruhigen. »Danach geht es den meisten Mandanten viel besser.«

Giselher stand auf. »Mein Lebenswerk lass ich mir von dieser ... dieser Schlampe nicht ruinieren. Mit einem winzigen Hotel hab ich damals angefangen, jetzt sind es über zehn. Das muss man erst mal schaffen, muss man das erst mal. Von wegen hinter jedem erfolgreichen Mann steckt eine kluge Frau. Gar nix hat die Vroni getan, um mich zu unterstützen. Nur mein Geld hat sie ausgegeben. Mit vollen Händen. Schade eigentlich, dass wir nicht nach Kenia fahren, dann hätt ich sie den Löwen zum Fraß vorwerfen können, das hätte sie verdient, wenn Sie wissen, was ich meine.«

»Nun beruhigen Sie sich doch bitte«, sagte Betty, weil Giselher mittlerweile selbst aussah wie ein Löwe. Sein gelbliches Haar stand ihm wirr zu Berge, er hatte die Zähne gefletscht und stand schnaubend vor ihr, bereit zum Sprung.

»Geld will sie, die Vroni. Mein Geld! Das ist Raub! Diebstahl ist das.«

»In der Rechtsprechung nennt man das Zugewinn«, erklärte Betty, was ein Fehler war, denn nun begann Giselhers Halsschlagader anzuschwellen.

»Wir reden hier nicht von tausend Euro!«, brüllte er. »Wir reden hier von weit mehr Geld. Ich bring die Schlampe um, ich bring sie um. Wissen Sie eigentlich, wo die her ist, die Vroni? In Wien hab ich sie aus dem *Babylon* rausgeholt, aus dem größten Puff. Wie dumm war ich eigentlich. Für das, was die mich gekostet hat, hätte ich jeden Tag eine andere …«

»Guten Tag, Herr Heidinger.« Leif Laurenz war da.

Gott sei Dank, dachte Betty.

»Hat unsere Frau Martinius sich gut um Sie gekümmert?«, fragte Leif freundlich. »Aber ja, sicher hat sie das. Nun kommen Sie mal in mein Büro, Herr Heidinger, und die Frau Martinius bringt uns einen schönen Klaren oder auch zwei, und dann erzählen Sie mir alles der Reihe nach. Kommen's bitte, mei, jetzt beruhigen wir uns erst mal.« Er schob Giselher vor sich her und zwinkerte Betty zu. Die wusste, dass sie jetzt die Flasche mit dem Himbeergeist aus dem Eisfach holen musste, und dann würde sie sich einen Kaffee machen. Diese Mandanten waren teilweise unerträglich, und Betty hatte heute sowieso keine gute Laune. Als sie heute Morgen in ihren Kosmetikspiegel mit der achtfachen Vergrößerung geschaut hatte, musste sie feststellen, dass die Krähenfüße sich schon wieder vermehrt hatten. Holger lachte immer über den Spiegel. »Der ist doch gar nicht wirklichkeitstreu«, sagte er.

»Er sagt die Wahrheit«, war Bettys Meinung.

»Aber Schnuppi, niemand sieht dich in achtfacher Vergrößerung.«

»Trotzdem. Ich werde alt«, hatte sie gesagt.

Während Betty den Behälter der Schweizer Kaffeemaschine mit Bohnen füllte, musste sie wieder daran denken. Ich werde alt. Himmel. Sie war vierundvierzig. Ihre Oma, die immer noch lebte, war jetzt siebenundneunzig und noch fit. Ihre Mutter war siebzig und ebenso fit. Alle Frauen in der Familie haderten mit ihrem Gewicht, und das setzte sich bei Bettys Tochter Lisa ebenso fort. Sie machte jede Diät, die sie auftreiben konnte, trotzdem hielt sich jedes Kilo zu viel hartnäckig. Betty hatte sich schon früh damit abgefunden, niemals eine Modelfigur zu haben. Sie war recht klein, hatte braune, halblange Locken, die sich zu keiner Frisur formen ließen, da konnte sie machen, was sie wollte, und Grübchen in den Wangen, was jeder »total süß« fand.

Sie wählte einen Cappuccino, drückte dann auf Start, und die Maschine fing an zu arbeiten, was einen Höllenlärm verursachte. Betty hasste diesen Kaffeevollautomaten. Meistens blinkte irgendwas, und man musste erst etwas tun, bevor man Kaffee bekam. Außerdem war die Maschine arrogant und zickig und machte, was sie wollte, was zur Folge hatte, dass sie sehr oft nicht machte, was Betty wollte. Und ständig wurde die Milch in dem Behälter sauer, weil alle immer frische Milch zur alten kippten und den Einsatz nie säuberten.

Letztens hatte Betty eine Doku über Frauen gesehen, die mit Mitte vierzig noch mal neu angefangen hatten. Eine hatte sich von ihrem Mann getrennt, der ein notorischer Fremdgänger gewesen war, und sich auf Ibiza mit gehäkelten Kindermützen selbstständig gemacht. »Endlich fühle ich mich frei und bin angekommen«, sagte sie strahlend in die Kamera, und ihre knallrot gefärbten Haare flatterten im Wind. Sie trug eine ihrer gehäkelten Kindermützen, was irgendwie grotesk aussah. Die andere hatte einen Indianer kennengelernt und wohnte nun mit dem in einem kleinen Kaff irgendwo in Mexiko. Der Indianer ging sogar selbst auf die Jagd, und die Frau zerlegte dann die Beute. Sie, die aus dem schicken Prenzlauer Berg in Berlin gekommen war, wollte gar nicht mehr anders leben und zeigte stolz ihre blutigen Hände. Die dritte Frau hatte sich ein Segelboot gekauft und war damit allein auf Weltreise gegangen. Ach, das Segeln. Das war früher so schön gewesen. Susannas mittlerweile verstorbene Eltern hatten ein 38-Fuß-Boot besessen, die *Subeca*. Als Betty, Susanna und Caro noch in Hamburg gewohnt hatten, waren sie oft gemeinsam unterwegs gewesen, und Betty und Caro hatten von Susannas Eltern sogar den Segelschein spendiert bekommen. Das Boot war gekauft worden, als die drei noch unzertrennlich gewesen waren, und so waren Susannas Eltern auf die Idee gekommen, den Schiffsnamen aus ihren drei Vornamen zusammenzusetzen. Die drei hatten sich wahnsinnig gefreut. Jahrelang waren sie während der Sommerferien sechs Wochen lang mit der *Subeca* unterwegs gewesen. Die ganzen friesischen Inseln hatten sie abgeklappert, die *Subeca* hatte eine Badeplattform, und wenn

Susannas Vater, Hein zu Olding, gerufen hatte: »Badezeit!«, hatte er die Plattform heruntergeklappt, und die Mädchen waren in die Nordsee gesprungen. Mit der *Subeca* konnte man trockenfallen: Das Meer zog sich bei Ebbe zurück, und irgendwann stand das Boot auf dem Meeresboden. Sie hatten im Matsch gespielt, und etwas weiter weg hatten sich die Seehunde gesonnt. Dann war das Meer langsam wieder zurückgekommen, und wenn die *Subeca* wieder schwamm, waren sie weitergesegelt in den nächsten Hafen, oder sie hatten irgendwo geankert. Es wurde gegrillt, und Alida zu Olding, Susannas Mutter, hatte Zitronensirup mit Wasser aufgefüllt, was köstlich schmeckte. Mittlerweile waren Susannas Eltern schon ein paar Jahre tot. Hein hatte einen Autounfall gehabt, und Alida war kurz darauf krank geworden und ebenfalls gestorben. Die *Subeca* lag, soweit Betty wusste, immer noch in Hamburg. Aber gesegelt war wohl lange niemand mehr auf ihr. Schade eigentlich.

Betty nahm ihren Cappuccino und kehrte an ihren Arbeitsplatz zurück. Eigentlich war das doch eine gute Idee. Sie könnten … ihr Smartphone vermeldete eine SMS. Sie kannte die Nummer nicht. »Liebe Betty, ich bin am Mittwoch geschäftlich in München. Ich würde dich sehr gern sehen. Gehst du mit mir essen? Julius.«

Julius? Sie kannte nur einen Julius. Julius Harding aus Berlin. Eigentlich aus Hamburg. O Himmel. Julius. Nein, nein, nein. Sie hatten doch was ausgemacht vor sechzehn Jahren, als sie sich zum letzten Mal gesehen hatten. Betty stellte die Tasse ab und merkte, dass sie zitterte. Es könnte natürlich auch jemand eine falsche Nummer eingegeben haben. So was passierte ja. Aber es wäre schon ein großer Zufall, wenn jemand aus Versehen dann auch noch ihren Namen kannte.

Es musste der, ihr Julius sein. Außerdem erinnerte sie sich jetzt an die Nummer. Julius gehörte zu den Menschen, die ihre Handynummer nie wechselten. Er hatte immer noch 0171 und dann eine gut merkbare Zahlenfolge.

Aber sie hatten ausgemacht, dass sie nie wieder Kontakt aufnehmen würden. Und jetzt schrieb er ihr. Warum? Sie würde ihm absagen. Natürlich würde sie das.

Das Telefon klingelte.

»Kanzlei Laurenz, Marti...«

»Ich mach ihn fertig, das können Sie ihm ausrichten!«, keifte eine Frauenstimme.

»Wer ist denn da bitte?«

»*Wer ist denn da bitte?*«, äffte die Stimme sie nach. »Mein Nochmann sitzt bei Ihrem Chef, und die beiden beratschlagen wohl gerade, wie sie mich am schnellsten und billigsten loswerden können, aber das können Sie Giselher sagen, nicht mit mir. Ich lasse diesen Schwachkopf am ausgestreckten Arm verhungern. Was für eine Armseligkeit, mir einen Privatdetektiv auf den Hals zu hetzen. Glaubt der, ich bin so blöd und merk das nicht? Ich hab...«

Betty tat etwas, was sie noch nie getan hatte, wenn eine wütende Mandantenehefrau anrief: Sie legte einfach auf. Sie zitterte immer noch. Warum hielt Julius sich denn nicht an die Abmachung?

»Mama, willst du mich eigentlich umbringen?«, fragte Lisa ihre Mutter, als sie am Abendbrottisch saßen.

»Ja«, antwortete Betty, und Lisa sah erschrocken auf.

»Natürlich will ich dich umbringen«, sagte Betty. »Seit siebzehn Jahren probiere ich es immer wieder, leider ist es mir noch nicht gelungen. Aber ich werde es weiter versuchen. Was ist es denn diesmal? Wie versuche ich dich denn heute zu töten? Mit Gelbwurst?« Betty ging die SMS nicht aus dem Kopf, und ihre Tochter nervte sie. Seit dieser SMS nervte sie alles.

»Mit Kalbsleberwurst«, sagte Lisa. »Weißt du, wie viele versteckte Fette in Kalbsleberwurst drin sind? Das machen die Hersteller ganz klug. Wenn man Kalb und Leber hört, denkt man, das ist fettarm.«

»Ich denke das nicht«, sagte ihr Bruder Jan. »Ich denke einfach nur: Das ist Wurst.«

»Ach du.« Lisa wandte sich wieder ihrer Mutter zu. »Hundert Gramm Kalbsleberwurst dieser Sorte haben über sechzig Prozent Fett. Und Kalb ist kaum drin. Schwein ist drin. Also überwiegend.«

»Dann iss halt keine.« Betty nahm sich eine Scheibe Corned Beef. »Ich begehe gerade Selbstmord«, sagte sie. »Weil hier bestimmt auch versteckte Fette drin sind.«

»Wäschst du vorher noch meine Sportsachen?«, fragte Jan. »Ich hab am Wochenende ein Fußballturnier.«

Nach dem Abendessen war Holger wie jeden Montagabend zu seiner Bandprobe gegangen. Gemeinsam mit drei Freunden spielten sie in einem Kellerraum alte Hits der Beatles und Stones und traten hin und wieder in Kneipen auf. Für Holger war das ein Ausgleich zu seinem Job als Textchef einer Wohnzeitschrift. Die Kinder waren in ihren Zimmern, und Betty goss sich ein Glas Rotwein ein, zog ihre Strickjacke an und setzte sich auf den Balkon, den sie mit Terrakottakübeln und Fackeln geschmückt hatte. Die Blumen blühten, der Efeu wucherte vor sich hin. Die Juniabende waren hin und wieder noch kühl so wie jetzt, aber wenn sie die beiden Standfackeln anmachte, ging es. Sie verbreiteten schönes Licht und angenehme Wärme. Unter ihr unterhielten sich die Leute auf der Straße, sie hörte eine Frau lachen und einen Hund bellen. Der Himmel war sternenklar.

Nein. Sie durfte Julius nicht treffen. Das war nicht gut und nicht richtig und viel zu gefährlich. Himmel, es war so lange her. Wie kam er nur darauf, sich jetzt bei ihr zu melden? Die ganzen Jahre war wie vereinbart Funkstille gewesen. Das brachte alles durcheinander.

Ihr Leben war doch gut, so wie es war. Holger würde dieses Jahr fünfzig werden, sie würde ihm eine große Feier ausrichten, so wie sie das immer an den Geburtstagen tat. Selbst gebackene Kuchen, Pasteten, kalter Braten und schöne Salate würde es geben, dazu ihr eigenes Dinkelbaguette, das alle so liebten. Sie würden im Klubhaus von Jans Fußballverein feiern, und alle würden sich wohlfühlen und sie für die tolle Organisation loben. So wie immer.

Und so würde sie auch weiterleben. Sie war zufrieden, es war okay mit Holger, seit weit über zwanzig Jahren schon. Betty und Holger hatten sich an der Uni kennengelernt. Holger hatte einen Kommilitonen abgeholt, der gerade mit Betty aus der Uni rausgekommen war. Betty wurde bald schwanger und hatte das Jurastudium abgebrochen. Lisa kam auf die Welt, und dann drehte sich alles erst mal um die kleine Tochter. Holger war mittlerweile Textchef eines Wohnmagazins und verdiente ordentliches Geld. Nachdem ihr Sohn Jan auf der Welt war, fing Betty an, bei Laurenz & Laurenz zu arbeiten.

Sie nippte an ihrem Wein. Ihr ging es doch gut. Sie hatten eine schöne Fünfzimmerwohnung in der Nähe des Viktualienmarkts, ihre Kinder waren gesund, sie selbst und ihr Mann auch. Ihr Leben verlief zwar ohne große Vorkommnisse, aber das war völlig in Ordnung so. Sie fuhren in den Sommerferien in ihr Ferienhaus auf die dänische Insel Fanø, hatten ein schönes Auto, konnten Geld für die Altersvorsorge zurücklegen, und für die Ausbildungen der Kinder war auch gesorgt. Betty hatte außer ihren engsten Freundinnen Susanna und Caroline, die weiter weg wohnten, hier in München einige nette Bekannte und Freundinnen, sie ging regelmäßig zum Yoga, war Elternbeiratsvorsitzende in der Schule und Schriftführerin in Jans Fußballverein.

Holger und sie verstanden sich wirklich, was nach so langer Zeit auch nicht selbstverständlich war.

Sie waren ein gutes Team.

Betty nahm noch einen großen Schluck. Ein gutes Team. Wollte man das mit seinem Mann sein? Müsste da nicht mehr sein als ein Team? Was war zum Beispiel mit der Liebe?

Liebte sie Holger noch?

Was für eine dämliche Frage sie sich da stellte. Sicher tat sie das.

Wirklich?

Das Telefon klingelte. Betty stand auf und ging ins Wohnzimmer, um das Handgerät zu holen. Es war ihre Mutter.

»Bettykind, hab ich dich geweckt?«

»Mama, die *Tagesschau* hat noch nicht mal angefangen. Es ist also noch sehr früh am Abend. Wieso solltest du mich denn geweckt haben?«

»Es hätte ja sein können. Du hattest ja durchaus mal Phasen, in denen du früh zu Bett gegangen bist.«

»Ja, Mama, als die Kinder klein waren und ich nachts mehrfach aufstehen musste.«

»Siehst du. Das habe ich nicht vergessen. Bettykind, stell dir vor, ich habe mich verliebt.«

»Was?« Betty holte ihr Weinglas und ging in die Küche, um es noch mal zu füllen.

»Ja. Wer hätte das gedacht! Und weißt du, wo ich ihn kennengelernt habe? An der Tiefkühltruhe im EDEKA. Hattest du mir nicht mal erzählt, dass viele Singles ihren Partner im Supermarkt kennenlernen? Ist ja auch egal. Jedenfalls stand ich beim Blattspinat. Ich wollte mir abends Lachs braten und brauchte noch ein dazu passendes Gemüse und da ...«

»Mama! Du weichst ab!«

»... ich esse ja abends keine Kohlenhydrate mehr, aber Gemüse geht ja immer. Ich brate mir zum Blattspinat immer Zwiebeln an, das musst du mal machen, das schmeckt ganz hervorragend. Einfach ein bisschen Butter oder Olivenöl zerlassen und dann ...«

»Mama!«

»Schon gut, schon gut. Jedenfalls stand er beim Blätterteig. Das muss auch mal jemand begreifen, diese Anordnung der Lebensmittel in den Supermärkten. Was hat denn bitte Blätterteig beim Blattspinat verloren? Ist ja auch egal. Jedenfalls fragt er mich, gnädige Frau, fragt er, wissen Sie, wo ich Morcheln finde? Das hat er gesagt.«

»Und dann?« Betty goss sich Wein nach.

»Also, er hatte so einen niedlichen englischen Akzent, ach, du weißt ja, wie ich diesen Akzent liebe. Dieses British Upper Class, oder wie das heißt. Ich sagte, dass er die Morcheln beim Gemüse findet, nicht in der Tiefkühltruhe. Dann sind wir gemeinsam zur Obst- und Gemüseabteilung gegangen und dann ... ich muss mich sammeln, Kind.« Bettys Mutter atmete schwer. »Dann stellte sich heraus, dass es keine Morcheln gab. Eine Frechheit, so was. Da haben die die im Angebot diese Woche, und dann ist es gleich ausverkauft. Ich sage dir, das sind so Fangangebote. Die wollen natürlich, dass die Kunden in den Supermarkt kommen. Locken tun die die Kunden, wenn du mich fragst.«

So war ihre Mutter. So war Gertrud schon immer gewesen. Die Oma war nicht besser mit ihrem ausschweifenden Geschwätz, ohne mal auf den Punkt zu kommen. Betty betete zu Gott, dass sie später nicht auch so wurde.

»Kind, bist du noch dran?«

»Ja. Wenn du jetzt bitte …«

»Ich war erstaunt, dass du mich nicht unterbrichst«, sagte Gertrud. »Also jedenfalls gab es keine Morcheln, und jetzt kommt aber das Allerbeste: sein Name.«

»Wie heißt er denn?«

»Torin McGillivray!«, schmetterte Gertrud. »Er entstammt einem alten schottischen Clan aus den Highlands!«

»Oh …« Nun war Betty in der Tat ein wenig ehrfürchtig.

»Wenn ich ihn heirate, heiße ich Gertrud McGillivray!« Nun klang Gertrud wie eine Vierzehnjährige, die ihre erste Liebe ehelichen wollte. »Wir waren essen! Kind. Formvollendet, der Mann. Er kennt sich mit Wein aus. Und weißt du, was mich ganz wuschig gemacht hat, als wir uns abends trafen?«

»Wuschig gemacht?« Betty hätte nicht gedacht, von ihrer Mutter mal solche Wörter zu hören.

»Ja. Deine Mutter ist noch nicht scheintot. Torin trug einen Kilt. In seinen Clanfarben!«

»Oh …« Das fand Betty nun doch auch gut.

»Mir geht es so gut wie lange nicht. Ich werde mit ihm nach Edinburgh fliegen. Er will mir alles zeigen. Irgendwie ist er auch mit der Queen verwandt.«

»Oh. Wie aufregend.«

»Ja. Morgen geht es los.«

»Was? Du kennst ihn doch kaum!«

»Ich habe keine Zeit mehr zu verlieren. Kennenlernen kann ich ihn auch auf dem Flug. Mir läuft das Leben davon. Ich muss jeden Tag nutzen.«

Eine halbe Stunde später saß Betty wieder auf dem Balkon. Mittlerweile hatte sie das dritte Glas Wein getrunken und holte ihr Smartphone hervor. Da war sie. Die SMS von Julius.

Nein, nein, nein. Es war falsch, falsch, falsch.

Sie rief Susanna an. Mailbox.

Sie rief Caro an. Keiner ging ran.

»Ja«, sah sie sich schreiben. »Sehr gern.«

Und plötzlich, auf einmal, hatte sie das Gefühl, das Richtige getan zu haben.

2

*Hamburg,
am selben Abend*

Susanna war stolz auf sich. Sie hasste Sport, und Laufen am meisten, aber so schnell war sie noch nie um die Alster gerannt. Völlig außer Atem schloss sie die Haustür auf, zog ihre Laufschuhe aus, ging in die Küche und holte sich ein Wasser aus dem Kühlschrank. Dann ging sie die Treppe hoch ins Badezimmer und drehte das Wasser über der kupfernen Wanne auf. Nach dem Laufen zu baden, war für sie das Größte. Rickmer war heute Abend mit irgendeinem Kunden essen und hatte schon gesagt, dass es spät werden würde, also hatte sie die Stunden ganz für sich allein. Sie machte das Internetradio an und suchte einen Klassiksender. Dann gab sie Badesalze und ein Öl ins Badewasser und zündete die großen weißen Kerzen an, die vor einem italienischen Barockspiegel standen. Susanna hatte das Badezimmer ganz nach ihrem Geschmack eingerichtet. Die Wände waren türkis und golden gefliest, das Waschbecken war smaragdgrün, die Bodenkacheln zartblau. Überall standen Kerzen in goldenen Haltern, den großen, verschnörkelten Spiegel hatte sie bei einem Antiquitätenhändler in Paris erstanden. Einen alten Waschtisch hatte sie um das Jugendstil-Waschbecken bauen lassen, und für Kosmetik und Handtücher stand hier ein großer alter Rollschrank, wie man ihn früher für Akten benutzt hatte. Über der Wanne hing ein Stillleben, auf dem Muscheln, eine Weinkaraffe und Seesterne zu sehen waren. Aus den Boxen erklang jetzt Vivaldi. Herrlich. Susanna zog sich aus, löste ihr Haar und betrachtete sich aufmerksam im Spiegel. Nein, ihre vierundvierzig Jahre sah man ihrem Körper nicht an. Der Sport, zu dem sie sich zwang, zahlte sich aus. Sie war schlank, durchtrainiert und hatte, worauf sie sehr stolz war, nicht auch nur den Ansatz eines Hängebusens. Gut, sooo groß waren ihre Brüste nicht, aber trotzdem. Ihre Freundin Betty klagte immer darüber, dass alles anfing zu hängen. Susanna hatte rechtzeitig gegengesteuert. Sie ging laufen, machte Krafttraining und trank kaum Alkohol. Sie sah top aus mit ihren langen, blonden, leicht gewellten Haaren, den blauen Augen und der guten Figur. Und wie schön, dass sie genug Geld hatte, um sich ausschließlich Markenkleidung leisten zu können. Rickmer, ihrem Mann, gehörte eine Unternehmensberatung, und das Geld floss in Strömen, weil die Firma einen extrem guten Ruf hatte und sich vor Aufträgen kaum retten konnte. Auch etliche Preise hatten sie schon gewonnen. Einmal war Rickmer sogar auf dem Titel des *Manager Magazin* gewesen, da war er sehr stolz gewesen. Als Susanna, die Public Relations und Marketing studiert hatte, mit Desiree schwanger war, hatte sie ihre PR-Agentur verkauft, die ebenfalls sehr gut gelaufen war. Diesen Erlös und auch das Geld aus mehreren Schenkungen ihrer reichen Eltern, die keine Lust hatten, das ganze Erarbeitete dem Finanzamt in den Rachen zu schmeißen, steckte Susanna in die Unternehmensberatung von Rickmer.

Ein Jahr später kam Philippa, und direkt nach der Geburt ließ Susanna, deren Familienplanung nun abgeschlossen war, sich den Bauch straffen, was sie aber keinem erzählte. Aus irgendwelchen Gründen hätte sie es als Niederlage empfunden, das zuzugeben. Es war doch viel besser, wenn sie sagte, dass sie viel Sport trieb und sich gesund ernährte. Das beeindruckte mehr. Susanna war es wichtig, Menschen zu beeindrucken. In dieser Hinsicht war sie sehr ehrgeizig, sie brauchte es einfach, bewundert zu werden.

»Susa ist unsere Schönheitskönigin«, hatten Betty und Caro immer gesagt, und damit hatten sie recht. Wenn Susanna in einen Raum kam, trat sie nicht einfach so ein, sie schwebte mit Grandezza hinein und hielt bei ihren Untertanen Hof. Sie wusste genau, wie hinreißend sie aussah und wie sie auf andere wirkte: Die Männer hatten auf der Stelle Fantasien, in denen ein Bett und viel Zeit eine tragende Rolle spielten. Die anwesenden Frauen wünschten Susanna mindestens die Pest an den Hals und beschlossen insgeheim, noch besser auf ihre Männer aufzupassen.

Susanna liebte es, im Mittelpunkt zu stehen. Sie kam zu Partys gern zu spät und genoss ihre Auftritte in engen schwarzen Seidenkleidern oder in einem Hosenanzug aus schillernden Pailletten. Sie verstellte sich nicht. Susanna war einfach so. Schön. Sexy. Begehrenswert. In Susanna verliebten sich alle Männer, und Susanna verliebte sich nie; ihr war das zu anstrengend. Aber sie ließ sich gern zum Eis oder Essen oder ins Kino einladen. Mehr lief nicht.

»Willst du eigentlich als Jungfrau sterben?«, hatte Caro an Susannas achtzehntem Geburtstag gefragt.

»Nein, aber ich spare mich für den Richtigen auf«, lautete Susas Antwort. Wie ihr erstes Mal ablaufen sollte, hatte sie schon minutiös geplant. An einem Wochenende sollte es stattfinden, und ihre Eltern müssten verreist sein. Es musste Winter sein, denn sie wollte den Kamin anmachen. Alles sollte ganz romantisch sein, mit wunderschöner Musik und Liebesschwüren.

Als sie Nils kennenlernte, war Hochsommer, und ihr erstes Mal fand auf einem Liegestuhl am Pool von Nils' Eltern statt. Susanna hatte ein bisschen zu viel Hoffnung in die Romantik gelegt und war enttäuscht, auch weil Nils nichts richtig und irgendwie alles falsch machte. Am wenigsten romantisch war die Tatsache, dass sie, nachdem sie aus dem Liegestuhl aufgestanden war, rückwärts in das von Nils' Mutter liebevoll angelegte Kakteenbeet stürzte. Nils musste sie mit seinem Mofa ins Krankenhaus fahren, und Susanna hatte die ganze Zeit geschrien. Sie behauptete jahrelang, dass mit Sicherheit Kakteenstacheln durch ihren Körper wandern würden.

Aber endlich konnte sie mitreden, jetzt, da sie ein so glamouröses erstes Mal gehabt hatte.

Nun ließ sich Susanna in die Wanne gleiten und dachte darüber nach, was sie zur Hochzeit einer Freundin anziehen sollte. Unten hörte sie einen Schlüssel in der Tür. Ihre jüngere Tochter kam nach Hause. »Haaaallo!«, rief Philippa.

»Bin in der Wanne!«, rief Susanna zurück, und kurz darauf ging die Musik in Philippas Zimmer an. Ihre Jüngste hörte gern Songs aus den 80ern. »Last Night A DJ Saved My Life« sangen Indeep, und Susanna sang mit und gegen Vivaldi an. Den Song kannte sie auswendig. Die 80er und 90er waren herrliche Jahrzehnte gewesen. In den 80ern waren sie so jung gewesen und in den 90ern immer noch wild und unberechenbar durch die Diskotheken gezogen. Sie hatten die Nacht zum Tag gemacht, und am nächsten Morgen sah man es ihnen nicht mal an.

Doch Susanna trauerte den alten Zeiten nicht hinterher. Jetzt war es auch schön, wenn auch anders. Und sie musste die Nächte nicht mehr durchmachen. Sie war mit Rickmer verheiratet, war glücklich und hatte zwei hübsche Töchter, die ihren Weg gehen würden. Ihr ging es gut, sehr gut sogar.

Susanna lächelte die mintfarben gestrichene Decke an. Morgen würde sie in die Gärtnerei fahren, sich nach Blumen für die Terrakottakübel umsehen und der Haushaltshilfe sagen, dass sie die Gartenstühle aus Teak aus dem Gartenhaus holen und einölen sollte. Und sie würde in der Stadt nach einem Outfit für Melanies Hochzeit schauen. Dann könnte sie am Hafen beim Frischeparadies Gödeken vorbeifahren und Austern kaufen, und dazu zwei Flaschen Muscadet. Sie könnte die Austern auch gratinieren und mit Pariser Butter und Grapefruit anrichten. Ihr würde schon was einfallen.

Susanna schloss die Augen. Ihr Leben konnte so bleiben. Alles war gut.

*Bad Homburg im Taunus,
zur selben Zeit*

Im Gegensatz zu Susanna liebte Caroline Sport. Sie konnte nicht genug davon bekommen und schüttete beim Joggen regelmäßig Endorphine aus, die ihr ein Runner's High bescherten. Regelmäßig erzählte sie Susanna und Betty davon, und Betty sagte immer, es käme einer Körperverletzung gleich, Schwärmtiraden über die Freude an Bewegung zu hören. Seitdem sie denken konnten, trieb Caro Sport und ernährte sich von allen am gesündesten. Sie war mittelgroß, schlank, sehnig und unfassbar durchtrainiert. Ihre halblangen, fast schwarzen Haare band sie fast immer mit einem Haarband zurück, sie kleidete sich stets sportlich und trug nie hohe Schuhe, weil das Gift für die Füße war. Gewichtsprobleme hatte Caro noch nie gekannt. Sport und Bewegung waren für sie schlicht das Größte, und nur wenn sie richtig durchgeschwitzt war, empfand sie Glück. Dann strahlten ihre großen graugrünen Augen.

»Caro ist unsere Indianerin«, hatte Susannas Mutter Alida immer gesagt, weil Caro im Sommer am schnellsten dunkelbraun wurde. Ihr schwarzes Haar glänzte wie lackiert, und an Fasching ging sie – wie auch sonst – als Squaw.

»Ein bisschen Laufen würde dir auch gut tun«, sagte Caro immer zu Betty. »Zehntausend Schritte am Tag sind das Minimum.«

»Ich gehe in der Kanzlei schon mehr«, sagte Betty daraufhin böse. »Also erzähl mir nicht, dass Bewegung schlank macht. Ich bin da eine Ausnahme.«

»Bewegung und verminderte Kalorienzufuhr«, erklärte Caro dann. »Ritter Sport und Gorgonzolatoasts durch Kohlrabi und Fenchelknollen ersetzen. Dazu noch drei Liter stilles Wasser täglich, und du wirst sehen, wie die Pfunde purzeln.«

»Oh, und den Wein lasse ich dann aber auch weg«, fügte Betty noch hinzu, und Caro nickte dann immer. »Alkohol hat so viele Kalorien. Und verhindert die Fettverbrennung.«

»Darauf einen Merlot«, sagte Betty giftig.

»Was macht eigentlich deine Cellulitis?«, wollte Caro dann süffisant wissen, Betty sagte gar nichts mehr, und Susanna fand es herrlich, wenn die zwei sich kabbelten.

So war es immer, wenn sie zusammen waren.

»Philipp!«, rief Caro nun. »Hast du Latein gelernt? Ich hör dich gleich ab.«

»Ey, Mama.« Ihr Sohn war fünfzehn und in der Alles-scheißegal-Eltern-sind-eine-Zumutung-und-duschen-auch-und-überhaupt-ist-es-meine-Sache-ob-Pizzareste-unter-meinem-Bett-verschimmeln-Phase.

»Keine Diskussion!«, kam es streng von Caro. »Und hast du deine Spange getragen?«

»Ey, chill mal, ja?«

Caro seufzte. Wo war ihr Sonnenschein geblieben, das kleine, hilflose Bündel Mensch, das sich vertrauensvoll an sie gekuschelt hatte und nicht ohne Licht einschlafen konnte? Es war gemeinsam mit Benjamin Blümchen und den drei Fragezeichen in irgendeinem Nirwana verschwunden. Dafür kam aus irgendeiner Kiste ein Giftzwerg geklettert, der alles scheiße fand und Eltern als schädliche Insekten betrachtete, die es verbal und mit Blicken zu vernichten galt.

Caro war müde. Und alles in ihr war leer. Dazu waren ihr die Kunden heute auf den Keks gegangen. Caro arbeitete halbtags in einem Fitnessstudio und hatte dort schon gekündigt, weil sie mit ihrem Mann Tom eine zweite Filiale eines Sportartikel- und -bekleidungsgeschäfts eröffnen würde und dann dort arbeiten sollte. Das schon bestehende Geschäft lief gut, und sie und Tom hatten das ausführlich besprochen. Ihr Mann freute sich sehr darauf.

Sie auch, um ehrlich zu sein. Caro war immer mehr genervt von nölenden Kunden und den Weibern, die sie teilweise so von oben herab behandelten. Aber natürlich war sie immer freundlich und zuvorkommend. Der Kunde war König.

Sie setzte sich an den Küchentisch und nahm automatisch ihr Smartphone. Dieser Ledermantel bei Zalando war ja wohl wirklich der Hammer. Und so günstig. Es gab nur noch zwei in ihrer Größe. Er würde wunderbar zu den hellbraunen Wildlederstiefeln passen, die sie sich kürzlich bestellt hatte.

Der Mantel war von 1200 auf 700 Euro runtergesetzt, quasi ein Schnäppchen. Caro legte das Smartphone weg und holte sich eine Cola light aus dem Kühlschrank. Wenn man es genau nahm, hatte sie genügend Mäntel und hätte auch die Stiefel eigentlich nicht gebraucht. Aber sie waren auch so günstig gewesen. Sie sah sich den Mantel noch mal an. Jetzt war nur noch einer in ihrer Größe da.

Caro schloss kurz die Augen. Mist.

3

München, kurz vor 19 Uhr

Betty saß in einem Biergarten an der Isar und sah sich um. War es blöd, dass sie zuerst hier war? Sah das so aus, als würde sie ihm nachlaufen oder es nicht abwarten können, ihn zu sehen? Sie war in der Tat viel zu früh hier gewesen, einfach weil sie es daheim nicht mehr ausgehalten hatte. Um sieben waren sie verabredet, und jetzt war es zehn vor. Niemandem hatte sie etwas erzählt. Das Geheimnis mit Julius kannte keiner. Nicht einmal Caroline und Susanna. Bei aller Liebe zu ihren besten und längsten Freundinnen hatte sie das immer für sich behalten. Niemand, wirklich niemand wusste davon.

Julius und sie kannten sich schon seit der Schulzeit, und als sie fünfzehn und Julius sechzehn gewesen war, hatte er Betty gefragt, ob sie mit ihm gehen wolle. Sie schwebte im siebten Himmel, denn Julius Harding war ein Mädchenschwarm. Er sah ein bisschen aus wie ein Mitglied aus einer der ersten Boygroups, den Namen der Band und des Mitglieds hatte Betty mittlerweile vergessen. Zwei Jahre waren sie und Julius zusammen gewesen, dann hatte er Abi gemacht und war zum Studieren in die USA gegangen. Natürlich kam Betty mit zum Flughafen und weinte bittere Tränen, und natürlich schwor man sich, täglich zu schreiben und wöchentlich zu telefonieren.

Weg war er. Anfangs schrieben sie sich heiße Briefe und schworen sich ewige Treue, aber wie das meistens so ist, werden die Briefe kürzer und die Abstände größer, und irgendwann hat man das Gesicht des anderen nur noch verschwommen vor Augen, denkt mit ein bisschen Wehmut an früher und geht dann weiter durchs Leben.

Dann gab es plötzlich das Internet, Stayfriends und werkennt-wen, und alle möglichen Leute von damals tauchten auf. Einer bildete eine Klassengruppe, und schwupps, war es wieder wie im Klassenzimmer, sogar alte Lehrer wurden aufgetrieben, die in milder Güte von den Schandtaten einiger Mitglieder sprachen beziehungsweise die schlimmen Geschichten posteten. Natürlich kam irgendwann der Vorschlag: »Wir müssen ein Klassentreffen organisieren.« Betty hatte eigentlich keine Lust, doch dann tauchte auf einer Plattform Doktor Julius Harding auf, und alles war anders.

Natürlich fingen sie an, sich zu schreiben, und natürlich ging es um damals, und beide konnten nicht mehr verstehen, »dass man sich so aus den Augen verlieren konnte«.

»Ich war lange in New York«, hatte Julius geschrieben. »Dort hab ich auch geheiratet, ich schick dir mal Fotos von mir und meiner Frau.« Es folgten Bilder einer wahnsinnig schönen, dunkelhaarigen, dünnen Frau, die melancholisch und gleichzeitig verführerisch in die Kamera blickte. Julius stand voller Besitzerstolz neben ihr und sah aus wie der Zwillingsbruder von George Clooney. Betty wollte erst kein Bild von sich verschicken, weil sie mit sich, ihren entsetzlichen Speckröllchen und ihrem nahenden dreißigsten Geburtstag haderte, aber andererseits: Warum eigentlich nicht? Also verschickte sie ein Bild an Julius, der hellauf begeistert war. Sie sei so natürlich geblieben und würde genauso aussehen wie damals ... so frisch und rein und wunderbar. Das schmeichelte Betty sehr, und sie blieben weiter im Kontakt. Sie erzählte von ihrer Tochter Lisa, er schrieb, er habe keine Kinder, seine Frau wolle keine. Sie sei ein Karrieremensch, eine knallharte Scheidungsanwältin, die viele Promis vertrat. Für Kinder sei da kein Platz. Stella sagte, in der wenigen freien Zeit, die sie hätten, wolle sie nach Barbados oder zum Skifahren in die Schweiz. Oder man könne ein Motorboot chartern und durchs Mittelmeer cruisen oder mal wieder ins Ferienhaus in die Hamptons fahren.

Betty wiederum erzählte ein wenig von ihrem Leben, und dann kam der Termin für das Klassentreffen. Bettys Mann Holger hatte nichts dagegen, dass sie nach Hamburg fuhr, warum auch – er war sich ihrer sicher, und ein Betrug war für Holger selbst so undenkbar, wie eine dämliche Floskel in der Redaktion durchgehen zu lassen, so was wie »die Seele baumeln lassen«. Er liebte seine Frau, und sie liebte ihn, und nach Lisa wünschten sie sich noch ein zweites Kind, aber erst, wenn die Kleine aus dem Gröbsten raus war. Sie wollten noch ein wenig warten.

Betty hatte vor dem Klassentreffen fünf Kilo abgenommen und sich ein neues, schickes Kleid gekauft, und dann war sie in den ICE nach Hamburg gestiegen. Caro und Susanna hatten sie am Bahnhof abgeholt, und sie gingen erst mal ins Café Paris, um ihr Triumvirat auf den neuesten Stand zu bringen.

»Ich bin ja mal so gespannt, wie die alle aussehen.« Susanna war ganz aufgeregt und sah super aus in ihrem smaragdgrünen Seidenkleid und mit den tollen grünen Ohrringen.

So hatte Betty Julius Harding wiedergesehen, in einem Restaurant an der Elbe, wo das Klassentreffen stattfand.

Himmel, sah er gut aus, noch besser als früher und noch viel besser als auf den Fotos. Und er roch noch genauso wunderbar. Die dunklen Haare waren noch genauso widerspenstig, und er hatte auch immer noch diesen süßen Wirbel an der Seite.

Julius hofierte Betty von der ersten Sekunde an, er hielt ihr die Tür auf und half ihr aus dem Mantel, er besorgte Champagner und wusste noch, dass sie keine Möhren mochte. Seine Stimme war etwas dunkler geworden, männlicher, reifer.

Julius' Komplimente waren genau richtig. Nicht zu übertrieben. Er sagte nicht so was wie »Das Blau deiner Augen ist tiefgründig und geheimnisvoll wie der Meeresgrund«, sondern »Deine Augen sind wie Aquamarine«. Und er sagte es so, dass es nicht kitschig klang. Betty konnte später nicht mehr sagen, ob und welche Reden gehalten wurden und was sie gegessen hatte, sie wusste nur noch, dass Susanna »ihren« Blick hatte, mit dem sie einen immer ansah, als würde der Dritte Weltkrieg vor der Tür stehen. Den Blick hatte sie immer dann, wenn ihr etwas nicht gefiel, und ihr gefiel offenbar nicht, dass Betty Julius anhimmelte. Caro bekam von allem nicht so viel mit, weil sie ununterbrochen am Kichern und Gackern mit den anderen war und mal wieder, wie oft auf Festen, etwas zu viel trank.

Dann nahm Julius auch noch Bettys Hand und hauchte einen Kuss darauf, und jetzt versuchte Susanna, Betty mit Blicken zu töten, was ihr aber misslang.

Betty verbrachte die Nacht mit Julius in seinem Hotelzimmer im »Hafen Hamburg« und die darauffolgende auch. Sie war völlig durch den Wind, auch weil die beiden Nächte so unglaublich gewesen waren. Julius war ganz anders als Holger. Holger war im Bett viel zu zurückhaltend und fragte ständig so komische Sachen: »Tut dir das auch wirklich gut?« »Möchtest du, dass ich fortfahre?« »Willst du es wirklich so?«

Julius fragte gar nichts, er tat und nahm sich, und das fand Betty großartig. Der Sex mit ihm war damals schon der Hammer gewesen. Jetzt war er noch besser.

In den nächsten Wochen hatte Julius häufiger in München zu tun, und sie trafen sich ein paarmal.

Ein einziges Mal waren sie so wild aufeinander, dass sie vergaßen zu verhüten, und das, obwohl Betty in solchen Dingen immer sehr penibel war. Auf gar keinen Fall, auf überhaupt gar keinen Fall durfte sie schwanger werden!

Und natürlich blieb ihre Regel aus.

Betty war schwanger, und es war klar, dass nur Julius der Vater sein konnte, denn sie und Holger verhüteten gründlich. Eine Abtreibung kam nicht infrage. Und außerdem – in gewisser Weise fand sie es schön, von Julius schwanger zu sein, zusammen mit ihm ein Kind zu haben. Verrückt, aber es war so. Das Problem war jetzt nur Holger. Das letzte Mal hatten sie vor einigen Wochen miteinander geschlafen, und dabei war glücklicherweise, o danke, größere, höhere Macht, das Kondom geplatzt, was ihr Sorge bereitet hatte, und nun fiel Betty ein, dass sie kurz danach ihre Regel bekommen hatte.

Betty, die Gute, die Sanfte, die Süße, wusste selbst nicht, was mit ihr los war, als sie sich darüber freute, dass Holger nun nicht mehr das Problem war. Sie war selbstverständlich von *ihm* schwanger und von niemand anderem sonst. Und Holger würde ihr glauben, da war sie sich ganz sicher.

Das Kind kam auf die Welt, ein Junge, und alle waren glücklich. Betty schlug den Namen Jan vor – Julius traute sie sich nicht, das wäre zu vermessen gewesen, aber irgendwas mit J musste es schon sein –, und Holger stimmte zu.

»Das Näschen hat er von Holli«, sagte Holgers Mutter immer. »Und die Äugelchen, also wirklich, genau wie meine. So ein schönes Blau.«

Dass alle Babys erst mal blaue Augen hatten, vergaß Erna gern, für sie zählte nur, dass dieses Kind das wunderbarste auf der ganzen Welt war. Lisa natürlich auch, aber die gab es ja nun schon eine Weile, Jan war frisch da und musste entsprechend beäugt und begutachtet werden. Und selbstredend sah er nur Ernas Familie ähnlich, Betty erwähnte sie gar nicht.

Betty hatte ein entsetzlich schlechtes Gewissen gehabt, aber sie hatte nichts gesagt. Es war das erste und letzte Mal in ihrem Leben gewesen, dass sie etwas getan hatte, das halbwegs verwegen war und nicht der Norm genügte. Ein bisschen fühlte sie sich, als hätte sie es noch mal krachen lassen, bevor ihr Leben vorbei war. Obwohl sie noch so jung war, dachte sie es. Sie wusste ja selbst nicht, wieso. Und tatsächlich passierte dann auch nicht mehr sonderlich viel, ohne dass es Betty störte. Sie lebte mit ihrer Familie, und alles ging seinen Gang. Spießig würde es manch einer sicher nennen, aber das war ihr auch egal. Sie fand es okay. So gingen die Jahre dahin.

»Betty.« Plötzlich und wie aus dem Boden gestampft stand Julius vor ihr. Betty war so in ihren Gedanken versunken gewesen, dass sie sein Kommen überhaupt nicht bemerkt hatte.

Hastig stand sie auf, und ihr Stuhl kippte um. »Julius.«

»Bleib doch bitte sitzen.« Julius griff sie an den Schultern und umarmte sie kurz, dann küsste er sie auf beide Wangen. Er roch noch genau wie früher. Also, wie ganz früher und wie danach, auf dem Klassentreffen. Männlich. Herb. Einzigartig. Eine Bedienung kam, hob den Stuhl auf, und Betty setzte sich wieder hin.

»Wie lange ist es her?«, fragte Julius und nahm ebenfalls Platz. »Viel zu lange.« Er lächelte sie an.

»Sechzehn Jahre«, sagte Betty und dachte: ›Sechzehn Jahre. Wo ist nur die Zeit geblieben?‹

»Ich nehme einen Chardonnay. Und du? Wir müssen auf die alten Zeiten anstoßen.«

»Ja, ich auch, gern.« Chardonnay, eisgekühlt, das hatten sie damals immer getrunken und dazu Oliven und Weißbrot gegessen.

»Und noch Oliven und Weißbrot, was sagst du?«

»Gern.« Gut sah er aus. Älter war er geworden, die Schläfen grau und die Fältchen tiefer. Aber wie das ja so oft bei Männern ist, das Älterwerden machte sie interessanter und attraktiver und konnte ihnen nichts anhaben, während beinahe jede Frau mit allem haderte, was sich auf dem Kopf und im Gesicht oder auch sonst im und am Körper veränderte.

Julius bestellte, und Betty stellte fest, dass auch seine Stimme älter geworden war. Tiefer, rauer. Ein bisschen melancholisch. Aber es konnte natürlich auch sein, dass sie gerade sehr durcheinander war und Dinge hörte und sah, die so gar nicht existierten. Zusätzlich hämmerte es in ihr, und sie wusste nicht, was das war, bis sie verwirrt bemerkte, dass es sich um ihr Herz handelte. Meine Güte.

Die Bedienung ging. Julius beugte sich nach vorn, verschränkte die Hände und legte sie vor sich auf den Tisch. »Kleine Betty. Wie ist es dir ergangen?«

Kleine Betty. Das hatte er immer gesagt. Plötzlich schossen Betty die Tränen in die Augen. Sie wusste selbst nicht, warum.

Sie nahm eine Papierserviette und schnäuzte sich. »Ach, ganz gut.«

»Was heißt denn ganz gut?«, wollte Julius wissen.

»Ich lebe, bin gesund, den Kindern geht es gut, und ich bin immer noch verheiratet«, sagte sie. »Ansonsten ist nicht so viel passiert. Ich arbeite immer noch in derselben Kanzlei und rege mich über Mandanten auf und über die Kaffeemaschine. Also alles wie immer. Und bei dir?«

»Ich ...« Die Bedienung kam mit dem Wein, goss ein, stellte die Flasche in einen mit Eiswürfeln gefüllten Kühler und verschwand.

»Lass uns erst mal anstoßen, Betty«, sagte Julius. »Auf die Liebe, oder?«

»Gut.« Warum nicht? Warum sollte sie nicht mit dem Vater ihres Sohns auf die Liebe anstoßen? Da war ja nichts bei.

»Zum Wohl, Bettyschatz.«

Bettyschatz. Auch so ein Name von früher.

Sie trank den perfekt temperierten Weißwein und genoss das Gefühl, als es kühl in ihrer Kehle wurde und sich dann ein leichtes Kribbeln im Körper ausbreitete.

»Auf die Liebe!«, sagte sie. »Nun erzähl doch mal von dir.«

»Mir geht es auch gut«, sagte Julius. »Ich bin seit gestern geschieden.«

4

Hamburg, zur selben Zeit

Susanna cremte sich mit ihrer Lieblings-Bodylotion ein, dann zog sie einen seidenen Kimono an und ging ins Erdgeschoss, um sich einen Gin Tonic zu mixen. Gin Tonic, das war immer ihr Getränk auf der *Subeca* gewesen. Als sie sechzehn waren, hatten sie offiziell ihre ersten Gin Tonics trinken dürfen, da hatte es Papa endlich erlaubt. Natürlich hatten Susanna, Betty und Caro schon früher was getrunken, aber das brauchten die Eltern ja nicht zu wissen. Immer wenn Susanna den leicht bitteren Geschmack von Chinin spürte, musste sie an die unbeschwerte Zeit auf der *Subeca* mit ihren Freundinnen und Eltern denken. Mama hatte Spaghetti Bolognese gekocht, sie hatten geangelt und Fisch gebraten und morgens in der Sonne an Deck Kakao getrunken, den Salzgeruch des Meeres in der Nase und mit der Gewissheit, dass das Leben vor ihnen lag und sie voller Spannung waren, was da so kommen würde.

Susanna ging mit ihrem Getränk ins Wohnzimmer und öffnete die Terrassentür mit den Sprossenfenstern. Wie sie ihr Haus liebte. Es befand sich am Rondeelteich, einem Seitenarm der Alster, war 1898 gebaut worden und hatte diesen besonderen Charme, den nur solche Häuser haben. Wenn man Geschmack hatte wie Susanna, konnte man ein richtiges Schmuckstück daraus machen, das nötige Kleingeld vorausgesetzt, aber das war ja bei ihnen nicht das Problem. Barfuß ging Susanna auf die mit alten Kopfsteinen aus der Bretagne gepflasterte Terrasse, wo unzählige Terrakottakübel mit

Oleander, Jasmin, Rosmarin und hundert anderen Pflanzenarten standen, und lief dann über den Rasen, um sich in den noch original erhaltenen Teepavillon am Wasserlauf zu setzen. Sie musste oft daran denken, wer hier wohl schon alles gesessen hatte, was die Frauen getragen und worüber die Leute so gesprochen hatten.

»Hallo, Susanna.«

Sie zuckte zusammen, denn mit Rickmer hatte sie nicht gerechnet.

»Du bist schon zu Hause? Ich dachte, es wird heute später.«

»Ich muss mit dir reden. Kommst du bitte ins Haus?« Seine Stimme klang ernst. Er schaute auch ernst. Oje.

»Warum denn? Was ist passiert?«

»Komm bitte ins Haus. Nicht hier.« Rickmer drehte sich um.

Susanne stand auf, nahm ihr Glas und folgte ihm. Plötzlich hatte sie kalte Füße, und das Gras war nass und klebrig und nicht mehr so schön frisch wie eben, als sie darübergelaufen war.

Rickmer war anders als sonst. So sehr distanziert und unnahbar.

Nun drehte er sich um. »Philippa ist übrigens gerade noch mal weggegangen. Sie will sich mit Desiree im Stadtpark treffen. Das passt mir ehrlich gesagt sehr gut, denn ich … aber komm doch bitte in mein Arbeitszimmer.«

Susanna tapste ihm unbeholfen hinterher. Sie kam sich blöd vor. Irgendwas stimmte hier doch nicht. Warum mussten sie denn in Rickmers Arbeitszimmer gehen?

Da saß ein Mann im Anzug, der nun aufstand und ihr höflich die Hand entgegenstreckte.

»Darf ich dir Doktor Kornelius vorstellen? Er ist einer der neuen Rechtsbeistände der Firma. Er vertritt mich in allen Bereichen. Auch in dieser Sache. Setz dich doch bitte, Susanna.«

Susanna setzte sich in einen der mit dunkelgrünem Leder bezogenen englischen Klubsessel. Die hatten sie in London gekauft. Sie stellte den Gin Tonic auf den Beistelltisch aus Mahagoni. Ihre Hand zitterte, etwas schwappte aus dem Glas auf den Tisch. Sofort nahm Rickmer ein Taschentuch und wienerte das Holz.

»Ist was mit der Firma?«, fragte sie und fühlte sich nackt, nur mit dem Kimono, der eigentlich nicht dafür gemacht war, dass irgendein Rechtsbeistand ihn sah.

»Nein«, sagte Rickmer mit fester Stimme. »Ich mache es kurz, Susanna, weil ich nicht der Typ bin, der groß drum herumredet. Ich trenne mich von dir und werde die Scheidung einreichen. Und ich möchte, dass wir das wie vernünftige, erwachsene Menschen regeln. Ohne Ärger. Du wirst sicher verstehen, wenn ich …«

»Moment, Moment«, sagte Susanna. »Also, ich verstehe gar nichts.«

»Liebe Frau Graf«, sagte Doktor Kornelius nun gütig und mild.

»Natürlich sind Sie überrascht, das wäre ich auch. Aber Sie und Ihr Mann sind ja, wie er schon so schön sagte, vernünftige, erwachsene Menschen und sollten, schon zum Wohle Ihrer beiden Töchter, alles ohne Rosenkrieg regeln.«

Ohne Rosenkrieg. Susannas Herz raste. Was redeten die beiden denn da? Trennung, Töchter, erwachsen, hallo?

»Das muss ein Irrtum sein«, sagte sie heiser. Warum kratzte denn jetzt ihr Hals so? Susanna wollte schlucken, aber es ging nicht. Sie nahm einen Schluck Gin Tonic, und zum ersten Mal dachte sie dabei nicht ans Meer und unbeschwerte Zeiten auf der *Subeca*.

»Ich habe schon alles vorbereitet und eine Scheidungsfolgevereinbarung aufgesetzt«, sagte Doktor Kornelius, der auch gut als Bestatter hätte durchgehen können. Es fehlte nur noch, dass er ihr kondolierte.

»In erster Linie geht es natürlich um die Firma«, sagte Rickmer ernst. »Es ist sicher auch in deinem Sinn, dass die nicht gefährdet wird. Immerhin versorgt sie uns.«

»Warum?«, fragte Susanna.

»Warum sie uns versorgt? Nun ...«

»Warum willst du dich scheiden lassen?« Ihre Stimme wurde immer kratziger.

»Nun, es ist recht einfach«, sagte Rickmer. »Und du wirst es ja sowieso erfahren, deswegen spiele ich mit offenen Karten, was ja auch nur fair ist, das hat Doktor Kornelius auch gesagt. Es gibt eine andere Frau.«

»Wen?«

»Du kennst sie sogar«, sagte Rickmer nun fast fröhlich. »Du hast immer gesagt, was sich liebt, das neckt sich, weißt du, wen ich meine?«

War er übergeschnappt? »Nein.« Ihr Kopf war leer. Susanna wusste nicht, wann sie so was gesagt haben sollte und über wen. Und wenn, dann hatte sie es bestimmt nicht ernst gemeint.

»Es ist Marigold McErlain.« Nun lächelte Rickmer.

Er musste verrückt geworden sein. Marigold war seine größte Konkurrentin, die beiden hatten einen bösen Sport draus gemacht, sich gegenseitig die Kunden wegzuschnappen, und ja, jetzt erinnerte sich Susanna auch daran, dass sie mal so was von lieben und necken gesagt hatte. Da hatte Rickmer eine Zeit lang jeden Abend von Marigolds fiesen Machenschaften erzählt, und wie gemein sie war und wie sie über Leichen ging, wie sie, ohne rot zu werden, lügen konnte und was für einen Ruf sie in der Branche hatte.

»Ein Engel aus Stein«, hatte Rickmer wütend gesagt.

»Sieht aus, als könne sie kein Wässerchen trüben, diese Person, und dann schlägt sie kalt lächelnd zu. Dann, wenn keiner damit rechnet. Alex hat auch gesagt, die ist mit Vorsicht zu genießen. In der ganzen Branche findet man die scheiße. Sie findet sich unwiderstehlich und denkt auch, sie schafft alles und kann jeden haben. Das ist alles Kalkül, das sage ich dir. Die geht mit jedem ins Bett, der ihr beruflich nützt. Und danach rammt sie einem das Messer rein. Marigold könnte als Kriegerin in *Game of Thrones* mitspielen und braucht dazu nicht mal eine Schauspielausbildung.«

»Wieso regst du dich denn so auf?«, hatte Susanna gefragt und gelacht. »Sonst bist du doch immer so cool und sagst, der Bessere gewinnt nun mal.«

»Weil Marigold nicht geradeaus ist. Sie ist hinterhältig und geht über Leichen. Marigold würde ihre eigene Mutter opfern, wenn es ihr Vorteile bringen würde.«

»Jetzt übertreibst du aber.«

»Nein. Aber bitte, mach dir doch selbst ein Bild. Am Wochenende auf dieser Charity-Veranstaltung auf dem Süllberg ist sie auch.«

Und da hatte Susanna Marigold kennengelernt. Sie fand sie sogar ganz nett. Marigold war groß und natürlich dünn wie fast alle Karrierefrauen, hatte dunkelrote Haare, eine Hautfarbe, die Lyriker als milchfarben bezeichnen würden, und dunkelblaue Augen, was wirklich selten war zu rotem Haar. Sie trug ein enges, pistazienfarbenes Kleid und grüne Turmaline an Hals und Ohren und einen großen Ring. Marigold begrüßte Susanna höflich und mit Respekt und sagte mit rauchiger Stimme, sie freue sich, sie kennenzulernen, und gratuliere ihr zu ihrem Mann.

»Rickmer ist immer eine Herausforderung, es macht Spaß, gegen ihn anzutreten«, hatte Marigold gesagt.

Susanna hatte gelächelt. »Ihm geht es genauso.«

Gut möglich, dass sie an dem Abend zu Rickmer gesagt hatte: »Was sich liebt, das neckt sich.« Aber das war doch keine Aufforderung gewesen, die Scheidung einzureichen.

»Wie lange geht das schon?«, fragte Susanna ihren Mann.

»Oh, eine Zeit lang.« Rickmer blickte zu Doktor Kornelius, der wieder ganz geschäftig wirkte und Unterlagen hervorholte.

»Das tut auch gar nichts zur Sache, Frau Graf, und Sie wissen ja, das Schuldprinzip, das gibt es schon lange nicht mehr. Sie wissen auch, dass es das neue Ehegattenunterhaltsgesetz gibt?«

»Nein.«

»Dann erkläre ich Ihnen das mal und versuche, es leicht verständlich zu machen. Einmal Unternehmersgattin oder Zahnarztfrau, immer Unternehmersgattin und Zahnarztfrau, das gilt seit ein paar Jahren nicht mehr. Das heißt, dass sich die Frau nicht darauf ausruhen kann, dass der Mann verdient und sich darauf verlassen kann, dass sie bis an ihr Lebensende von ihm finanziert wird, also Unterhalt bekommt.«

Noch einen Schluck.

›Meine Güte‹, dachte Susanna. ›Hoffentlich verbinde ich jetzt nicht für immer Gin Tonic mit diesem Gespräch.‹

»Das heißt, um auf den Punkt zu kommen, also ich sag es mal so, dass Sie selbst für Ihren Unterhalt sorgen müssen. Es sei denn, es sind kleine Kinder da, und das ist ja in Ihrem Fall nicht so. Das heißt also, Sie haben keinen Anspruch auf das Geld Ihres Mannes. Hier, bitte, ich hab da ein paar Urteile und einen Leitfaden ausgedruckt, das können Sie gern behalten.«

In Susannas Kopf schwirrte es. »Was ist denn mit den Kindern? Und dem Haus.«

»Das steht alles in dem Entwurf der Scheidungsfolgevereinbarung«, freute sich Doktor Kornelius.

»Für den Unterhalt der beiden gemeinsamen Töchter wird mein Mandant selbstredend aufkommen. Es ist wohl geplant, dass beide ab dem Herbst auf Internate gehen wollen, und in den Sommerferien sind sechswöchige Auslandsaufenthalte für beide geplant. Das ist natürlich kein Thema. Was das Haus betrifft, also um es auf den Punkt zu bringen, müssen Sie dann hier ausziehen. Die beiden Töchter behalten natürlich ihre Zimmer und können auch weiter an den Wochenenden und in den Ferien hier wohnen, aber für Sie heißt das, dass Sie sich bitte in Bälde eine neue Bleibe suchen. Das steht aber wie gesagt alles in der Scheidungsfolgeve...«

»Ich hab das verstanden«, sagte Susanna. »Ich bin ja nicht blöd.«

»Natürlich nicht, Susanna, das weiß ich doch«, sagte Rickmer. »Sie hat ja studiert und wird sicher schnell einen Job in ihrem erlernten Beruf finden«, sagte er nun zu Doktor Kornelius. »Sannchen, vielleicht sogar in deiner alten PR-Firma.«

»Die gibt es nicht mehr«, sagte Susanna. »Nenn mich bitte nicht Sannchen.«

»Aber so habe ich dich doch immer genannt. Wir können doch Freunde bleiben.«

Er musste komplett verrückt geworden sein. Ganz langsam kamen die Informationen in ihrem Gehirn an und sortierten sich.

»Ich glaube, das ist genug für heute, Doktor Kornelius«, sagte Rickmer gütig und stand auf. »Du musst erst mal drüber schlafen, Sannchen.«

»Und du?«

»Was denkst du denn? Dass ich hierbleibe? Nein, ich fahre

zu Marigold, sie hat eine wirklich hübsche Wohnung in der Hafencity. Herr Doktor Kornelius, sind Sie so weit?«

Der Anwalt packte seine Unterlagen in eine Aktentasche und nickte. »Von einer Scheidung geht die Welt nicht unter, kleine Frau«, sagte er zur eins achtundsiebzig großen Susanna, die in ihrem Kimono sitzen blieb und gar nichts sagte.

»Wir werden das alles regeln.« Rickmer klopfte ihr jovial auf die Schulter. »Aber mach mir bitte keinen Skandal. Ich hab genügend um die Ohren.« Er beugte sich zu ihr. »Ich sag es nur noch einmal: Lass uns das gut über die Bühne bringen, sonst siehst du alt aus, das schwöre ich dir.« Dann stand er wieder gerade da und sah sie liebevoll an. »Wir schaffen das gemeinsam.« Dann ging er mit Doktor Kornelius aus der Bibliothek. Ein paar Sekunden später fiel die Tür ins Schloss. Susanna saß da und wurde plötzlich von einem Zittern überfallen, das immer heftiger wurde und in einem regelrechten Schüttelfrost endete. Sie saß einfach da, klapperte mit den Zähnen und tat gar nichts.

5

München, Hotel Vier Jahreszeiten,
23 Uhr

Betty lag in dem großen Boxspringbett an Julius gekuschelt und streichelte seine Brust. Ihr Herz klopfte wild, und überall in ihrem Körper, vor allem in ihrem Herzen, befanden sich flatternde Tiere, die Endorphine freisetzten und sie von innen mit Glück anmalten.

»O Betty«, sagte Julius und küsste sie auf die Stirn. »Mein Bettyschatz.«

Sie hatten es noch geschafft, den Wein auszutrinken und die Oliven mit dem Weißbrot zu essen. Dann hatte Julius bezahlt, sie waren wie selbstverständlich Arm in Arm zu einem Taxistand gelaufen und hatten schon da angefangen, sich zu küssen. In Julius' Suite im Vier Jahreszeiten waren sie dann übereinander hergefallen, als gäbe es kein Morgen mehr. Julius hatte sich im Bett nicht verändert. Er nahm sich, was er wollte, und Betty fand das immer noch gut. Sie ließ sich einfach fallen und genoss das Gefühl, als ihre Orgasmen wie heiße Eiswürfel durch ihr Rückgrat flossen. Und wieder, und wieder. Julius' Hände waren überall gewesen, er wusste ganz genau, wo er sie wie anfassen musste.

»Julius ...« Betty seufzte.

Julius löste sich von ihr, stand auf und öffnete ein Fenster. Sein Hintern sah knackig aus. Der ganze Mann war eine Offenbarung. Die breiten Schultern, der Hintern, die Beine muskulös wie die Arme. Sie schmolz dahin.

Julius kam zurück und griff zum Telefon.

»Ich bestelle uns noch Weißwein.«

»Ich glaube, ich muss gehen, Julius, es ist schon spät.« Holger hatte schon versucht, sie anzurufen, sie hatte ein schlechtes Gewissen. Heute wäre ihr Yogakurs gewesen, danach gingen sie hin und wieder noch was trinken, aber so spät war es noch nie geworden.

»Einen Wein«, bat er.

»Dann muss ich kurz zu Hause Bescheid sagen«, sagte Betty und nahm ihr Handy, um Holger eine WhatsApp zu schicken. *Es wird später, ist gerade so lustig.*

Alles klar, dann viel Spaß noch, schrieb Holger zurück, und Betty war dankbar dafür, dass sie nicht dieses Find my Friends freigeschaltet hatte.

»Das ist ja wie bei der Stasi«, hatte sie gesagt. »So was mach ich nicht.«

Julius bestellte Wein, kam wieder zu ihr, und sie legte sich in seine Arme. Sie fühlte sich geborgen und so sicher wie früher, wenn sie mit ihm zusammen gewesen war. Er strahlte etwas unglaublich Beruhigendes aus, ein Gefühl, das sie bei Holger nie empfunden hatte. Mit Holger fühlte sie sich immer so, als müsste sie alles wuppen und organisieren, er ruhte sich darauf aus, dass sie alles regelte. Es war eine gute Beziehung, keine Frage, aber war sie glücklich?

»Betty«, sagte Julius nun ernst. »Ich liebe dich. Ich möchte von vorn anfangen. Mit dir. Lass uns alles auf Anfang stellen. Willst du mich heiraten?«

6

Bad Homburg, am nächsten Tag

»Frau Jakobsen, verstehen Sie mich bitte nicht falsch, aber ich muss an das Haus denken und auch an Sie. Ich tue Ihnen keinen Gefallen, wenn ich den Kreditrahmen erweitere. Sie kommen immer weiter ins Soll, und die Zinsen werden auch nicht weniger.«

»Es ist nur zum Überbrücken«, sagte Caroline und setzte ihr schönstes Lächeln auf, was Herrn Wittekind aber nicht interessierte. Er sah die Kontostände und dass Jakobsens schon seit Langem über ihre Verhältnisse lebten.

»Das Geschäft läuft doch gut«, sagte Caro.

»Ja, das ist richtig, aber es wird grundsätzlich viel mehr ausgegeben als eingenommen. Sie müssen ein paar Gänge zurückschalten. Sich selbst ein Limit setzen. Es tut mir leid, aber ich kann Ihnen auch kein Bargeld mehr auszahlen. Sie haben alle drei Konten überzogen, über den eingeräumten Dispo hinaus. Wenn ich Ihnen einen guten Rat geben darf, setzen Sie sich bitte mit Ihrem Mann zusammen und erstellen mal einen Plan für die Tilgung. Wir reden hier nicht von tausend oder dreitausend Euro, sondern von einem sechsstelligen Betrag, zusätzlich zu den laufenden Krediten mit den festen Zinsen für Ihr Haus, das Auto und …«

»Frau Richtberg hatte immer Verständnis«, sagte Caro. »Sie hat nie solche Schwierigkeiten gemacht.«

»Frau Richtberg hat wohl den Ernst der Lage nicht erkannt«, sagte Herr Wittekind. »Jedenfalls bin ich jetzt für Sie zuständig, und ich sage, es gibt keine Auszahlung, so leid es mir tut. Sie müssen erst mal die Konten ausgleichen. Sprechen Sie bitte mit Ihrem Mann. Und vielleicht suchen Sie mal eine Schuldenberatung auf.« Er beugte sich vor und wurde leiser. »Und vielleicht einen Psychotherapeuten.«

»Was?«

»Das könnte eine Art Kaufsucht sein, was Sie haben«, erklärte Herr Wittekind fürsorglich. »Wenn ich sehe, was da alles abgebucht wird. Und dann noch die Summen von den Kreditkarten. Hier stehen Einnahmen und Ausgaben in keinem guten Verhältnis.«

Caroline stand auf. Ihr war ganz flau im Magen.

»Auf Wiedersehen«, sagte Herr Wittekind freundlich.

»Ich habe gar kein Bargeld mehr«, sagte Caroline.

Herr Wittekind hob bedauernd beide Hände. »Wie gesagt, es ...«

Sie drehte sich um, ließ Herrn Wittekind einfach sitzen und ging. Draußen vor der Bank atmete sie tief durch. Dann ging sie zum nächsten Geldautomaten und hob mit der PIN ihrer Kreditkarte tausend Euro ab. Ha! Herrn Wittekind brauchte sie doch gar nicht. Jetzt erst mal ein bisschen shoppen.

Hamburg, zur gleichen Zeit

Susanna saß im Wartezimmer der Rechtsanwältin und starrte ein Ölgemälde an, das aus abstrakten Kreisen und Dreiecken bestand und keinerlei Sinn ergab. Vielleicht, so dachte sie, hatte jemand versucht, das Durcheinander in den Köpfen der Mandanten, die hier saßen und warteten, zu malen. Oder ein Psychopath hatte sich ausgetobt. Das grelle Rot und das unerträglich grüne Grün taten Susannas Augen weh. Vielleicht ein Mandant, der alles verloren hatte. Möglicherweise würde sie selbst auch bald solche Bilder malen.

»Frau Graf, kommen Sie bitte.«

Susanna stand auf, nahm ihre Tasche und folgte der Assistentin, die aber mit ihrem grauen Kostüm, den grauen Haaren, der grauen Brille und der grauen Laune aussah wie eine alteingesessene Sekretärin, die ihr Leben lang nichts anderes gemacht hatte, bestimmt noch eine Schreibmaschine besaß und böse auf eine Additionsmaschine eintippte, die sie in das Büro von Rena Barding brachte. Susanna hatte wahllos nach Scheidungsanwälten gegoogelt und einige angerufen, aber bei allen musste man zwei bis drei Monate warten, nur bei Frau Barding nicht. Das konnte nun heißen, dass gerade ein Mandant abgesagt hatte ... oder dass Frau Barding keine besonders geschätzte Scheidungsanwältin war. Aber Susanna musste heute mit einem Anwalt sprechen, sonst würde sie noch durchdrehen. Rickmer war gestern mit diesem Herrn Kornelius einfach gegangen und hatte sie da sitzen gelassen in ihrem Kimono. Vor lauter Verzweiflung hatte sie eine ganze Flasche Rotwein fast auf ex getrunken, und als ihre Töchter nach Hause kamen, hatte sie schon geschlafen, Gott sei Dank hatten Desiree und Philippa ihre betrunkene Mutter nicht erlebt.

Und heute Morgen – der Albtraum. Das war kein Kater, sondern ein Tierheim nur für Katzen. Drei Aspirin hatte sie in Wasser auflösen müssen, dann Kaffee gekocht und für die Mädels Frühstück zubereitet. Auf ihrer Zunge wohnten pelzige Tiere, und sie warf ihre Tasse um. Susanna war froh, als die beiden endlich aus dem Haus waren. Keiner hatte nach Papa gefragt, es kam ja so oft vor, dass Rickmer nicht da war und irgendwo in Dubai oder Hongkong saß. Wahrscheinlich auch früher schon mit Marigold. Und sie hatte es nicht bemerkt. Wie dumm war sie bitte?

So, und nun war sie hier, in dieser Kanzlei im Stadtteil

Barmbek. Dieses Viertel kannte sie überhaupt nicht, Susanna war es gewohnt, in Eppendorf, Pöseldorf, Winterhude oder der Innenstadt unterwegs zu sein. Mal auch in Blankenese oder auf der Uhlenhorst, aber sie hatte noch nie einen Grund gehabt, nach Barmbek zu fahren. Der Osten Hamburgs. Rotklinkerhäuser und ehemaliges Arbeiterviertel, das riesige Hamburger Einkaufszentrum und lauter gehetzte Menschen. Sie hatte Angst, dass jemand aus Neid den Porsche zerkratzen könnte, und hoffte, Glück zu haben. Wenigstens in dieser Hinsicht. Andererseits war das Cabrio auf Rickmer eingetragen, da konnte es ihr egal sein. Sie würde das Auto ja sowieso abgeben müssen, das vermutete sie zumindest.

Sie folgte der Sekretärin durch einen dunklen Flur. Es roch muffig, und alles sah aus, als sei es aus den 60er-Jahren. Der grüne Filzteppich, der an einigen Stellen schon so durchgeschubbert war, dass er Löcher hatte. Die verstaubten Pflanzen, die wirkten, als wollten sie nicht mehr leben. Die Aktenschränke mit den unzähligen Ordnern. Dann betraten sie das Büro, und Susanna dachte, sie träfe der Schlag. Das war kein Büro, das war ein Messie-Zimmer. Hinter einem Schreibtisch, der sich vor lauter Akten bog, saß eine dünne, kleine Frau auf einem Drehstuhl und blickte Susanna ängstlich entgegen.

»Das ist Frau Graf, das ist Frau Barding«, sagte die Sekretärin schmallippig.

»Danke, Frau Frühling.« Die Anwältin hatte eine hohe Piepsstimme und lächelte. Frühling passte überhaupt nicht zu Frau Frühling. Eher Herbst.

»Setzen Sie sich doch bitte«, piepste Frau Barding. »Möchten Sie eine Tasse Kaffee? Oder Wasser?«

›Eher einen Schnaps‹, dachte Susanna, sagte es aber nicht.

»Kaffee wäre großartig.«

»Frau Frühling, also dann zwei Kaffee bitte.«

»Wir haben keinen Kaffee in dieser Kanzlei«, protestierte Frau Frühling gepresst. »Ihr Vater wollte keinen Kaffee. Der geht nämlich aufs Herz. Er hat grünen Tee getrunken. Er würde sich im Grab umdrehen, wenn jetzt hier Kaffee angeboten wird.«

»Äh ja, dann, dann eben grünen Tee«, sagte Frau Barding.

Susanna hasste grünen Tee, nickte aber höflich. »Mit Süßstoff bitte.«

»Wir haben keinen Süßstoff in dieser Kanzlei«, fing Frau Frühling wieder an. »Der Vater von Frau Barding hat seinen Tee ohne Süßungsmittel getrunken, nur in den Darjeeling hin und wieder mit einem Tröpflein Wildblütenhonig. Und den Darjeeling hat er nur einmal in der Woche getrunken, mittwochs vor der Mittwochabendregatta auf der Alster. Sonst …«

»Dann nehmen wir nun ein Tröpflein Wildblütenhonig in unsere Tees, Frau Frühling, und mein Vater muss nicht gegen seinen Sarg klopfen und weinen«, sagte Frau Barding.

Frau Frühling atmete hörbar ein und verließ den Raum.

»Mein Vater ist vor einigen Wochen verstorben«, erklärte Frau Barding Susanna. »Frau Frühling hat über vierzig Jahre für ihn gearbeitet, und nun ist er weg. Damit kommt sie nicht gut klar. Sie braucht ein bisschen Zeit. Ich habe die Kanzlei übernommen.«

»Das tut mir leid«, sagte Susanna.

»Warum?«, fragte Frau Barding.

»Dass Ihr Vater tot ist«, erklärte Susanna.

»Ach so. Ja, was soll man machen. Der eine kommt, der andere geht. Ich sehe das recht pragmatisch. Er hätte nicht so viel trinken sollen, und damit meine ich jetzt nicht grünen Tee oder Darjeeling mit einem Tröpflein Honig, sondern Jubiläumsaquavit und Rotwein und Rum. Irgendwann rächt sich der Körper. Aber deswegen sind Sie nicht hier. Wie kann ich Ihnen helfen?«

Susanna öffnete ihre Tasche und zog die Unterlagen von Herrn Kornelius und Zettel mit ihren Notizen heraus, die sie gestern noch wahllos bekritzelt hatte.

»Mein Mann will sich scheiden lassen und angeblich gütlich einigen. Das hat er mir gestern gesagt. Zusammen mit seinem neuen Anwalt.« Susanna merkte, dass ihr die Tränen in die Augen schossen. »Den hat er mit nach Hause gebracht, und ich hab dagesessen, ich war gerade in der Badewanne gewesen und hatte nur einen Kimono an und … der Anwalt hat mir das alles hier gegeben, und Rickmer, also mein Mann, hat noch gesagt, ich warne dich, und dann habe ich … dann ist er gegangen mit dem Anwalt, und er hat eine neue Freundin, die er eigentlich hasst, weil sie seine Konkurrentin ist, das muss man sich mal vorstellen, und dann habe ich … habe ich … habe ich …«

»… dann haben Sie sich hoffentlich ordentlich betrunken«, vervollständigte Frau Barding den Satz.

»Buhuuu, ja! Ich weiß gar nicht, was ich tun soll.«

Frau Barding griff nach den Unterlagen. »Ich les mir das mal durch. Versuchen Sie mal, durchzuatmen, ach, da kommt ja Frau Frühling.«

»Ich habe mal Papiertaschentücher mitgebracht«, sagte Frau Frühling. »Und Schokolade. Und eine Flasche Cognac. Irgendwie hatte ich das Gefühl, Sie würden den brauchen. Er ist noch aus den Restbeständen Ihres Herrn Vaters.«

Susanna nickte dankbar. Merkwürdigerweise fühlte sie sich hier zum ersten Mal seit längerer Zeit geborgen.

Während Frau Barding las und las, aß Susanna die ganze Schokolade auf und dachte, dass sie so was seit dreißig Jahren nicht mehr getan hatte.

Nach einer gefühlten Ewigkeit war Frau Barding endlich fertig. »Oha«, sagte sie. »Ich will ja jetzt nicht den Teufel an die Wand malen, aber gut sieht das nicht aus.«

»Was meinen Sie denn damit?«, fragte Susanna verzweifelt.

»Da hat jemand ganze Arbeit geleistet«, sagte Frau Barding ernst. »Ganze Arbeit.«

Bad Homburg, abends

»Irgendwas stimmt mit meiner EC-Karte nicht«, sagte Tom. »Auszahlung nicht möglich. Weißt du, was da los ist?«

»Ja.« Caro nickte. »Die hatten das angekündigt. Wartungsarbeiten. Ich hatte zum Glück vorher noch was gezogen. Brauchst du Bargeld?«

»Ja, bitte«, sagte Tom, und sie holte ihr Portemonnaie und legte zweihundert Euro auf den Tisch.

Carolines Herz raste. Auf gar keinen Fall durfte Tom mitkriegen, was mit den Konten los war. Er vertraute ihr doch so sehr in Geldangelegenheiten und ließ sie alles regeln und tun, es wäre so schrecklich, wenn jetzt alles rauskommen würde.

›Dass ich versagt habe‹, dachte Caro verzweifelt. ›Ich habe alles den Bach runtergehen lassen, wie soll ich aus dieser Nummer wieder rauskommen, ich weiß es nicht, ich weiß es nicht …‹

»Ich war heute beim Architekten«, sagte Tom fröhlich. »Er ist mit den Plänen für den Umbau fast fertig. Ach so, eine Rechnung hat er mir mitgegeben. Kannst du das überweisen?« Caro sah den Betrag über zweitausend Euro, und ihr wurde schwarz vor Augen. »Klar«, sagte sie. »Und gefällt dir, wie er es gemacht hat?«

»Ja. Hell, freundlich, das Ganze über zwei Ebenen und schön große Umkleidekabinen mit guter Beleuchtung, das war dir doch so wichtig. Und eine Fitnessecke mit Snacks und Powerriegeln und isotonischen Getränken und Sitzgelegenheit. Und ich wollte mit dir über eine Idee sprechen. Was hältst du davon, wenn wir unseren eigenen Fitnessdrink kreieren und rausbringen? Gerade mit so was kann man richtig gut verdienen. Wir müssten für die Entwicklung natürlich ein bisschen Geld in die Hand nehmen. Ich glaube aber, es könnte funktionieren.«

»Prima.« Caros Herz raste. »Wie viel Geld denn?«

»So zehntausend«, sagte Tom. »Ist das drin? Was sagt denn unsere Finanzmanagerin?«

Caro lächelte. »Die findet das gut.« Sie war kurz davor, zu kollabieren.

7

Zwei Wochen später

»Bettylein, naaa, was machst du?«, fragte Susanna unglaublich fröhlich.

»Wäsche zusammenlegen. Und du?«

»Meld dich mal bei Skype an. Caro und ich warten.«

»Okay.« Die Wäsche konnte warten. Skypen mit den Freundinnen war wichtiger. Schnell loggte Betty sich ein.

»Hört mal, ihr zwei, ich muss euch was fragen.« Susanna strahlte in die Kamera.

»Hast du abgenommen?«, fragte Betty neidisch.

»Ein bisschen«, sagte Susanna, die in den letzten vierzehn Tagen sieben Kilo verloren hatte, und wie es aussah, würden es in den nächsten vierzehn Tagen noch mal sieben Kilo werden. Sie hatte immer noch nicht mit ihren Töchtern gesprochen, und Rickmer tat so, als sei alles in Butter. »Wir sind doch erwachsene Menschen.« Frau Barding wollte alles sacken lassen und sich dann mit einem Konzept melden, mit dem man Rickmer vor die Hunde gehen lassen würde, aber so was von. Susanna wusste nicht, was sie glauben sollte.

»Wir haben uns viel zu lange nicht gesehen«, sagte Caro. »Wir müssen unbedingt was ausmachen.«

»Deswegen wollte ich skypen«, erzählte Susanna. »Ich war letztens auf der *Subeca*.«

»Und?«

»Hört mal. Was haltet ihr davon, wenn wir uns mal ein paar Wochen Auszeit nehmen? Nur wir drei? Wie früher herumsegeln. Könnt ihr das einrichten? In zwei Wochen?«

Caro musste gar nicht groß nachdenken. »Ich bin dabei. Philipp krieg ich unter, Tom ist ja da.«

»Eben. Unsere Kinder sind ja nun auch keine Babys mehr«, sagte Susanna. »Betty, was ist mit dir?«

Betty, die nie sofort »JA!« schrie, dachte nach. Sie fand die Idee großartig, aber konnte sie einfach so alles stehen und liegen lassen? Urlaub nehmen. Es würde wahrscheinlich gehen. Ihre Chefs, die Laurenz-Brüder, waren unkompliziert, und sie hatten ja noch mehr Angestellte. Sowohl Caro als auch Betty waren Feuer und Flamme bei der Aussicht, von zu Hause wegzukommen. Sich den Wind auf der *Subeca* um die Nase wehen zu lassen. Susannas Vorschlag kam genau zur richtigen Zeit. Einfach weg, weg, weg. Weg von allem.

»Und wohin?«, fragte sie.

»Das sag ich euch dann, ich verspreche euch, ihr werdet begeistert sein. Ich mail euch, was ihr einpacken müsst.« Susanna war schon im Reisefieber.

»Wisst ihr, was mir gerade klar wird?«, fragte Caro.

»Was?«, wollten Susanna und Betty wissen.

»Das wäre das erste Mal, dass wir drei so lange Zeit allein unterwegs sind.«

»Stimmt.« Man hörte Betty förmlich nicken. »Früher waren unsere Eltern dabei und später unsere Männer, die Kinder, die Verwandtschaft, immer tausend Leute. Merkwürdig, warum haben wir nie mal was allein gemacht?«

»Wir fangen eben jetzt damit an«, sagte Susanna euphorisch.

»Wir kennen uns so lange und so gut, das wird einfach nur schön.«

»Klar wird es das. Ich spreche mit Holger«, sagte Betty. »Es muss ja einiges organisiert werden. Wie willst du es denn mit Philippa und Desiree machen?«

»Rickmers Mutter kommt.«

»Ach.« Susanna hasste es eigentlich, wenn ihre Schwiegermutter Eleonore da war. Die beiden waren sich noch nie grün gewesen, und Eleonore wusste alles besser, egal, ob es um gesundes Essen, Sportarten oder die Pubertät ging. Außerdem sorgte Susanna ihrer Meinung nach nicht richtig für den Jungen, also Rickmer. Der Junge war das Labskaus von seiner Mutter gewöhnt, und niemand konnte das gepökelte Fleisch so zubereiten wie Eleonore. Sie und Susanna kamen am besten miteinander klar, wenn sie sich in Lübeck und Hamburg aufhielten, und das niemals gemeinsam.

»Bei mir ist das kein Thema. Tom kümmert sich um Philipp.« Am liebsten hätte Caro sofort die Koffer gepackt.

Betty ging es genauso. Entgegen ihrer Gewohnheit sagte sie: »Ach, es wird klappen! Ja, ich mach mit«, und Caro und Susanna riefen: »Klasse!«

Am nächsten Abend traf sich Betty wieder heimlich mit Julius. Dasselbe Hotel, dasselbe Zimmer. Wärmer war es geworden. Sie saßen auf dem Balkon und tranken wieder eisgekühlten Weißwein. Betty war so gut im Lügen geworden, dass sie fast nicht mehr rot wurde. Holger war heute Abend auf einer Veranstaltung in der Hafencity, und es würde spät werden.

Sie fühlte sich so jung, seitdem Julius erneut in ihr Leben getreten war. Jung, unbeschwert, kribbelig und begehrenswert. Wie hatte sie bloß all die Jahre ohne Julius leben können? Wie hatte sie denken können, dass ihre Ehe gut, dass sie glücklich war? Wo war die Aufgeregtheit, das Verliebtsein, das Intensive geblieben? Es war doch, wenn man es ganz genau nahm, nur noch eine Aneinanderreihung von täglichen Pflichten, Besorgungen, Versorgungen und hin und wieder ganz nett gewesen. Sie, Betty, hatte die Funktion, alles am Funktionieren zu halten, und das hatte sie getan. Aufstehen, Frühstück machen, Schulbrote schmieren, in die Kanzlei fahren, Einkaufen, nach Hause fahren, Essen machen, Aufräumen, Wäsche waschen, bügeln, Essen für den nächsten Tag vorkochen, fernsehen, mit Holger über anstehende Termine sprechen, sich Holgers Gejammer über unfähige Kollegen anhören, Holgers »mhm«, wenn sie mal wagte, was von einem doofen Mandanten zu erzählen – es war immer das Gleiche gewesen. Warum hatte sie eigentlich nie protestiert? Mal auf den Tisch gehauen und gesagt: »So nicht mehr!« Wohl, weil das eine liebe Betty eben nicht tat.

»Es ist wirklich ein Jammer, dass du kurz vor dem ersten Staatsexamen dein Studium abgebrochen hast«, hatte Julius gesagt. »Jetzt sind deine Kinder aus dem Gröbsten raus, du könntest immer noch anfangen oder weitermachen, ich weiß ja nicht, was da möglich ist.«

Das wusste Betty auch nicht. Sie wusste nur, dass sie seit Neuestem voller Tatendrang war. Sie ging nun regelmäßig laufen und schwimmen, hatte sich von ihrem Friseur Gerhard, der sich Dscheraaa nannte, eine neue Frisur verpassen lassen, und sie betrachtete ihr ganzes Leben und ihre Ehe mit neuen Augen.

Denn seit Julius war alles anders.

»Wenn wir heiraten, würden die Kinder natürlich mit dir kommen, das ist klar. Ich würde mich freuen, Bettyschatz, allein schon wegen Jan. Und deine Tochter werde ich auch mögen, da sehe ich überhaupt keine Probleme. Wir werden es uns schön machen. Mein Haus in Berlin ist groß genug für alle, und du musst nicht mehr in einer Kanzlei arbeiten, sondern kannst dein Studium zu Ende bringen, und wenn du es nicht willst, dann arbeitest du eben nicht und begleitest mich auf Geschäftsreisen. Meine Frau Bauer kümmert sich dann um die Kinder.« Julius schmiedete schon Pläne. Seine Frau Bauer war nach der Scheidung bei ihm geblieben, eine gelernte Hauswirtschafterin um die sechzig mit echter Berliner Schnauze, so erzählte Julius, die das Zepter schwang und angeblich unersetzlich war.

»Wir machen uns ein richtig schönes Leben«, sagte Julius immer wieder, und Betty war hin und weg von der Vorstellung, noch mal ganz neu anzufangen, alles auf null. Ihr bisheriges Dasein kam ihr fade, langweilig und eingeschlafen vor. Dazu kam, dass sie in Julius verliebt war wie schon einmal, nur diesmal war es mehr.

Mit Julius war es echt. Er war die wahre Liebe ihres Lebens.

Später saß sie allein im Wohnzimmer und hörte Musik von den Los Sabandeños, einer spanischen Band, die mit ihrer Musik, so sagte Julius, das Herz berührte. Danach suchte sie übers Internet Buena Vista Social Club, die ergriffen das Herz, sagte Julius.

Betty hörte den Schlüssel in der Tür; Holger kam nach Hause.

»Oh, noch wach?« Er kam näher und strich Betty übers Haar. Die versteifte sich, ohne es zu wollen.

»Kannst du die Musik bitte ein bisschen leiser machen? Du weißt doch, wie die Berger nebenan immer meckert.« Er holte ein Glas und die Weinflasche.

Bei Julius wäre laute Musik kein Problem. Er hatte ja ein Haus, ein frei stehendes. Und Julius würde sich nicht über profane Dinge wie etwas zu laute Musik beschweren.

Betty nahm die Fernbedienung und schaltete die Anlage aus.

Holger kam zurück, goss sich Wein ein und ließ sich in

seinen Lieblingssessel fallen, ein Ohrensessel seines Opas, den er neu hatte aufpolstern und beziehen lassen.

»Wie war dein Abend?«, fragte er und nahm einen Schluck.

»Ich war beim Yoga«, sagte Betty. »Alles gut. Du, ich muss was mit dir besprechen. Susanna hat Caro und mich gefragt, ob wir mit ihr segeln gehen.«

»Am Wochenende?«

»Nein, in zwei Wochen für ein paar Wochen.«

»Aha.«

Betty hasste Holgers »Ahas«, weil diese Ahas immer Folgendes bedeuteten: 1. Kommt ein bisschen plötzlich. 2. Warum hast du mir das nicht früher gesagt? 3. Und wer kümmert sich um die Kinder? 4. Wer kauft ein? Und so weiter.

Holger war zwar kein Macho, aber schon sehr bequem, und er ruhte sich gern darauf aus, dass Betty alles in die Hand nahm.

Julius hatte ganz anders reagiert: »Das finde ich toll. Ihr drei wart ja immer so eng miteinander, dass das über die Jahre gehalten hat, ist wirklich super. Ich freue mich für dich. Mach das und denk über alles nach. Ich liebe dich.«

Holger sagte »Aha«. Das war mal wieder typisch für ihn.

»Die Kinder sind keine Babys mehr«, sagte sie nun schärfer als beabsichtigt. »Und ich werde ja wohl auch mal was für mich tun können.«

»Du hättest es aber mal früher ankündigen können«, sagte Holger. »Und was heißt überhaupt ein paar Wochen?«

»Ich weiß es ja erst seit gestern. Und was ist daran eigentlich so schlimm? Du fährst doch auch jedes Jahr mit Uli und Klaus zum Skilaufen.«

»Das ist aber ein bekannter Termin«, erklärte Holger. »Der immer feststeht. Du musst auch mal bedenken, dass ich vielleicht geschäftlich wegmuss, und dann?«

»Mein Gott, Lisa ist siebzehn und Jan fünfzehn«, sagte Betty. »Sie brauchen weder Windeln noch eine Kita. Sie sind eigenständige Menschen mit Wohnungsschlüsseln, die durchaus auch in der Lage sind, sich in der Mikrowelle ein Hühnerfrikassee aufzutauen.«

»Sei doch nicht so aufgebracht«, sagte Holger und schüttelte den Kopf. »Suchst du Streit?«

»Das sagst du immer, wenn du nicht weiterweißt«, beschwerte sich Betty. »Ich bin die Dumme, denn ich suche Streit. Klar.« Sie stand auf und verließ das Wohnzimmer. Die Tür schloss sie lauter als sonst.

8

Hamburg, zwei Wochen später

Bettyyyyyyy!«, brüllte Susanna und hüpfte auf dem Bahnsteig am Dammtor-Bahnhof hin und her. »Endlich!« Der Zug hatte eine Viertelstunde Verspätung und fuhr nun endlich ein. Betty konnte Susanna zwar noch nicht hören, da die Türen noch gar nicht geöffnet waren, aber das war Susanna egal. Sie war so froh, dass die erste der Freundinnen angekommen war, dass sie es kaum noch aushielt, sie in den Arm zu nehmen.

Da öffneten sich die Türen, und Betty stieg mit ihrer Reisetasche aus.

Susanna raste auf sie zu. »Betty, liebste Betty, ach bin ich froh, dass du da bist!« Sie umarmte Betty so fest, dass die beinahe keine Luft mehr bekam. »Wo sind deine Sachen, ach da, aaaah, sehr gut, du hast es nicht vergessen, keine Koffer, sondern Taschen, wenn man auf ein Schiff fährt.« Das hatte Susannas Vater, Hein zu Olding, ihnen immer gesagt: »Koffer, womöglich noch mit Rollen dran, haben auf einem Schiff nichts zu suchen. Das zerkratzt das Teakdeck und den Holzboden im Schiff. Leichte Taschen, die man zusammenknautschen kann, sonst kommt mir das nicht aufs Schiff, oder ihr könnt die Koffer auf dem Steg auspacken.« Da das keine von ihnen wollte, hatten sie brav die Regeln befolgt. Überhaupt waren sie bei Hein durch eine gute Schule gegangen. Es gab feste Regeln, die befolgt werden mussten, das machte er ihnen von Anfang an klar. »Wenn ich einen Befehl gebe, dann will ich nicht hören, warum oder weshalb oder nein, der Befehl wird ausgeführt«, sagte er ganz am Anfang. Ein einziges Mal hatte Caro den Kopf nicht eingezogen, als er es gesagt hatte, weil sie gerade einen Vogel beobachtete und das Ganze als Schikane betrachtete, da hatte sie den Großbaum an den Hinterkopf bekommen und musste mit einer Platzwunde und einer Gehirnerschütterung ins Krankenhaus gebracht werden. Hein war wütend gewesen, und Caro hatte ein schrecklich schlechtes Gewissen gehabt, weil sie den anderen das Sommerwochenende verdorben hatte, denn sie hatten den Törn natürlich abbrechen müssen, und das nur, weil Caro nicht auf Heins Anweisungen gehört hatte. Nie wieder hatte sie das getan. Auch sonst galt: Was Hein sagte, war Gesetz. »Käpt'n next God«, sagte er immer und meinte es auch so. »Ein Schiff ist kein Spielplatz, so schnell kann was passieren.« Und so mussten sie Mann-über-Bord-Manöver üben und sich gegenseitig aus dem Wasser ziehen, sie mussten immer Schwimmwesten tragen, sie taten, was Hein sagte, kochten reihum und machten den Abwasch, ohne zu maulen. Sie lernten segeln und konnten mit der *Subeca* gut umgehen, und Hein war keine Frage zum Boot zu viel. Er liebte es, darüber zu sprechen. Wundervolle Törns hatten sie gemacht, und auch Susannas Mutter war dabei gewesen, hatte Lieblingsgerichte gekocht und an den Wochenenden immer selbst gebackenen Kuchen dabeigehabt. Sie war viel ängstlicher als ihre Tochter und die beiden Freundinnen und war froh, dass sie nicht an Deck herumlaufen und Fender einsammeln oder beim Anlegen helfen und auf den Steg springen musste. Das machten die Mädels. Die fanden es super, mit der Vorleine am Bug zu stehen und Meterangaben nach hinten zu rufen, um dann leichtfüßig von Bord zu hüpfen und die *Subec*a festzumachen.

Betty freute sich, Susanna wiederzusehen. Die Freundin

sah ein bisschen abgekämpft aus und hatte ein paar neue Fältchen um die Augen, aber sie war lieb und gut wie immer, und es tat einfach gut, sie im Arm zu halten. Susanna roch nach ihrem einzigen Parfum, Ma Griffe von Carven, seit Ewigkeiten trug sie dies auf und kein anderes und duftete stets nach dieser einzigartigen Mischung aus Jasmin, Iris, Sandelholz, Maiglöckchen und Orange. Betty hatte das Parfum auch mal genommen, und man war sich einig gewesen, dass sie nicht der Typ für so was Edles wie Ma Griffe war. An ihr roch das Eau de Toilette wie Klostein, sagte Caro, und Susanna hatte gesagt, so schlimm nicht, aber schon irgendwie nach Klo, und Betty wusste nicht, was sie schlimmer finden sollte. Betty hatte mittlerweile eine ganze Ansammlung Düfte zu Hause, aber mit keinem identifizierte sie sich so wie Susanna mit Ma Griffe. An ihr rochen alle Düfte langweilig, sogar Panthere von Cartier, und der war ja nun wirklich an Üppigkeit nicht zu überbieten.

»In fünf Minuten kommt Caro an.« Susanna ließ sie los und betrachtete sie. »Du hast abgenommen.« Das war Musik in Bettys Ohren. »Stimmt. Ein paar Kilos mussten runter.«

»Ach was, du bist doch immer hübsch, auch mit ein paar Pfunden zu viel. Was macht der Sport?«

»Ich hasse ihn immer noch, gehe aber regelmäßig zum Yoga. Und du?«

»Ich laufe und finde es auch furchtbar, aber in letzter Zeit bin ich gar nicht mehr dazu gekommen, es war sehr viel zu tun.«

»Was denn?« Susanna hatte noch nie groß was zu tun gehabt. Sie hatte immer Menschen, die alles für sie machten. Putzfrau, Haushälterin, Gärtner. Das Einzige, was Susanna machen musste, war, auf ihr Aussehen zu achten, im Neuen Wall und am Gänsemarkt shoppen zu gehen und die Kinder zum Hockey und zum Ballett zu chauffieren, natürlich standesgemäß im Porsche. Susanna hatte ein einfaches Leben. Trotzdem sah sie nie wirklich glücklich aus.

»Ach, wir wollen renovieren, und dauernd macht der Innenarchitekt andere Vorschläge«, sagte Susanna. »Ah, da kommt Caros Zug!«

Und da war sie. Caro sprang aus dem ICE, und alle drei jubelten. »Endlich«, sagte Caro.

»Warum bist du eigentlich nicht in meinem Zug gewesen? Du hättest doch in Frankfurt zusteigen können«, fragte Betty nach der ersten Wiedersehensfreude. »Das hatte ich dich auch per Mail gefragt, darauf hast du gar nicht geantwortet.«

»Die hab ich nicht bekommen«, lachte Caro und dachte nicht daran, zuzugeben, dass sie schwarz gefahren und die ganze Zeit auf dem Klo oder im Bistro gesessen hatte, mit Herzklopfen und einem Gleich-kommt-alles-raus-Gefühl. Noch nie war sie schwarzgefahren, aber sie hatte gerade noch dreihundert Euro, die sie mit ihrer Kreditkarte gezogen hatte. Jetzt war Schluss. Heute oder morgen würden die Abrechnungen kommen, und die Bank würde sich weigern, die Summen einzulösen. Und Tom wusste immer noch nichts, nichts, nichts, und Caro hatte keine Ahnung, wie es weitergehen sollte. Sie hatte ihr Handy ausgeschaltet, es würde sowieso bald nicht mehr funktionieren, weil auch die Handyrechnung von der Bank nicht bezahlt worden war. Die drei bösen Briefe von der Sparkasse hatte sie Tom verheimlich wie sonst auch alles. Die Konten gesperrt, keine Abbuchung mehr möglich. Auch nicht die Miete. Und Caro hatte wie der Wind ihre Tasche gepackt und alles auf Durchzug gestellt. Ja, natürlich war es alles furchtbar und sie unmöglich, auch den Kindern gegenüber, aber was sollte sie machen? Sie war sogar so dumm gewesen, sich noch ein paar

Louboutins für vierhundert Euro zu bestellen. Kauf auf Rechnung. Noch ging das. Morgen ging dann wahrscheinlich gar nichts mehr. Aber sie war nicht zu Hause, sie war jetzt hier in Hamburg, und keiner konnte sie zur Rede stellen.

»Ach, bin ich froh! Auf zur *Subeca*!«, rief Caro und ging vor. »Wo ist das Kapitalistenauto?« Sie meinte Susannas Porsche.

»Wir fahren mit Drive Now«, sagte Susanna.

»Hä?« Das war neu. Susanna hasste Taxis und Mietwagen und öffentliche Verkehrsmittel sowieso.

»Ich will das Auto nicht so lange unbewacht im Hafen stehen lassen. Ihr wisst doch, wie neidisch die Leute manchmal sind.« Das stimmte. Als sie von ihrem Anwaltstermin zum Auto zurückgekommen war, hatten im Parkhaus zwei Männer gestanden und den Porsche angestarrt. »Bestimmt nicht selbst gekauft«, hatte einer verächtlich gesagt.

»Da hat wohl jemand reich geheiratet«, der andere.

Susanna hatte nicht geantwortet. Sie war komplett durch den Wind gewesen. Und zwei Tage später war jemand gekommen, ein Herr Martens vom Porsche-Zentrum, und hatte den Wagen abgeholt. Angeblich zur Inspektion. Wiedergebracht hatte er ihn nicht. Das war auch Rickmer gewesen. Er hatte alles mit einer solchen Kaltblütigkeit geplant, dass sie richtig Angst bekommen hatte. Jeden Abend hatte sie Angst, ins Schlafzimmer zu gehen, weil sie befürchtete, ein abgetrennter Pferdekopf könnte auf ihrem Kissen liegen oder die Matratze wäre von Schüssen durchlöchert, die Umrisse eines Menschen darstellend. Wie in *Der Pate*.

Sie war so froh, jetzt eine Auszeit zu haben, alles zu vergessen. Philippa und Desiree waren in die Ferien abgereist, und Rickmer vögelte Marigold wahrscheinlich um den Verstand, während sie, Susanna, sich fast täglich Briefe von seinem Anwalt durchlesen musste, der immer neue Forderungen stellte und sie als Alkoholikerin bezeichnete, was mehrere Menschen aus ihrem Freundes- und Bekanntenkreis bestätigen könnten. Eine Gefahr sei sie, wenn sie getrunken hatte. Eine Gefahr für Leib und Leben. »Mein Mandant lebt in ständiger Angst, wenn seine Ehefrau alkoholisiert ist«, stand da. »Sie randaliert und wird gewalttätig.« Noch nie war Susanna gewalttätig geworden. Sie konnte nicht mal eine Wespe töten und kümmerte sich im Winter gern um kleine Igel, die sie im Garten fand.

Sie gingen zu dem geparkten Mietwagen und stopften ihre Taschen zu der von Susanna in den Kofferraum, dann quetschte sich Caro auf den Rücksitz, während Betty sich neben Susanna setzte.

9

»Im Gegensatz zu uns hat sich die *Subeca* über die Jahre gar nicht verändert«, musste Betty feststellen und kletterte aufs Schiff.

»Ist ja auch kein Wunder, sie hat ja jahrelang aufgebockt in der Halle bei Petersen gestanden, in Finkenwerder. Ich hab sie in Schuss gebracht, Petersen hat das Unterwasserschiff gestrichen und geschaut, was mit den Segeln ist, das ist aber okay, sagt er.«

»Der alte Petersen? Der war doch schon achtzig, als wir Kinder waren«, staunte Caro.

»Nein, der Sohn, Hannes. Der Thies ist schon lange tot«, erklärte Susanna. »Hannes hat die Firma übernommen und verkauft jetzt Gebrauchtboote und macht eben Reparaturen, bietet Lagerhallen an. Sogar der Motor funktioniert noch einwandfrei, hat er geprüft.«

»Und das Gas?«, fragte Betty panisch. Sie hatte vor allem Angst, was mit Gas oder Strom zu tun hatte, und war fast ausgeflippt, wenn sie an Bord mit dem Kochen dran gewesen war. Sie hatte grundsätzlich geheult, wenn sie in der Pantry an dem kardanischen Herd der *Subeca* stand und Nudeln mit Soße kochen musste, und angeboten, für immer den Abwasch zu erledigen und das Klo zu putzen, aber Hein war streng: Alles wurde aufgeteilt. »Du musst lernen, vor Gas keine Angst zu haben, Punktum.«

»Die Gasanlage ist gewartet worden, alles gut«, versicherte Susanna. »Jetzt trinken wir einen Kaffee, und dann fahren wir einkaufen.« Sie war heilfroh, dass auf ihrem eigenen Konto noch genügend Geld war. Rickmer überwies ihr monatlich eine feste, sehr hohe Summe für persönliche Ausgaben, die sie doch nie anrührte, weil sie einfach mit den anderen Kreditkarten bezahlte. Susanna hatte ihr eigenes Konto total vergessen. Zum Glück hatte Frau Barding sie bei ihrem Termin gefragt, ob sie Konten habe, und da war es ihr wieder eingefallen. Gott sei Dank lag viel Geld drauf, sehr viel. Außerdem, hatte Frau Barding gesagt, würde sie erst mal gar nichts unterschreiben, sondern auf den Schriftsatz von ihr warten. Den würde sie ihr zur Prüfung schicken, was sie auch getan hatte. Frau Barding war freundlich, aber direkt im Ton, und bat noch um Unterlagen. Außerdem verlangte sie, dass ihrer Mandantin, bis die Angelegenheiten geklärt seien, weiterhin die Konten zur Verfügung stünden und sie im Haus wohnen bleiben konnte. Der furchtbare Doktor Kornelius hatte zurückgeschrieben, dass es das neue Ehegattengesetz gäbe und sein Mandant nicht bereit sei, lange zu warten. Man möge doch bitte Verzögerungstaktiken vermeiden, um das Ganze, auch aus Rücksicht auf die beiden gemeinsamen Töchter, mit Anstand über die Bühne zu bringen.

Frau Barding hatte Susanna allerdings abgeraten, nun zum Segeln zu gehen, und das auch noch mehrere Wochen, weil man »nie weiß, was in einer solchen Situation als Nächstes kommt«, aber Susanna war völlig am Ende und sagte Frau Barding, sie bräuchte jetzt einfach die Nähe ihrer Freundinnen und müsste aufs Schiff, sonst würde sie durchdrehen.

»Ich melde mich, wenn es was Neues gibt oder etwas, das dringend besprochen werden muss.« Frau Barding hatte schließlich eingewilligt.

»Und wenn wir eingekauft haben«, sagte Susanna jetzt, »kocht Betty für uns auf dem Gaskocher.«

»O ja, darauf freue ich mich! Gas!«, rief Betty, und alle

drei brachen in Gelächter aus und stellten fest, dass sie seit Ewigkeiten nicht mehr so gelacht hatten.

Die Sonne schien, die Möwen schwirrten über ihren Köpfen herum, ein leichter Wind wehte, und sie konnten die Nordsee riechen, die gar nicht mehr weit weg war. Die Luft war voll mit typischen Schiffs- und Meer- und Hafengerüchen: Salz, Motoröl, Holz, Petroleum, Tang. Wie sehr sie diesen Geruch immer geliebt hatten und noch liebten.

»Es hat sich ja überhaupt gar nichts verändert«, stellte Caro fest. »Sogar die Bettbezüge sind die von früher. Das schöne Grün, das fand ich immer toll.«

Susanna nickte. »Hat Mama damals genäht. Auch sonst ist alles noch da. Ich habe geputzt wie blöd, damit alles schön wird.«

»Du hast geputzt?«, fragten Betty und Caro synchron.

»Natürlich«, sagte Susanna. »Denkt ihr, ich kann das nicht mehr?«

»Du konntest es noch nie, falls du dich erinnern möchtest«, sagte Caro. »Ich hab dich noch nie mit einem Lappen oder einem Staubsauger gesehen, noch nie.«

»Die Zeiten ändern sich«, sagte Susanna schnippischer, als sie wollte, zum Glück kam es nicht so rüber.

Betty war glücklich, wieder hier zu sein. Langsam ging sie durch das Schiff und betrachtete alles. Die alten Emailletassen, den Kupferkessel, die von Susannas Mutter mit dem Bootsnamen im Kreuzstich bestickten Geschirrtücher, die Teller, auf denen sich maritime Motive befanden, die Fotos an den Wänden in den Silberrahmen. Hein am Rad, die drei Mädchen saßen auf dem Großbaum und lachten in die Kamera. Dann Hein mit Frau und Tochter stolz vor der *Subeca*, als sie ganz neu war und noch keinen Namen hatte. Dann ein Aquarell, das ein befreundeter Künstler vom Schiff gemalt hatte. Überall standen in den Regalen noch die alten Bücher. Hanni & Nanni, Fünf Freunde, Pippi Langstrumpf und auch Simmel und Konsalik und Utta Danella. Alida zu Olding hatte diese Romane geliebt, immer schön viel Liebe und Herzschmerz.

In den Kojen roch es nach Waschpulver und Zitrone, und auch das Bad hatte Susanna gewienert. Sie war in eine Art Putzrausch verfallen, nachdem sie einmal angefangen hatte, konnte sie nicht mehr aufhören. Vier Tage hatte sie die *Subeca* geschrubbt, Schränke ausgewischt, Holz geölt, die Plumeaus in die Reinigung gebracht, die alte Bettwäsche gesucht, gefunden und gewaschen und gebügelt. Den Kühlschrank ausgewischt und dabei ein verschlossenes Glas Wiener Würstchen gefunden, das noch mit D-Mark ausgezeichnet und vor zwanzig Jahren abgelaufen war. Glücklicherweise war es nicht explodiert. Über dem Salontisch hing eine Petroleumlampe aus Messing, die Susanna poliert hatte, bis sie glänzte. Die Sitzbezüge im Salon hatte sie abgenommen und gewaschen, jetzt sahen sie aus wie neu. Das ganze Schiff wirkte, als seien sie erst gestern zum letzten Mal von Bord gegangen, dabei war es beinahe siebenundzwanzig Jahre her. Caro wusste noch ganz genau, wann es gewesen war, nämlich ein paar Tage nach dem Abitur. Sie waren mit Hein und Alida noch mal rausgefahren, bevor sie in ihre neuen Leben aufbrachen. Natürlich hatten sie einander versprochen, mindestens einmal im Jahr auf die *Subeca* zurückzukehren, aber wie das immer so ist, war nichts daraus geworden. Männer und Kinder kamen, dann hatte Hein diesen schrecklichen Unfall, und Alida wurde krank. Susanna hatte das Boot nicht verkaufen können, weil sie das einfach nicht übers Herz brachte. Und so kam die *Subeca* in die Halle und wartete darauf, dass sie zurückkehrten.

Was sie ja nun getan hatten.

»So, nun fahren wir einkaufen.«

»Wird das nicht zu eng?«, fragte Caro, die schreckliche Angst davor hatte, dass das alles sehr teuer werden würde. Ihre dreihundert Euro mussten lange reichen. Und sie hatte Angst, dass sie den Zwang verspüren würde, etwas kaufen zu wollen, das sie nicht brauchte.

»Stimmt«, sagte Susanna. »Dann fahren wir zu zweit. Wer kommt mit?«

»Ich«, sagte Betty, die gern einkaufen ging. Schon immer hatte sie das geliebt.

»War ja klar, unsere Betty will wieder das letzte Wort haben«, lachte Susanna. »Nein, nicht den Blumenkohl, den anderen, guck mal, der Salat ist gar nicht mehr frisch, die Äpfel haben braune Stellen, Biozitronen sind im Angebot, und nein, ich stell mich beim Fleisch an, ich will sichergehen, dass wir nichts Sehniges kriegen.«

»Bitte, dann fahr doch allein.« Betty fühlte sich angefasst.

»Warum bist du denn so dünnhäutig? Ich mach doch immer Witze über deinen Einkaufstick.«

Betty wusste es, aber sie sagte es nicht. Sie wusste noch gar nicht, ob sie überhaupt irgendetwas von dem Schlamassel mit den Freundinnen besprechen sollte und wollte. Caro wäre außer sich, dass sie Holger ein Kuckuckskind untergejubelt hätte, Susanna sprachlos, wenn sie hörte, dass sie Holger jahrelang betrogen hätte, und beide fassungslos, dass sie mit Julius nun ein neues Leben in Berlin beginnen wollte.

Betty war viel zu durcheinander, um klar zu denken. Sie musste ihren wirren Kopf entknoten. Da war ein Einkauf ein guter Anfang. Sie ging zur Schublade im Salon. Das war die Kruschelschublade gewesen, so hatten sie die immer genannt, weil dort alles reingepfeffert wurde, was sonst nirgends hingehörte oder gerade im Weg herumlag. Gummibänder, Sicherheitsnadeln, Bierdeckel, Stifte, Blöcke, Radiergummi, Pflaster, Visitenkarten besuchter Restaurants, Notizen. Sie fand tatsächlich einen Block, den sie damals schon benutzt hatte. Es war ein Werbeblock für Marlboro-Zigaretten, allerdings ohne ein Foto mit einem Menschen drauf, der gerade an Lungenkrebs starb, sondern »Die Marlboro gehört dazu – der Geschmack entscheidet«. Betty nahm einen Kuli, setzte sich auf ihren Stammplatz im Salon und begann, die Einkaufsliste zu schreiben. Wie immer fing sie mit Obst und Gemüse an.

»Hast du auch die Bilge sauber gemacht, damit wir da Lebensmittel verstauen können?«, fragte sie Susanna.

»Aber ja.« Sie bückte sich und hob stolz eine Holzlatte hoch, darunter befand sich ein Hohlraum, in dem man Sachen lagern und auch kühlen konnte.

»Sehr gut. Dann können wir gut auf Vorrat einkaufen.«

»Aber nicht zu viel«, sagte Caro. »Lasst uns doch lieber unterwegs auch mal frische Sachen holen.« Oh, oh.

»Was ist denn mit dir los, du bist doch sonst so versessen darauf, immer genug an Bord zu haben«, sagte Susanna. »Ich erinnere mich an Nervenzusammenbrüche, weil nicht genügend Studentenfutter eingekauft wurde und man dachte, zwölf Tüten Erdnussflips könnten für fünf Tage genügen.«

»Ja, aber wenn die Sachen schlecht werden, ist das ja auch nicht gut.«

»Dosentomaten und Nudeln werden ja nicht schlecht«, sagte Susanna. »Also, Betty, können wir?«

»Ja.« Betty nahm den Einkaufszettel. »Wann willst du uns eigentlich mal sagen, wo es hingehen soll?«

»Später, bei einem guten, kalten Weißwein.«

»Na gut.«

Susanna und Betty verließen das Schiff. Caro machte kurz das Handy an, stellte entsetzt fest, dass sie zwölf verpasste Anrufe und ungefähr zwanzig SMS und noch mal so viele WhatsApps hatte. Ohne auch nur eine einzige Nachricht abzuhören oder zu lesen, stellte sie das Handy wieder aus. Sie setzte sich auf ein Salonpolster und stützte den Kopf in die Hände. Wie hatte das alles passieren können? Wie war sie da nur reingeraten? Ihr Herz raste. Sie setzte gerade alles aufs Spiel, das wurde ihr plötzlich klar. Wie sollte sie da jemals wieder rauskommen? Wie es Tom sagen? Er würde es ja nun alles früher oder später erfahren. Und Philipp! Auch er würde es erfahren. Die neue Filiale konnte Tom jetzt sicher vergessen. Die Rechnungen für den Architekten und die ganzen Bestellungen für das neue Sortiment wurden ja nun nicht mehr bezahlt, und sie hatten auch keine zehntausend Euro für die Entwicklung eines eigenen Getränks.

Und sie hatte nichts Besseres zu tun, als den Kopf in den Sand zu stecken und einfach schwarz nach Hamburg zu fahren. Sie musste sofort nach Hause zurück.

Caro stand auf, setzte sich wieder, stand wieder auf. Sie ging zu ihrer Tasche und holte die Flasche raus. Nur einen Schluck.

Der Gin floss heiß durch ihre Kehle Richtung Magen, und sofort breitete sich ein wohliges Gefühl in ihr aus. Noch einen einzigen Schluck. Nur einen. Und noch einen. Einen kleinen.

10

Betty und Susanna fuhren zum Supermarkt und hörten laut Musik, wie sie es schon immer getan hatten. Susanna hatte damals als Erste den Führerschein bestanden und die Freundinnen zu einer Tour mit ihrem neu ertrotzten Auto eingeladen, das allerdings nach zwanzig Kilometern den Geist aufgab. Sie hatte sich in den altersschwachen Innocenti verliebt, und es musste dieser und durfte kein anderer sein, obwohl ihr Vater Hein gesagt hatte, das Auto sei unsicher und noch dazu reif für den Schrottplatz. Warum denn Susanna nicht eins der Familienautos fahren wolle. Aber Susanna hatte sich durchgesetzt. Zu dritt waren sie losgeheizt im Frühjahr 1992, von ihrem damaligen Freund Boris hatte Caro ein Mixtape dabei, und sie hörten laut bis zum Anschlag »Rhythm Is A Dancer« und brüllten in entsetzlich falscher Tonlage mit. Irgendwo in Schleswig-Holstein dann war der Innocenti qualmend stehen geblieben und nie wieder angesprungen. Laute Musik hörten sie trotzdem noch gern. Gerade lief »Barbie Girl« von Aqua im Radio. »Das hab ich ja ewig nicht gehört!« Susanna drehte lauter, und sie quietschten mit der Sängerin mit und ahmten die grelle Barbiestimme nach, bis sie auf den Parkplatz vom REWE fuhren. »Come on Barbie, let's go party, a-a-a-yeah …«

Susanna stellte den Motor ab. »Ich hab mich so wahnsinnig auf euch gefreut«, sagte sie zu Betty, und die nickte.

»Frag mich mal. Ich hab es kaum erwarten können.« Das stimmte so nicht ganz. Einerseits hatte sie sich natürlich gefreut, andererseits wäre sie auch gern in jeder freien Minute mit Julius zusammen, aber der hatte ihr zugeraten, mit den Freundinnen wegzufahren.

»Du brauchst auch jemanden, mit dem du über uns sprechen kannst«, hatte er lieb gesagt. »Bettyschatz, ich gönn dir das von Herzen. Ich lauf dir nicht weg.«

Holger hatte letztendlich mürrisch zugestimmt, dass sie fuhr. Das Triumvirat Betty, Susanna und Caro war ihm von Anfang an suspekt gewesen. Wie konnte man denn bitte so ein Brimborium um diese Freundschaft machen? Dauernd hatte eine von ihnen Geburtstag, oder ein Kind wurde konfirmiert, und an Ostern und Weihnachten mussten auch Besuche eingeplant werden, und wenn die drei zusammensaßen, kicherten sie und tranken Sekt. Und jetzt mussten sie sogar zusammen wegfahren. Auf einem Segelboot. Nun ja, vielleicht hatte Betty bessere Laune, wenn sie zurückkam. Die letzte Zeit mit ihr war sehr anstrengend gewesen. Betty war sonst immer die Seele der Familie gewesen, kümmerte sich und regelte alles. Aber plötzlich war sie aufmüpfig geworden, fand Holger. Noch nicht mal Bierschinken hatte sie ihm mitgebracht, obwohl sie doch wusste, wie sehr er Bierschinken liebte.

Sie stiegen aus. »Ich bin mal gespannt, wie das wird mit uns dreien«, sagte Betty. »Und endlich wieder auf dem Boot! Das war eine so brillante Idee von dir, Susa.«

»Tja, so bin ich«, sagte Susanna, die erfreut feststellte, dass der Spannungskopfschmerz, der sie seit einigen Wochen täglich besuchte und auch gern länger blieb, langsam verschwand. Sie schien in der Tat etwas lockerer zu werden.

»Dann mal auf in den Kampf«, sagte Betty. »Oh, da ist ja ein Bäcker. Wir nehmen Franzbrötchen mit. Darauf habe ich mich die ganze Fahrt über gefreut! Und nein, ich möchte jetzt gar nicht hören, was da alles drin ist. Nichts will ich hören.«

»Ist ja schon gut«, sagte Susanna.

»Danke fürs Kochen, Betty, du bist und bleibst die beste Köchin von uns.« Pappsatt lehnte sich Caro zurück. Betty hatte sich mit Todesverachtung an den Gaskocher gestellt und Pasta mit frischen Tomaten, Zwiebeln und Scampi gekocht, dazu gab es Salat mit Bettys berühmtem Betty-Dressing, alle liebten es.

Caro und Susanna hatten an Deck gelegen und sich gesonnt, während Betty unten wirbelte, und dann tranken sie gemeinsam auf die kommenden Wochen. Caro hatte geschlafen, als sie vom Einkaufen zurückgekommen waren. Sie hatten sie kaum wach gekriegt.

»Hast du was getrunken?«, hatte Betty gefragt.

»Wie kommst du denn darauf? Außerdem, selbst wenn, wäre es ja wohl meine Angelegenheit«, hatte Caro gekeift.

»Auf uns, Mädels, nur auf uns!« Betty hatte einen Schwips, Susanna nicht, weil sie nur einen Schluck genommen hatte, da ihr die Anschuldigung mit der Alkoholikerin in den Knochen hing. Frau Barding hatte ein Schreiben an diesen Herrn Kornelius verfasst, in dem sie von Rufmord und nachhaltigen verletzten Persönlichkeitsrechten sprach, und nun wartete man auf Antwort der Gegenseite. Als Nächstes würde Rickmer womöglich noch behaupten, sie sei mit einer Machete auf ihn losgegangen und hätte versucht, ihn zu zerstückeln. Wie gut, dass die Mädels momentan mit ihrem eigenen Kram und den Ferien und dem Internat beschäftigt waren. Was die Eltern machten oder auch nicht, interessierte sie nur am Rande. Hauptsache, die Grundpfeiler standen: Internet, immer saubere Wäsche im Schrank, Internet, das neue Smartphone, Netflix, einen Chauffeur von A nach B und Internet, genügend Geld, um die neuesten Klamotten zu kaufen, Sonos, Amazon Prime und Internet.

Alles da? Alles gut. Eltern waren okay, wenn sie funktionierten und als lebendes Portemonnaie fungierten und sie ansonsten in Ruhe ließen.

Warum tat Rickmer ihr das an, überlegte Susanna, während sie den Tisch abräumte, Betty ein Franzbrötchen einatmete und ein zweites in mundgerechte Stücke zerteilte.

»Hast du keine Zähne mehr?«, fragte Caro.

»Doch. Aber es sieht edler aus und nicht so gierig, wenn man es vorher in Stücke zupft«, erklärte Betty wichtig. »Da klebt dann auch nichts in den Mundwinkeln.« Ihr Handy vibrierte. Sie hatte es auf lautlos gestellt. Es war Holger. *Wo steht denn bei uns das Waschpulver?*

Meine Güte.

Muss gekauft werden, ist alle, schrieb sie zurück und freute sich fast, weil Holger endlich mal merkte, wie es war, sich um alles allein zu kümmern.

Aha, schrieb Holger nur zurück, und Betty wusste ganz genau, was er damit sagen wollte: »Hättest du mir das nicht mal früher sagen oder es vielleicht sogar besorgen können?«

Wieder vibrierte das Handy. Jetzt war es Julius.

Bettysehnsucht, stand da nur, und ihr Herz machte einen Hüpfer. *Das ist übrigens dein Garten,* schrieb er jetzt, und es folgte ein Foto von einer Wiese, Beeten und Bäumen, einem kleinen Teich und Teakholzstühlen und -bänken. War das schön! Lisa und Jan würden es klasse finden, das hoffte sie jetzt einfach mal. Eigenes Haus, eigener Garten.

Hoffentlich würde alles gut werden. Hoffentlich.

Sie seufzte und steckte sich noch ein Stück Franzbrötchen in den Mund, den Rest packte sie ein. Sie wollte nicht als Matrone zurückkommen. Die Nudeln waren eigentlich schon zu viel gewesen. Betty und Essen, das war ein Kapitel für sich.

»Kommt, wir gehen an Deck, es ist noch schön warm«,

sagte Caro, und sie kletterten den Niedergang nach oben, Betty füllte die Gläser mit dem kalten Weißwein, und sie schauten auf die ruhige Elbe. Es war ein schöner Abend, lauwarm, mit diesen Geräuschen, die man in dieser Kombination nur in einem Hafen hörte: leises Platschen der Wellen, knarzendes Holz, Fallenklappern, entfernte Stimmen, Lachen, die Möwen, die vom Himmel riefen, andere Möwen, die ihnen antworteten, Gläserklirren auf den Booten, wenn man anstieß, das Quietschen der Leinen, wenn ein Boot vorbeifuhr. Es war einzigartig – und schon viel zu lange her, dass sie auf der *Subeca* gewesen waren. Wie hatten sie das Schiff so lange allein lassen können? Wieso waren sie nicht früher auf die Idee gekommen, gemeinsam hier Urlaub zu machen? Caro erinnerte sich, dass sie vor etlichen Jahren mal überlegt hatten, ein verlängertes Wochenende mit allen Kindern auf der *Subeca* zu verbringen, aber dann war wieder ein Fußballturnier oder ein Hockeyspiel oder ein krankes Kind dazwischengekommen.

»Lasst uns noch mal anstoßen«, sagte Caro. »Ist das schön.« Zum gefühlt vierzigsten Mal klirrten an diesem Abend die Gläser.

»Also, liebste Susa, wenn du uns jetzt gnädigerweise verraten könntest, wo es hingeht«, sagte Caro dann, und Betty war genauso erwartungsvoll.

»Na klar«, sagte Susanna. »Wir segeln in die Bretagne.«

»Nach Frankreich?« Caro konnte es nicht glauben. »Das ist ja der Hammer!«

»Wow! Wie bist du denn darauf gekommen?«, wollte Betty wissen. »Oh, oh, wenn ich an das leckere Essen in Frankreich denke, Foie gras und Muscheln und ...«

»Also primär geht es ja nicht um das Essen, sondern darum, dass wir zusammen unterwegs sind und was Neues sehen«, erklärte Susanna. »Das wollte Papa doch immer mit uns machen, falls ihr euch erinnert, aber Mutti hatte immer Angst, dass uns was passiert.«

»Ich erinnere mich gut daran. Sie hatte ja sogar Angst, wenn wir ins Wasser gesprungen sind. Wir hätten uns ja irgendwo verletzen können.«

»O ja. Ihr Lieblingssatz war ›Passt auf‹«, giggelte Betty.

»Egal, was wir gemacht haben, passt auf, passt auf.«

»Sogar beim Essen. Pass auf, dass du dreißigmal kaust, pass auf mit der Tomatensoße, pass auf, dass du dich nicht verschluckst, meine Güte.«

»Ich war immer froh, wenn ihr dabei wart«, sagte Susanna. »So hat sie die Angst auf drei verteilt, es war immer schrecklich, wenn ich mit ihr allein war. Am liebsten hätte sie mich in Bläschenfolie verpackt und in einen Schrank gestellt.«

»Ich mochte deine Mama«, sagte Caro und lächelte. »Sie war immer lieb, und dass sie sich Sorgen gemacht hat, zeigt doch, dass sie uns lieb hatte.«

»Wie lange sind Hein und Alida nun schon tot?«, wollte Betty wissen. »Sind es fünf Jahre?«

»Nein, diesen Winter werden es zehn«, sagte Susanna.

»Was, zehn?« Betty konnte es nicht glauben. »Mir ist das alles noch so präsent. Also alles. Unsere Kindheit, Jugend, immer waren deine Eltern da, ich hab fast das Gefühl, ich hab mit euch mehr Zeit verbracht als mit meinen eigenen Eltern.«

»Die hatten ja auch kein Boot. Wobei ich sie auch sehr mag«, sagte Caro. »Aber bei Susa gab's die große Freiheit und Alidas Nussecken.«

»Oh, die Nussecken!« Bettys Augen glänzten. »Übrigens ist meine Mutter neu verliebt. In einen Schotten, sie ist mit ihm in den Urlaub geflogen.«

»Mit einem Schotten?«, fragte Susanna und wurde kalkweiß.

»Ja, ist das so schlimm?«

»Nein, nein«, sagte Susanna, und da kam der Kopfschmerz zurück. Einatmen, ausatmen, sich beruhigen. Eins, zwei, drei. Susanna lächelte die Freundinnen an.

»Wisst ihr, was mir gerade einfällt?«, giggelte Caro. »Der Kranz. Der Kranz auf Heins Beerdigung.«

»O Gott!« Nun schrie Susanna fast, und Betty auch. Alida hatte nach Heins Unfalltod natürlich einen Kranz in Auftrag gegeben, und auf der Schleife sollte stehen »Deine dich liebende Ehefrau«. Auf der Trauerfeier hatte man dann gesehen, dass der Florist offenbar was falsch verstanden oder aufgeschrieben haben musste, denn da stand: »Deine durchtriebene Ehefrau«. Obwohl alles ganz traurig war, hatten sie kichern müssen und fast keine Luft mehr bekommen, und Alida hatte versucht, das unpassende Wort mit einer Nagelschere aus dem Kranz rauszuschneiden, was wiederum den Pfarrer irritiert hatte. Das Wort hatte Alida richtig fertiggemacht. Ein paar Monate später wurde bei ihr ein Tumor festgestellt, und man riet ihr, ihre persönlichen Dinge zu ordnen, was sie dann auch tat. Alida organisierte ihre komplette Beerdigung mitsamt Trauerfeier, sie formulierte die Anzeigen vor und die Danksagung, sie bestellte Kränze und überprüfte zehnmal, ob nicht irgendein unpassendes Wort dazwischengeraten war. Zum ersten Mal galt ihre Fürsorge nicht den Mädchen, sondern ihr selbst, was sie eigentlich ganz angenehm fand. Sich um sich selbst zu kümmern und gut zu sich zu sein, das hatte was, schade nur, dass sie zu spät darauf gekommen war. Zwischen Arztbesuchen, Bestrahlungen und Beerdigungsorganisiererei versuchte Alida, sich die letzten Monate ihres Lebens so schön wie möglich zu machen. Sie, die immer auf ihre Figur geachtet hatte, aß nun die Nussecken selbst, sie ging zur Ganzkörpermassage und wünschte sich zum Geburtstag einen Callboy, und sie meinte es ernst. »Ich will noch einmal richtig guten Sex haben«, hatte Alida zu ihrer Tochter gesagt, die das gar nicht hören wollte, weil Eltern schließlich keinen Sex hatten.

»Wisst ihr noch, Jerome?« Caro brüllte fast. »Isch büms disch dursch.«

Susanna schlug sich auf die Schenkel. »Isch mach disch ferdisch, isch bin en Diiiier!«

Betty bekam Schluckauf. Sie schrien so laut, dass die Leute, die auf den umliegenden Booten an Deck saßen, schon rüberschauten. Damals hatte Susanna sofort bei Betty und Caro angerufen, und gemeinsam hatte man sich online auf die Suche nach einem passenden Gespielen für Alida gemacht. Bei Jerome aus Paris, der eigentlich Horst hieß und aus dem Osten kam, waren sie hängen geblieben, einfach weil er sein Geschäft mit solch süßer Ernsthaftigkeit betrieb: »Was will denn die Muddr hörn? Dass ischen gäilar Hängst bin? Sag isch ihr dann«, hatte Jerome gesächselt und sich Notizen gemacht. »Isch sag ihr dann, sie soll misch bümsen, dass mir d'Eier zum Arsch rauskomm'n.« Zum Äußersten war es dann mit Alida doch nicht gekommen, weil sie Jerome nicht so richtig ernst nehmen konnte. Sie musste genauso lachen wie ihre Tochter und die Freundinnen. Also hatten sie einen netten Abend mit Jerome verbracht, der noch angeboten hatte, »eusch alle nacheinandr durschzubümsen«, worauf dann aber verzichtet wurde. Sein Honorar hatte er natürlich trotzdem bekommen und zum ersten Mal in seinem Leben Weinbergschnecken gegessen. »Dass isch so was noch erläben darf! Aber Schnäcken sin ja was Härrlisches!«

Alida war an diesem Abend in einem Restaurant am Hafen noch mal richtig aufgeblüht und hatte viel gelacht. Sie war richtig gut gelaunt gewesen und hatte mit Appetit gegessen.

»Ich danke euch, meine Mädchen«, hatte sie gesagt, als die drei sie nach Hause gebracht hatten. Sie hatte sie alle drei fest umarmt und Susanna noch etwas länger im Arm gehalten.

Das war Alidas letzter Abend gewesen. Am nächsten Morgen war sie tot.

»Wisst ihr noch, als ich angerufen habe?«, fragte Susanna, und die anderen beiden nickten. »Wir waren irgendwie gar nicht traurig, wir alle nicht, sondern wir haben uns für deine Mama gefreut«, erinnerte sich Betty. »Dass sie den lustigen Abend mit uns hatte und dass der Krebs im Anschluss daran keine Chance mehr hatte, noch böser zu werden.«

Alida war ins Bett gegangen, eingeschlafen und einfach morgens nicht mehr aufgewacht. So wie sie es sich gewünscht hatte.

Aber eins hatten die drei nicht lassen können: einen Kranz in Auftrag zu geben, auf dem ihre Namen standen und »Pass auf!«.

11

»Also, Bretagne«, sagte Caro. »Ich finde das großartig.«
»Ich auch«, sagte Betty. »Auf unsere Susa. Auf ihre tollen Ideen.«

»Hört, hört«, sagte Susanna.

»Noch mal kurz was Praktisches«, sagte Betty. »Wie machen wir das denn mit der Abrechnung der Einkäufe? Wie früher? Jeder tut was in die Kasse?«

Caro wurde heiß und kalt gleichzeitig.

»Ja, dachte ich.« Susanna nickte. »Was haben wir heute ausgegeben? Betty?«

»Rund zweihundert Euro«, sagte Betty. »War ja ein Großeinkauf, das sind für jeden …«

»Zweihundert Euro?« Caro wurde ganz blass. »Warum denn so viel, warum denn ein Großeinkauf?«

»Na ja, weil wir manchmal mehrere Tage am Stück unterwegs sind«, sagte Susanna. »Wo ist denn das Problem?«

»Es gibt kein Problem, aber ich werde ja wohl mal fragen dürfen.« Caro war zickig. Und genervt. Und besorgt. Mit ihren dreihundert Euro würde sie nicht weit kommen. Aber das hätte ihr vorher klar sein können, sie war ja nicht blöd. Und sie hatte bestimmt weitere Anrufe, SMS und WhatsApps auf dem Handy. Caro tat, was sie bei anderen Menschen immer verabscheut hatte: Sie ging Konflikten aus dem Weg und steckte den Kopf ganz tief in den Sand. Sie würde einen Teufel tun und hier als Einzige zugeben, ein Problem zu haben, während Susa und Betty ihre perfekten Leben führten.

»Hast du irgendein Problem, Caro?«, fragte Betty.

»Ich … nein«, sagte Caro. Das konnte sie nicht. Nicht jetzt.
»Also *hast* du ein Problem«, bohrte Betty nach, wie immer.
»Ich hab doch Nein gesagt.«
»Nein, du hast ich … nein gesagt. Mit einer etwas zu langen Pause zwischen *ich* und *nein*.« Betty war hartnäckig. »Sag doch, was ist.«
»Es ist nichts. Ich finde es nur blöd, dass ihr beim Einkaufen nicht aufs Geld achtet«, sagte Caro, und das fand sie nun wirklich.
»Spinnst du? Ich hab extra nach Sonderangeboten geschaut und überhaupt nichts Überteuertes gekauft«, verteidigte sich Betty. »Ich hab noch nie teuren Kram eingekauft. Wir brauchen doch Vorräte.«
»Du kannst nachschauen«, sagte Susanna. »Betty achtet da doch immer drauf.«
»Im Gegensatz zu dir«, sagte Caro.
»Was soll denn das jetzt?«, fragte Susanna perplex.
»Du musst ja aufs Geld nicht achten«, moserte Caro herum und goss sich Wein ein. Was war nur mit ihr los? Susa konnte doch nichts dafür.
Susanna atmete tief ein und aus. »Das hat überhaupt nichts damit zu tun. Wir teilen alles gerecht auf, so wie immer«, sagte sie ruhig und versuchte, gelassen zu bleiben.
»Außerdem – was ist denn schlimm dran, dass ich nicht aufs Geld achten muss?« Haha, wenn ihr wüsstet.
»Weil du automatisch denkst, dass wir es auch nicht müssen.« Caro war nun schon in Kampfposition.
»Also ist doch was, Caro«, sagte Betty mütterlich. »Jetzt erzähl doch mal.«
»Es gibt nichts zu erzählen, herrje. Bohr doch nicht immer noch mal und noch mal nach.«
»Ich kenn dich«, sagte Betty. »Du hast doch was.«

»Ich glaub auch, dass sie was hat«, sagte Susanna. »Carochen wird immer giftig, wenn sie sich ertappt fühlt.«

»Ich fühle mich nicht ertappt!«, fauchte Caro wütend. »Wahrscheinlich wollt ihr, dass ich was habe, um von euren eigenen Problemen abzulenken.«

»Welche Probleme denn?« Susanna fragte eine Spur zu schrill, Betty merkte das sofort.

»Was ist denn bei dir, Susa?«

»Meine Güte, Betty, du nervst«, wurde sie von Susanna angefahren. »Können wir nicht einfach einen schönen Abend haben?«

Betty sah die Freundinnen nacheinander an und zog die Augenbrauen hoch, was bei ihr so viel bedeutete wie »Ich weiß genau, dass was los ist, aber bitte, dann werdet doch allein damit fertig«.

Keine von ihnen sagte was. Sie saßen da, starrten auf ihre Weingläser, und in jeder brodelte es. Warum, fragte sich Susanna, sagte sie den Freundinnen nicht einfach, was los war? Sie waren doch immer wie Pech und Schwefel gewesen, immer das heilige Triumvirat, immer füreinander da und immer eine Einheit. Irgendwas musste in den letzten Jahren passiert sein, das sie davon abhielt, ihr Herz auszuschütten. Sie hatte von einer intakten Ehe, einer tollen Familie und einem schönen Haus geträumt und alles gehabt, und das hatte sie auch immer nach außen transportiert. Bei Susanna war einfach alles perfekt. Auch den Freundinnen gegenüber hatte sie sich immer so verhalten, wie es sich eben gehörte, oder wie sie glaubte, dass es sich gehörte.

Caro war ebenfalls nachdenklich. Sie war sich selbst peinlich, aber noch konnte sie das nicht vor den anderen zugeben. Sie fühlte sich wie eine dämliche Versagerin, die sich nicht im Griff hatte und alles in den Ruin trieb.

Betty dachte an Julius und dann an Holger und dann wieder an Julius. Holger hatte ihr eine liebe WhatsApp geschrieben. Er war gar nicht mehr genervt wegen des Waschpulvers und wünschte ihr viel Vergnügen. Julius schrieb, dass er sie vermisste und sich auf alles freute. Moment mal, noch hatte sie ja gar nicht gesagt, dass sie Knall auf Fall alles hinter sich lassen würde. Julius schien sich ja sehr sicher zu sein. Das gefiel ihr einerseits, andererseits aber auch nicht. Auch weil Holger ihr leidtat. Und die Kinder. Und überhaupt. Berlin. Berlin war nicht München. Aber da war Julius. Und ein Haus mit Garten. Und kein Holger mehr, der sich drauf verließ, dass sie, Betty, schon alles richten würde. Wie gern würde sie mit Susanna und Caro darüber reden, aber die Stimmung war irgendwie hin. Und wieso war Caro wegen der Einkäufe so komisch und Susanna so zickig beim Thema Geld?

Na ja, sie mussten erst mal zusammenfinden. Es würde schon werden. Sie alle liebten sich, und sie liebten die *Subeca* und würden eine schöne Zeit verbringen. Ganz sicher.

12

Caro lag in ihrer Koje. Das Schöne an der *Subeca* war, dass sie drei Schlafkammern hatte, in denen je zwei Personen schlafen konnten, und auch im Salon konnten noch zwei Leute auf den Polstern liegen. Also war für acht Menschen Platz, aber die mussten sich dann wirklich mögen, weil ein 38-Fuß-Boot keine 38 Meter lang war, sondern ungefähr zwölf. Außerdem gab es nur ein Klo, man durfte also keine Magen-Darm-Probleme haben. Am liebsten hatte Susannas Vater Hein es gehabt, wenn die Toilette an Bord überhaupt nicht benutzt wurde – er jagte gern alle zum Hafenklo, was immer ein Desaster war, weil die mitsegelnden Damen sofort einen Darmverschluss bekamen, wenn sie auf öffentliche Toiletten gehen mussten. Auch Caro hatte das schrecklich gefunden und Hafenklos und -duschen gemieden, wo es nur ging. Allein die Vorstellung, dass rechts und links neben ihr andere Leute ... furchtbar.

»Machen wir es mit dem Bad wie früher?«, hatte Susanna vorhin gefragt, als sie runtergegangen waren, was hieß, dass sie es nach dem Alphabet benutzten. Betty zuerst, dann die beiden anderen.

Susanna war so distanziert gewesen.

»Vergessen wir doch, was vorhin war«, hatte Betty vorgeschlagen. »Und freuen uns einfach auf eine schöne gemeinsame Zeit.«

»Na klar.« Susanna hatte genickt und ausgesehen wie eine Zitrone. Und Betty hatte geseufzt und war ins Bad gegangen.

Himmel, dachte Caro, ich muss wenigstens noch mal das

Handy anmachen. Ihr Herz klopfte schneller, während sie die PIN eingab. Sie schloss die Augen und fing an, die Mailbox abzuhören. Es war Herr Wittekind von der Bank, der ihr mitteilte, dass nun Ende sei, und man müsse sich dringend zusammensetzen. Er faselte von Krediten, die gekündigt würden, Verzugszinsen in immenser Höhe und, und, und ... Der zweite Anruf war von Tom. Caro dachte, er würde auf die Mailbox schreien, aber er war ganz ruhig: »Caro, bitte ruf mich an. Was ist da los? Was ist da nur los? Was hast du dir dabei gedacht? Wir sind ... Caro, du hast ...«

Da hörte Caroline auf, ihrem Mann zuzuhören. Ihr Herz tat weh vor lauter Kummer, und sie begann, sich herumzuwälzen. An Schlaf war keine Sekunde zu denken. Leise stand sie auf, ging zur Tür und horchte, ob von draußen noch ein Geräusch kam. Aber da war nichts. Leise öffnete sie die Tür der Kammer und ging zum Kühlschrank, holte die angebrochene Flasche Weißwein und setzte sie an. Nur einen Schluck. Nur noch einen. Und noch einen. Irgendwie musste sie ja mal schlafen.

13

Susanna scheuchte sie alle früh aus den Betten, weil sie sich nach dem Tidenkalender richten mussten, denn die Gezeiten orientierten sich nun mal nicht am Menschen.

»Gezeiten sollten gesetzlich verboten werden«, sagte Betty gähnend. Sie hatte noch lange mit Julius telefoniert, heimlich natürlich, und war entsprechend müde. Caro war verquollen und verkatert. Es war natürlich nicht bei einem kleinen Schluck geblieben, aber wenigstens hatte sie so ein bisschen schlafen können. Geträumt hatte sie von Herrn Wittekind, der sie zwang, betteln zu gehen, um die Verzugszinsen zu zahlen, und als sie in der Fußgängerzone stand und verwahrlost vorbeiheizende Passanten um einen Euro bat, kamen Susanna und Betty vorbei und lachten über sie, dann gab Susanna ihr einen Euro, und Betty fragte dauernd, was denn los sei.

Susanna hatte Brötchen geholt und schon den Tisch gedeckt, der Kaffee war gekocht, und in der Pfanne brutzelten Spiegeleier.

Jetzt saß sie da mit dem Tidenkalender. »Also, Mädels, heute geht's erst mal nach Cuxhaven. Der Wind ist prima dafür. Was sagt ihr dazu?«

»Du bist die Törnplanerin«, sagte Caro. »Dein Wille ist Befehl.«

»Ihr könnt schon sagen, ob euch das recht ist«, sagte Susanna. »Ihr wisst doch, ich bin da nicht stur.«

»Ja, aber der Wind. Und wenn der Wind heute gut ist für Cuxhaven, dann segeln wir dahin«, war Bettys Meinung. »Und ich möchte bitte unbedingt, dass wir uns jetzt wieder vertragen.«

»Wir haben uns doch gar nicht gestritten.« Caro setzte sich auf die Bank und nahm ein Brötchen.

»Aber es war komisch gestern Abend«, sagte Betty. »Ich mag es nicht, wenn wir uns nicht verstehen.«

»Warum hast du nicht aufgehört zu bohren?«, fragte Caro und goss sich Kaffee ein. »Wenn du einfach mal ruhig gewesen wärst, wäre alles gut.«

»Aha, es ist also nicht alles gut?«, fragte Betty.

»Fängst du schon wieder an.«

»Tu ich doch gar nicht.«

»Dann lass es auch.«

»Ruhe jetzt!«, rief Susanna. »Der Skipper hat das letzte Wort, und der Skipper bin ich. Es wird nicht mehr gebohrt und nicht mehr gefragt. Wer was erzählen will, erzählt es, und wenn nicht, ist es auch gut. Jetzt möchte ich in Ruhe mit euch frühstücken. Außerdem muss ich auf den neuesten Stand gebracht werden. Fangen wir bei dir an, Caro: Was macht Tom? Und wie steht es mit der Eröffnung des zweiten Geschäfts?«

Caro belegte eine Brötchenhälfte mit Schinken. »Tom geht es prima, er arbeitet mit Hochdruck daran, dass alles rechtzeitig fertig wird. In zwei Monaten ist die Eröffnung, er ist schon ganz aufgeregt.«

»Da kommen wir, oder, Susa?«, fragte Betty. »Das ist doch ein guter Grund, mal wieder nach Bad Homburg zu fahren.«

»Na klar«, sagte Susanna, die nicht wusste, ob sie in zwei Monaten noch ein Zuhause haben würde oder ein neues, oder ob sie Rickmer da schon umgebracht hatte und in Untersuchungshaft sitzen würde, um auf ihren Prozess und die Verurteilung zu warten. »... wegen heimtückischen Mordes zu einer lebenslangen Freiheitsstrafe mit anschließender Sicherheitsverwahrung«. Susanna fragte sich immer, was Leute im Gerichtssaal wohl dachten, wenn sie ihr festgesetztes Strafmaß hörten. War man da wie in Watte gepackt, oder schoss Adrenalin durch den ganzen Körper? Nahm man alles bewusst in sich auf, oder dachte man, dass es eigentlich gar nicht um einen selbst ging? Fing man an zu lachen oder zu heulen, und war man sich darüber im Klaren, dass dieser Urteilsspruch bedeutete, dass man nie wieder, niemals wieder eine Minute, auch nicht eine Sekunde, in Freiheit verbringen würde?

Und warum dachte sie jetzt darüber nach? Weil sie gestern Abend im Bett darüber sinniert hatte, wie es wohl wäre, Rickmer zu töten? Sie hatte sich diverse Tötungsarten überlegt.

»Wie geht es denn Rickmer?«, fragte Caro.

Susanna lächelte versonnen vor sich hin. »Noch gut«, sagte sie.

»Wieso noch?«

»Vielleicht stirbt er bald«, sagte Susanna.

»O mein Gott, ist er krank?«, wollte Betty besorgt wissen.

»Nein, das nicht. Aber vielleicht stirbt er trotzdem bald.« Susanna träufelte sich Honig auf ihr Brötchen, das sie zuvor mit Butter bestrichen und mit Salz bestreut hatte.

»Das verstehe ich nicht«, sagte Betty. »Susanna? Hallo?«

»Ach, ich denke nur darüber nach, wie es ohne Mann wäre.«

»Ach so.« Betty war erleichtert. »Ich dachte schon, bei euch stimmt irgendwas nicht.«

»Es ist alles in Ordnung«, sagte Susanna. »Ich denke, wir müssen bald los, beeilt euch mal. Du musst uns nachher noch von Holger und den Kindern erzählen, und du musst auch erzählen, Caro.«

»Na, und du eben von Rickmer und den Mädels, die kommen doch jetzt bald ins Internat.«

»Ja, genau.«

»Pass auf, das bringt noch mal richtigen Schwung in eure Ehe«, sagte Betty. »Wahrscheinlich werden Rickmer und du euch neu ineinander verlieben.«

»Das wäre natürlich herrlich!« Susanna strahlte sie mit ihren schönen Augen an. »Und es gibt nichts, was ich mir mehr wünsche. So, fertig? Dann macht ihr beide hier unten alles fertig, ich kümmere mich oben um die *Subeca* und mach sie segelklar.«

Wie es sich wohl anfühlen würde, wenn sie Rickmer mit einem scharfen Messer die Milz entfernte? Oder was ganz anderes.

14

»Genau so hab ich mir das vorgestellt.« Betty stand am Rad und sah nach oben auf den kleinen Pfeil, der sich am Mast befand und ihr zeigte, woher der Wind kam. Sie hatte schon immer gern gesteuert und auch ein Händchen dafür. Sie liebte es, wenn das Schiff ihr gehorchte und die Segel gebläht blieben, und ging noch etwas höher an den Wind. Sie kamen mit sieben Knoten gut voran, und ihre Laune war hervorragend, weil sie endlich mal wieder tun konnte, was sie wollte.

Außerdem war Betty verknallt bis über beide Ohren und dachte nichts anderes als *Julius, Julius, Julius.* Tausende Schmetterlinge flogen durch sie hindurch, und sie versuchte die Realität bestmöglich auszublenden, was gerade ganz gut gelang. Sie würde mit den Kindern sprechen, sie müssten sie doch verstehen, und Holger würde schon keine Schwierigkeiten machen, er ging doch gern immer den Weg des geringsten Widerstands. Und sie wollte es den beiden Freundinnen erzählen, vielleicht heute Abend in der alten Kneipe, in der sie schon früher immer mal gewesen waren, weil Hein da gern ein paar Bier gezischt hatte. *Elbe 1* hieß sie, eine herrliche Spelunke. Früher hatte sie vierundzwanzig Stunden am Tag geöffnet gehabt, sie war gespannt, wie sie heute aussah.

»Na, Betty.« Susanna kam zu ihr und umarmte sie. »Schön, hm? Das haben wir richtig gemacht, uns mal eine Auszeit zu nehmen, oder?«

»Ja, und ich bin wirklich froh, dass ich zugesagt habe, und vor allem, dass ich Urlaub bekommen habe. War eine super Idee von dir.«

»Es ist so schön mit euch. Ich merke gerade, wie sehr ich euch vermisst habe«, sagte Susanna.

»Es ist viel zu lange her.« Betty nickte. »Weil dauernd was anderes ist, und dann die Kinder, dauernd bin ich am Rumrennen. Dann noch der Job, der Haushalt und was weiß ich. Du kennst ja Holger, er ist nicht gerade eine Hilfe.«

»War er noch nie, der Gute lässt sich ja gern alles vor den Hintern tragen.«

Das war Wasser auf Bettys Mühle. »Stimmt. Und es ist mit den Jahren nicht besser geworden. Holgers Lieblingsfragen fangen mit ›Wo sind denn bei uns‹ an. Entweder die Handtücher oder das Waschpulver oder die Butter oder die Spülmaschinentabs. Das ist ja auch viel einfacher, als sich mal was zu merken. Mich macht das wahnsinnig.«

»Kann ich gut verstehen«, sagte Susanna.

»Wie ist denn das mit Rickmer?«

»Die paar Tage im Monat, die er zu Hause ist, kümmert er sich natürlich um gar nichts.«

»Wenigstens musst du nicht arbeiten.«

»Na ja, vielleicht mache ich das aber bald.«

»Wirklich? Wieder PR?«

»Vielleicht, mal sehen. Ich bin ja schon ziemlich lange raus, aber wenn die Mädels jetzt nach den Ferien ins Internat kommen, fällt mir vielleicht zu Hause die Decke auf den Kopf.«

Susanna war kurz davor, Betty ihr Herz auszuschütten, aber dann schaffte sie es doch nicht.

»Bist du glücklich?«, fragte Betty sie.

»Na klar«, lachte Susanna. »Sicher. Ich habe einen tollen Mann, zwei klasse Töchter, ein schönes Haus und genügend Geld. Warum sollte ich nicht glücklich sein?«

Caro kam zu ihnen. »Geht es um Glück?«

»Ja.« Betty hielt ihr Gesicht in die Sonne. »Ich bin sehr glücklich.«

»Warum sagst du das so, als ob du es gerade erst festgestellt hast?«, wollte Caro wissen.

»Hab ich ja vielleicht auch. Freut euch doch für mich.«

»Tun wir doch, oder, Susa?«

Susa nickte. »Klar. Ich bin es ja auch. Und du, Carolein?«

»O ja. Könnte nicht besser sein. Ich glaube, wir müssen das Schiff langsam mal anlegeklar machen. Ich hol die Fender. Machst du die Vorleinen, Susa?«

In der Kneipe herrschte Hochbetrieb. Dicht gedrängt standen die Leute am Tresen oder saßen an Tischen, und ein kleiner, dicker Mann spielte auf einem Schifferklavier Wunschmusik, die mit steigendem Alkoholkonsum immer rührseliger wurde. Freddy Quinn natürlich und Hans Albers wurden gewünscht, und plötzlich lagen sich fremde Menschen in den Armen und sangen gemeinsam die alten Gassenhauer. Dann fing der kleine, dicke Mann an, Shantys zu singen, und alle fielen ein. Er war als Sensation des Abends angekündigt worden, ein Feuerwerk der Heimatmusik, so stand es auf Plakaten. Der Musiker nannte sich Fidel Feuerzwerg und behauptete, die Menschen würden bei seiner Musik anfangen zu brennen, weil sie so wahnsinnig unter die Haut gehe. Sein Claim, der auch auf seinem T-Shirt prangte, lautete: Fidel Feuerzwerg bringt die Stimmung und die Menschen zum Lodern! Es brannte zwar niemand, aber die Stimmung war gut, auch weil Fidel immer wieder zum Mitsingen und Schunkeln anregte. Caroline hatte schon ihr drittes Bier vor sich und trank es wie stilles Wasser. Betty runzelte die Stirn.

»Kann es sein, dass du ein bisschen viel trinkst, Caro?«

Caro zog die Augenbrauen hoch und nahm noch einen Extraschluck, dann winkte sie der Bedienung. »Jubi, bitte.«

Sie drehte sich wieder zu Betty um. »Ich hätte wetten sollen, wann du wieder mit deinem Moralapostelgehabe loslegst. Ich dachte, ich krieg schon gestern Abend eine Breitseite von dir, da hast du auch so komisch geguckt, als ich Wein getrunken habe.«

»Der Wein war auch merkwürdigerweise heute Morgen leer, und die Flasche war in deiner Kammer«, gab Betty zurück.

»Das darf ja wohl nicht wahr sein«, sagte Caro und lallte ein ganz klein wenig, worüber sie sich ärgerte. »Du machst schon wieder auf Mama. Lass es doch mal sein, Betty.« Gutmütig legte sie der Freundin den Arm um die Schulter. »Kommt, wir stoßen an. Wir haben Urlaub, da können wir doch mal ein bisschen was trinken.«

»Ach, ich mag es nicht, wenn man betrunken ist«, sagte Betty. »Und gerade du, Caro, du fängst dann irgendwann an zu heulen.«

Die Bedienung brachte den Jubiläumsaquavit, und Caro kippte ihn runter. »Blödsinn, ich bin viel zu glücklich, um zu heulen«, sagte sie. »Noch einen.«

»Nein«, sagte Betty zur Bedienung. »Sie hat genug.«

Die Frau blieb unschlüssig stehen.

»Lass sie doch«, war Susannas Meinung. »Du bist doch nicht ihre Erziehungsberechtigte. Und nicht du hast morgen den dicken Kopf, sondern sie.«

»Eben. Also noch einen Jubi«, sagte Caro.

Betty schüttelte den Kopf. Bitte, sollte sie sich doch besaufen. Morgen würde es ihr so schlecht gehen – sie kannte Caro, die noch nie viel vertragen hatte. Früher war sie auf Partys nach einem Bacardi-Cola schon durch den Wind gewesen, und bei einem Open-Air-Konzert war sie plötzlich verschwunden, und man hatte sie schlafend bei einer Heidschnuckenherde gefunden und nicht wach bekommen.

Betty fragte sich, was es war, das sie so störte. Was anders war als früher. Es gab eine unterschwellige Aggression, stellte sie fest. Die hatte sie früher nie verspürt, wenn sie zu dritt unterwegs gewesen waren. Sie würde schon herausfinden, was mit den anderen beiden los war. Denn glücklich, so wie sie behaupteten, sahen sie beide nicht aus. Eher angestrengt gut gelaunt, so als würden sie eine Rolle spielen.

Fidel Feuerzwerg spielte und brüllte sich langsam um den Verstand, man konnte sein eigenes Wort nicht verstehen.

»Kommt, wir tanzen«, schrie Caro und wollte aufstehen, wobei sie mit dem Stuhl nach hinten umkippte und auf den Boden knallte. Die Bedienung, die gerade einer Männerrunde ein großes Tablett mit Getränken brachte, stolperte über sie und flog mit allen Gläsern der Länge nach hin. Fidel Feuerzwerg schrie »Bier her, Bier her, oder ich fall um!«, rutschte auf der Getränkelache aus und stürzte mit seinem Akkordeon auf Caro, die auf dem Boden lag und vor Schmerz aufschrie. Susanna und Betty versuchten, der Freundin hochzuhelfen, und landeten selbst auf dem Boden. Irgendwelche Männer kamen und wollten helfen, und letztendlich lag beinahe die komplette Kneipe unter den Tischen, und dann fingen auch noch zwei angetrunkene Motorbootfahrer an, sich zu prügeln, weil der eine angeblich zum anderen »Weichei« gesagt hatte. Und das ging natürlich gar nicht.

15

»Ich hab jetzt schon viermal gesagt, dass es mir leidtut.« Caro war sauer. Ihr Kopf war kurz vorm Platzen, und sie hatte die Nase voll von Bettys Gezicke und Susannas stillem Vorwurfsblick.

»Wir können froh sein, dass sich niemand ernsthaft verletzt hat«, meckerte Betty böse. »Überall die Glasscherben.«

»Dieser Fidel Feuerzwerg ist auf mich draufgeflogen, ich glaube, mehrere Wirbel sind ausgerenkt«, sagte Caro. »Das dazu, dass niemand ernsthaft verletzt wurde. Vielleicht lande ich im Rollstuhl.«

»Du bist ganz normal zum Schiff gelaufen«, erklärte Susanna. »Also, von uns gestützt, weil du sonst ins Wasser gefallen wärst, aber jemand mit ausgerenkten Wirbeln könnte glaube ich gar nicht mehr laufen. Außerdem übertreibst du, das war schon immer so.«

Das stimmte. Bei Caroline war alles immer schlimm. Sie hatte beispielsweise nie Halsschmerzen, sondern eine Seitenstrangangina, sie fiel nicht aufs Steißbein, sondern hatte sich das Rückgrat bestialisch angebrochen, sie hatte sich nicht den Magen verdorben, sondern eine grauenhafte Lebensmittelvergiftung, und natürlich war die Geburt ihres Sohns so schlimm gewesen, dass sie es fast nicht überlebt hatte.

Betty, die bei Philipps Geburt dabei war, weil Caro es sich so gewünscht hatte, konnte das nicht wirklich bestätigen. Die Wehen hatten um vierzehn Uhr zwölf eingesetzt, man war mit einem Taxi in die Klinik gefahren, und um sechzehn Uhr drei war Philipp völlig komplikationslos auf die Welt gekommen. Aber Caro hatte so getan, als hätte sie im dicksten Winter in einem Schützengraben in Stalingrad entbunden, umgeben vom Kugelhagel der kämpfenden Soldaten, nur mit einer Flasche Wodka und einer zufällig vorbeikommenden Bauersfrau als Hilfe, die dauernd »Dawai!« schrie.

»Ihr nehmt mich nicht ernst«, klagte Caro. »Aber in mir ist irgendwas blockiert, vielleicht hat sich ein Knochen gelöst, oder Rückenmark ist ausgetreten und wandert in meinem Körper herum.«

»Dann wohl eher Hirnflüssigkeit«, ätzte Betty.

»Ich bekomme übrigens siebzig Euro von dir.«

»Wieso?« Caroline wurde blass.

»Weil ich deine Biere und deine Jubis bezahlt habe und auch die Biere und die kaputten Gläser der anderen«, sagte Betty.

»Von mir aus.« Caro stand auf und holte das Geld. Den Anteil für die Einkäufe musste sie auch noch bezahlen. Ihre dreihundert Euro würden verschwunden sein, bevor sie bis zehn zählen konnte.

»Kommst du denn klar heute, Caro, oder sollen wir einen Hafentag einlegen?«, fragte Susanna.

»Wieso denn, mir geht es prima«, sagte Caro, die das Gefühl hatte, kleine Fidel Feuerzwerge mit Kettensägen würden sich durch ihr Gehirn schneiden. »Alles wunderbar. Wir segeln, ist doch klar.« Der Restalkohol schwamm noch in ihr herum, aber sie wollte nicht zugeben, dass sie am liebsten in ihre Koje kriechen und schlafen wollte, bis das Leben vorbei war und Fidel endlich aufhören würde, sie mit glühenden Nadeln zu traktieren.

»Gut. Dann geht es heute weiter nach Helgoland. Es ist gut, wenn wir vorankommen. Also, auf in den Kampf«, sagte Susanna.

»Ich muss noch mal kurz telefonieren«, sagte Betty.

»Schon wieder? Du hast doch erst heute Morgen mit Holger telefoniert? Oder ist es gar nicht Holger, den du anrufen willst?«

»Doch, doch.« Schnell drehte Betty sich um, damit die Freundinnen nicht sahen, dass sie rot wurde. Mit dem Lügen und Betty war das so eine Sache. Ihre Wangen bekamen sofort rote Flecken, ihre Augen wurden übernatürlich groß, und sie stammelte wirres Zeug vor sich hin, bis auch ein Blinder mit Krückstock merkte, dass »Ich sag ... ich sag echt die Wahrheit, ja, ja, wirklich« gelogen war.

Die Überfahrt nach Helgoland funktionierte großartig. Alle drei arbeiteten beim Segeln Hand in Hand, und zum ersten Mal hatten sie das Gefühl, beieinander angekommen zu sein.

Sie mussten ein Stück kreuzen, weil der Wind überraschend drehte, und Betty liebte es, das Vorsegel auf die andere Seite zu drehen.

»Du machst das super, Betty!«, rief Susanna.

»Ach, und ich nicht?«, fragte Caro.

»Ihr beide seid klasse. Habt nichts verlernt. Genialklasse!« Susanna hatte Rickmer und ihre Situation kurz vergessen und war einfach nur glücklich über das schöne Wetter, den Wind, das Boot, und dass sie mit ihren Freundinnen zusammen sein konnte. Sie musste versuchen, den ganzen Kram mal für ein paar Tage zu vergessen. Vielleicht kam Rickmer ja auch noch zur Vernunft und stellte fest, dass Marigold eine vergiftete Schlange war oder eine notorische Fremdgängerin oder gar keine Frau, sondern ein kleptomaner Transvestit. Aber das hätte er vermutlich schon gemerkt.

»Was haltet ihr davon, wenn wir heute trockenfallen?«,

fragte Betty plötzlich. »Wäre das nicht super? So wie früher.«

»Willst du im Matsch eine Burg bauen?«, fragte Caro und giggelte.

»Vielleicht auch das, jedenfalls fände ich es toll. Wir haben doch alles an Bord, was wir brauchen, und …«

»… und genügend Wein«, sagte Caro. Wein war für sie momentan ein Grundnahrungsmittel. Sie wusste, dass es falsch war und dass sie sich bremsen musste, aber ihr ganzes Leben war ihr gerade entglitten, sie brauchte den Alkohol als Halt, es war furchtbar, aber was sollte sie denn machen?

»Du mit deinem Wein«, wurde sie natürlich prompt von Betty gemaßregelt. »Du solltest selbst mal trockenfallen, wenn du verstehst, was ich meine.«

»Sehr witzig. Also ich bin dafür.«

»Okay«, freute sich Susanna, suchte in der elektronischen Seekarte nach einem geeigneten Platz, berechnete den Kurs, und schon zwei Stunden später waren sie da, ließen den Anker zu Wasser, und nun hieß es warten.

»Wenn man keine Zeit hat, sollte man nicht trockenfallen, wisst ihr noch, das hat Papa immer gesagt.« Susanna dachte ein wenig wehmütig an ihre Eltern. Plötzlich schienen sie so nah zu sein, hier auf der *Subeca*, und plötzlich vermisste sie ihre Mutter und ihren Vater so sehr, dass sich ihr Herz zusammenkrampfte und ihr die Tränen in die Augen schossen. Sie saßen da auf dem Schiff in der Nordsee, die Sonne schien, der Wind hatte sich gelegt, Caro hatte darauf bestanden, eine Flasche Sekt zu köpfen, was sie auch getan hatten, und in Susanna machte sich eine große Trauer breit. Wie sehr würde sie ihre Eltern jetzt brauchen!

Sie nahm einen Schluck von dem kalten Sekt und hielt ihr

Gesicht in die Sonne, sodass sie sagen könnte, die Sonnenstrahlen hätten ihr die Tränen in die Augen getrieben.

Keine von ihnen sagte ein Wort, alle hatten die Augen geschlossen, man hörte nur das Wasser glucksen. Sogar die Möwen schrien nicht. Die Welt stand wie still. Das Wasser zog sich sekündlich und nicht auf Anhieb sichtbar zurück, und die *Subeca* sank immer tiefer Richtung Meeresboden, bis sie schließlich merkten, dass sie aufsaß. Es wackelte noch ein wenig hin und her, und dann war das Meer weg, einfach verschwunden, und sie befanden sich auf dem Grund der Nordsee.

Betty stand als Erste auf. »Das war ja wie eine Meditation«, sagte sie leise. »So schön.« Sie hatte sogar mal nicht an Julius gedacht, sondern daran, ob Holger wirklich allein zurechtkam, dass Jan ein Turnier hatte und wann sie mit dem Trikotwaschen wieder dran war. Verflixt, konnte sie sich nicht mal von diesem Hausfrauengedöns befreien!

»Jetzt sitzen wir fest«, stellte Caro fest und stellte die leere Sektflasche auf den Tisch. »Wisst ihr noch, bei Hein? Wer was beichten oder Probleme besprechen will, sollte es jetzt tun, denn gerade kann keiner davonlaufen. Wir sind auf den Mond angewiesen.«

»Stimmt.« Susanna lachte. »Ich muss auch dauernd an Papa denken, und an Mama auch. Sie fehlen mir ganz schrecklich. Ihr habt ja wenigstens noch Geschwister, aber ich bin ein Einzelkind und kann nicht meine Schwester anrufen und mich trösten lassen.«

»Also, erstens«, sagte Betty, »sind wir ja wohl so was wie Schwestern, und zweitens wohnt mein Bruder in Australien, und ich sehe ihn einmal im Jahr, wenn er zum Geburtstag von Mutti kommt. Und drittens, wegen was möchtest du dich denn trösten lassen?«

»Ich würde mich auch gern von meiner Schwester trösten lassen«, sagte Caro. »Aber die redet ja nicht mehr mit mir, nachdem ich ihr gesagt habe, was ich von ihrem grenzdebilen Mann halte.«

»Meine Güte«, sagte Susanna. »Wie lange ist das denn her? Hättet ihr das nicht schon längst aus der Welt räumen können?«

»An mir liegt es nicht«, erklärte Caro. »Ihr kennt doch Carmen. Sie nimmt einem alles übel und denkt von allen Menschen das Schlechteste. Und weil ich was gegen den schönen Volker gesagt habe, spricht sie nicht mehr mit mir. Ich schwöre, ich habe mehrfach versucht, mich mit ihr auszusprechen, aber ihr könnt das vergessen.«

»Warum genau war das noch mal, hat er nicht mal mit seiner Ex geknutscht?«, wollte Betty wissen.

»Wenn es nur das gewesen wäre. Der schöne Volker hat am Tag seiner Hochzeit mit seiner Ex gevögelt, in der Vorratskammer von dem Hotel, in dem sie gefeiert hatten, und ich hab sie erwischt, weil die Ex so gequiekt hat, dass ich dachte, da sei ein Schwein eingesperrt und hätte sich verletzt.«

»Vielleicht hättest du es Carmen nicht sagen sollen«, sagte Susanna.

»Das finde ich aber schon, dass man das sagen sollte«, war Caros Meinung. »Immerhin hat er sie betrogen. Am Tag der Hochzeit.«

»Na ja«, sagte Betty.

»Sag mal, wie bist du denn drauf?«, fragte Caro. »Ich meine, hallo, am *Hochzeitstag*. Da sagst du *na ja*?«

»Was hat denn der Tag damit zu tun? Ist es an anderen Tagen nicht so schlimm?«

»Doch. Aber am Tag seiner eigenen Hochzeit fremdzugehen ist noch mal charakterloser«, sagte Caro.

Susanna sagte gar nichts.

»Gibt es noch kalten Sekt?«, fragte Caro.

»Nein«, sagte Betty. »Ich verstehe überhaupt nicht, dass du so viel trinken kannst. Du warst doch vorhin noch total verkatert.«

»War ich nicht, liebste Bettymutti, und ich erinnere mich, dass unser lieber Hein, Gott hab ihn selig, immer ein Reparierbier getrunken hat. Ich trink eben Repariersekt. Wo ist denn das Problem?«

»Ich hasse es, wenn du so zickig bist.«

»Hört doch auf«, sagte Susanna. »Caro trinkt eben gern mal Sekt, Betty, lass sie doch, es ist wirklich nicht deine Sache.«

»Bitte, ich sag nichts mehr. Aber ich will kein Gejammer hören.«

»Ich jammere nie.«

Sie schwiegen ein paar Minuten, dann fing Susanna plötzlich an zu lachen.

»Ich finde es auch nicht schlimm, dass der schöne Volker fremdgevögelt hat am Hochzeitstag. Wir haben doch alle schon Fehler gemacht, oder?«

»Carmen hat es mir ja noch nicht mal geglaubt«, sagte Caro. »Sie hat mich hingestellt, als sei ich eifersüchtig und wolle Volker eigentlich selbst haben. Als ob ich hinter diesem Trottel her gewesen wäre.«

»Na ja«, sagte Susanna ein wenig süffisant. »Immerhin warst du auch mit ihm im Bett. Da darf man schon mal annehmen, dass du was an ihm gefunden hast. Oder?«

Caro wurde dunkelrot. Betty riss die Augen auf.

»Das hast du Carmen aber bestimmt nicht erzählt, oder?«

»Du hast mit Volker geschlafen?«, fragte Betty atemlos. »Wann denn? Und warum?«

»Wie kommst du denn darauf?« Caro sah aus wie eine überreife Tomate.

»Ich hab es gesehen.« Susanna lächelte freundlich.

»Vor oder nach der Hochzeit mit Carmen?«, wollte Betty von Susanna wissen.

»Da musst du Caro fragen.« Susanna lächelte die Freundin weiter an. »Komm schon, Caro, du musst gar nicht rot werden. Wenn du so auf Ehrlichkeit beharrst, musst du dir auch mal 'nen Schuh anziehen, der dir nicht so ganz passt.«

»Du hast das gesehen und all die Jahre verschwiegen?« Caro war außer sich. »Das ist voll … voll … also so was!«

»Nein, nein, nein.« Susanna stand auf. »Nicht umdrehen, den Spieß. Wenn schon, denn schon.«

»Also bitte«, sagte Caro. »Ja, Betty, es stimmt, ich hatte mit Volker Sex, und es war nach der Hochzeit mit meiner Schwester.«

»Mit dem schönen Volker? Wie kann man denn bitte mit dem was anfangen?« Betty war fassungslos. »Das hätte ich nie von dir gedacht, Caro. Wann war das genau?«

»Und war es gut?«, fragte Susanna.

»Jetzt hört auf!« Caro schrie fast. »Ihr stellt mich hier hin, als sei ich die Böse, dabei war Volker total aufdringlich und hat überhaupt nicht lockergelassen damals.«

»Ach. Du Arme. Hat er dich verführt, und du konntest nichts machen?« Susanna zog die Augenbrauen hoch. Sie liebte es, wenn Caro sich aufregte. Schon immer.

»Wenn du so zynisch bist, könnte ich wirklich kotzen. Und lass diese arrogante Stimme, Susa. So kannst du mit den Verkäuferinnen bei Chanel und Prada reden und dabei mit deiner Kreditkarte winken, aber nicht mit mir.«

»Du hast mit deinem Schwager geschlafen.« Betty stand auf und setzte sich wieder hin. Dann sah sie über die Reling.

Das Wasser würde noch lange nicht zurückkommen. Sie saßen hier jetzt mehrere Stunden und konnten nicht weg.

»Ja, hab ich. Und er mit mir.«

»War es wenigstens nur einmal?«, wollte Betty wissen. »Und warst du vielleicht oder hoffentlich zu dem Zeitpunkt unzurechnungsfähig oder betrunken oder beides? Und warum hast du es getan?«

»Dreimal, um genau zu sein. Und ich war im Vollbesitz meiner geistigen Kräfte. Deine letzte Frage ist ja wohl lächerlich. Warum schläft man mit jemandem? Bestimmt nicht, weil man ihn sexuell unattraktiv findet. Und nun? Werde ich jetzt auf den Scheiterhaufen gestellt? Gevierteilt? Mit glühenden Zangen gefoltert? Vielen Dank auch, Susanna, das hast du mal wieder großartig hinbekommen. Du hast ja auch lange genug nicht im Mittelpunkt gestanden.« Caro stand auf, tötete die Freundin mit blitzenden Blicken und ging nach unten, um Getränkenachschub zu suchen.

»Warum hast du das denn gesagt?«, fragte Betty, während Caro unten war.

»Weil es die Wahrheit ist.« Susanna stand auf, ging zum Heck und klappte die Badeleiter der *Subeca* aus. Caro kam mit einer neuen Sektflasche nach oben. Sie war auf hundertachtzig. Mit einem lauten Plopp entkorkte sie die Flasche, der Korken schoss raus und knallte ihr gegen die Stirn. Sie stolperte einen Schritt zurück und krachte mit dem Steißbein auf den Niedergang.

»Verdammt, aua!«

Betty war sofort zur Stelle. »Gott sei Dank ist der Korken nicht im Auge gelandet. So macht man doch keine Sektflasche auf!«

Susanna fing an zu kichern, sie konnte nicht anders.

»Susa, was soll das denn, wieso lachst du denn?« Betty wurde sauer. »Caro hätte ihr Auge verlieren können.«

»Das ist Susanna doch egal!« Caro rieb sich die Stirn, eine große Beule begann sich zu bilden.

»Du siehst aus wie ein Einhorn«, kicherte Susanna. »Es tut mir leid, dass ich lache, ich kann nicht anders ...«

»Das ist das Allerletzte«, sagte Betty.

»Ja, ich bin schlimm.« Susanna bekam keine Luft mehr, weil sich die Beule nun zu einem Horn formte und sekündlich größer wurde. »Bitte seid mir nicht böse, ihr wisst doch, dass ich manchmal einfach in den unmöglichsten Situationen lachen muss. Bei der Beerdigung von Oma ja auch. Oh, Caro, sei nicht sauer. O Gott!«

»Die Oma hat es nicht mehr mitbekommen, ich aber schon«, sagte Caro wütend. »Du ... blöde Nuss!«

»Hahahahahaaaaaa!« Susanna konnte nicht mehr.

»Du ... ich ...!« Mit erhobenen Fäusten ging Caro in Susannas Richtung. Die kletterte schnell auf der Badeleiter nach unten und sprang auf den Grund der Nordsee. Sie musste so lachen, dass sie kaum noch gerade stehen konnte. Caro sprang hinterher, Susanna lief davon, Caro verfolgte sie, holte sie ein, und gemeinsam fielen sie der Länge nach auf den Boden. Caro griff mit beiden Händen in den Grund und wühlte Matsch heraus, mit dem sie Susannas Gesicht und die Haare vollschmierte.

»Hört doch auf!«, brüllte Betty von der *Subeca,* aber die beiden hörten überhaupt nicht auf sie, sondern gerieten völlig in Rage.

»Du Mistkäfer!«, schrie Caro.

»Ja, ja, ich bin böse, ganz böse!« Susanna musste so lachen, dass sie kaum noch Luft bekam. Sie sah unbeschreiblich aus. Ihr blondes Haar war nicht mehr zu erkennen, überall klebte Schlick, und auch sonst hatte Caro ganze Arbeit geleistet. Alles an Susanna war voller grauem Matsch. Und Caro hörte nicht auf, immer wieder griff sie mit beiden Händen in den Boden und holte neues Material, das sie gegen die Freundin warf. Irgendwann konnte sie nicht mehr und ließ sich der Länge nach auf den Nordseeboden fallen.

Susanna setzte sich ebenfalls. »Haben wir uns jetzt wieder lieb?«

»Nein«, knurrte Caro. »Du bist ein Kind des Teufels. Menschen wie du müssen vernichtet werden.«

»Ach, jetzt hör schon auf.« Susanna malte mit dem Finger kleine Kreise in den Schlick. »Wir vertragen uns doch sowieso wieder, haben wir doch schon immer. Auch wenn wir uns bis aufs Blut gefetzt haben.«

»Auch wieder wahr«, sagte Caro. »Trotzdem bist du ein Giftzahn. Du hättest das mit dem schönen Volker doch nicht erzählen müssen.«

»Um dich wie eine Heilige dastehen zu lassen? Eine, die es verurteilt, dass der Schwager am Tag der Hochzeit fremdgeht? Der böse schöne Volker.«

»Kommt doch wieder an Bord«, rief Betty vom Schiff. »Wir müssen Susa auch den Schlamm abwaschen.«

»Das kann ich schon allein, Bettymutti«, rief Susanna zurück. »Ich bin ja schon groß.«

»Ich wollte nur nett sein.«

»Dein schönes Hermès-Outfit«, sagte Caro eine Spur zu sarkastisch. »Bin ich froh, dass du mich nicht verklagst, Susa.«

»Ja, sei froh, dann müsstest du einen Kredit aufnehmen.«

Jetzt kicherte Caro. »Einen Kredit aufnehmen, haha.«

»Was gibt es da zu lachen?«

»Gar nichts, schon gut. Jedenfalls ist es doch gut, dass du dir um Geld keine Sorgen machen musst.«

»Also am Hungertuch nagst du ja wohl auch nicht. Du hast auch nur teure Klamotten an«, sagte Susanna. »Das war früher nicht so. Die Geschäfte laufen wohl gut.«

»Ja, könnte nicht besser sein.«

Sie gingen Richtung Badeleiter, und plötzlich fühlte Caro sich wie in einer entsetzlichen Parallelwelt. Sie lief vor der Wahrheit weg, verheimlichte ihren Freundinnen alles und tat so, als sei alles in schönster Ordnung. Und dabei explodierte zu Hause wahrscheinlich gerade ihr gesamtes Leben. Sie musste mit Tom sprechen, sie musste ihm alles erklären, sie musste einen Termin mit der Bank machen, sie musste mit sämtlichen Gläubigern reden, die wahrscheinlich demnächst mit Mahnbescheiden und Gerichtsvollziehern um die Ecke kommen würden. Und dann die Steuer ... beim Finanzamt hatte sie um Stundung der quartalsweisen Vorauszahlungen gebeten, und das Finanzamt hatte vorläufig zugestimmt, aber nun hätten sie längst wieder etwas vorauszahlen müssen. Und nicht nur da. Überall waren sie im Verzug. Das ganze Kartenhaus brach zusammen, ohne dass sie etwas tun konnte. Weil sie kaufen musste. Kaufen, kaufen, kaufen. Diese ganzen unnötigen Sachen. Kleider, Hosen, Gürtel, Taschen, Essservice, Schmuck. Nur um es zu haben. Viel hatte sie gleich weggeschmissen oder in Säcke gestopft und auf dem Dachboden gelagert, den niemand außer ihr jemals aufsuchte. Hier lagen die ganzen Dinge, die sie niemals benutzen würde und zum Großteil auch nicht bezahlt hatte.

Während sie hinter Susanna die Badeleiter hochkletterte, hörte sie ein Handy klingeln. Ihres konnte es nicht sein, es war wie immer ausgeschaltet. Gott sei Dank.

»Hallo«, hörte sie Betty sagen. »Oh ... hallo Tom. Du willst sicher Caro ... wie bitte? Ach so. Ja klar. Was ist denn?«

Caro wurde eiskalt.

16

O mein Gott.« Betty hatte diesen Satz nun zum sechsten Mal gesagt. »Wie kann man denn bitte so viele Schulden machen? Hundertfünfzigtausend Euro! Wie ist das möglich, Caro?«

»Kaufsucht ist eine Krankheit«, erklärte Susanna.

»Dann bist du krank, seitdem wir uns kennen«, gab Betty zurück.

Caro sagte gar nichts. Sie starrte ins Nichts und war merkwürdigerweise erleichtert. Es war raus. Sie wussten es. Alle wussten es. Die Bank hatte bei Tom angerufen, Tom hatte das ganze Ausmaß erzählt bekommen, er hatte ja schon versucht, sie anzurufen, und ihr auf die Mailbox gesprochen, aber Caro hatte weder zurückgerufen noch das Handy eingeschaltet. Sie war abgetaucht. In seiner Verzweiflung hatte Tom dann bei Betty angerufen. Daran, dass er es telefonisch bei ihren Freundinnen probieren konnte, hatte Caro gar nicht gedacht.

»Wie konnte das passieren? Warum hast du nicht mit uns darüber gesprochen?«

»Weil es mir peinlich war und ist«, sagte Caro tonlos und starrte weiter ins Nichts. »Ich komme mir vor wie die letzte Versagerin. Und ich weiß nicht, wie ich aus der Nummer wieder rauskommen soll.«

»Tom ist völlig fertig«, sagte Betty. »Du kannst doch nicht einfach alles ins Unglück reiten und dann segeln gehen.«

»Ich weiß.«

»Du kannst doch nicht einfach alles stehen und liegen lassen«, sagte Betty. »Du kannst doch nicht …«

»Herrgott, Betty, nun hör doch auf!«, fuhr Susa die Freundin an. »Glaubst du, Caro macht das extra? Siehst du nicht, wie es ihr geht?«

»*Deswegen* trinkst du so viel«, sagte Betty. »Jetzt wird mir alles klar.«

»Was soll ich denn jetzt machen?«, fragte Caro. »Was soll ich tun?«

»Susanna«, sagte Betty. »Kannst du Caro nicht aushelfen, also finanziell? Für euch ist das doch ein geringer Betrag, und Caro kann es ratenweise zurückzahlen.«

Susanna setzte sich langsam hin. Um sie herum gluckste es langsam. Das Wasser kam zurück.

»Ich …«, fing Susanna an, und dann hatte sie auf einmal einen riesigen Kloß im Hals, der immer dicker wurde und noch dicker, und dann explodierte er auf einmal ohne Vorwarnung. Susanna fing an zu weinen, und das so herzzerreißend, wie es weder Caro noch Betty jemals gesehen hatten. Die coole, oft unnahbar wirkende Susanna saß da und greinte laut, und es sah so grotesk aus mit dem ganzen Schlamm im Haar und an der Kleidung. Die Tränen schossen ihr aus den Augen, sie schluchzte laut.

»Ich kann nicht mehr!«, rief Susanna und schlug die Hände vors Gesicht. »Ich kann einfach nicht mehr!«

»Aber Susa! Was ist denn los?« Betty verstand gar nichts mehr.

»Ririririckmer hat …«, fing Susanna an, aber sie konnte nicht weitersprechen.

»Was hat Rickmer?«, fragte Betty, und dann stand Susanna auf und warf sich in ihre Arme. »Mein Leben ist vorbei«, sagte Susanna verzweifelt. »Alles aus, alles aus!«

Betty tätschelte ihr den Arm. »Psch, nichts ist vorbei. Bei niemandem. Jetzt beruhige dich doch mal!«

»Riririckmer ist ein Arschloch, Arschloch, Arschloch!«, zeterte die gut erzogene Susanna. »Ein Dreckschwein, Mistschwein, Kackschwein!« Ein bisschen wirkte sie auf Betty wie eine Tourette-Kranke, die gerade mit einem Anfall fertigwerden musste. Aber sie sagte nichts, sondern machte weiter »Psch, psch, psch«, was, seit sie denken konnte, noch jedem in jeder Lebenslage geholfen hatte. Egal, ob sich ein Kind die Finger gequetscht oder eine schlechte Note hatte und deswegen weinte, egal, ob ein Ehemann zu tief ins Glas geschaut hatte und am nächsten Tag getröstet werden musste, und »psch, psch, psch« half auch, wenn die beste Freundin ihr komplettes Leben infrage stellte. Nun kam auch Caro an, setzte sich auf die andere Seite und lehnte sich ebenfalls an Betty, die nun beide Freundinnen umarmte und nicht aufhörte mit ihrem »psch, psch, psch«. Das Glucksen wurde langsam zu einem Plätschern, und während bei Susanna das Weinen langsam leiser wurde, begann Caro nun mit einem Geheule, das Tote aufwecken könnte. Betty musste sich ein Stück wegdrehen, weil sie sonst einen Hörschaden erlitten hätte. Caros Gebrüll hörte sich an, als ob ein Wolf mit der Pfote in eine Bärenfalle gekommen wäre. Es war unerträglich, und Susannas dauerndes »Ririririckmer« brachte sie auch nicht wirklich weiter. Ihr Handy verkündete die Ankunft einer WhatsApp, und sie wollte sich kurz lösen.

»Warte, ich geb es dir«, wimmerte Susanna und griff nach dem Telefon.

»Nicht!« Betty schrie fast.

»Was ist denn, ich will dir doch nur das Telefon geben«, sagte Susanna verwirrt. Ihre Wimperntusche und der Kajal waren verschmiert, sie sah aus, als hätte man ihr blaue Augen geschlagen.

»Das mach ich schon allein«, wehrte Betty ab, und natürlich sah Susanna nun erst recht aufs Display.

»Aha«, sagte sie dann nur.

»Gib her!«

Ich vermisse und begehre dich. Auf unser gemeinsames Leben, das bald beginnt! Für immer, Dein Julius!

»Dr. Julius Harding«, sagte Susanna langsam. »Na, so was.«

»Wie, Dr. Julius Harding?«, fragte Caro. »DER Julius? Der von früher? Den du auf dem Klassentreffen fast aufgegessen hast?«

Die eigenen Sorgen waren kurz vergessen. Caro und Susanna sahen Betty mit großen Augen an. Die ließ das Handy sinken.

»Ich lasse mich scheiden«, sagte die brave Betty. »Und ich werde mit Julius in Berlin ein neues Leben beginnen.«

»Was?«, fragten Caro und Susanna gleichzeitig.

»Also, ich verstehe gar nichts«, sagte Susanna und holte ein Taschentuch aus ihrer Jeans, in das sie hörbar schnäuzte.

»Wie, ein neues Leben in Berlin? Spinnst du?« Caro runzelte die Stirn. »Und Holger? Und dein Leben in München? Und überhaupt: Wie kam es denn dazu? Wie hast du ihn denn wiedergefunden?«

»Wir hatten damals nach dem Klassentreffen Sex und dann noch längere Zeit ein Verhältnis«, gestand Betty.

»Längere Zeit, was heißt das?«, wollte Susanna wissen.

»Und was heißt *Verhältnis*? Habt ihr euch etwa regelmäßig getroffen?« Caro wurde inquisitorisch.

»Das ist ja jetzt wohl kein Verhör«, sagte Betty. »Ein längeres Verhältnis ist das, was es ist. Ja, wir haben uns regelmäßig getroffen und tun es jetzt auch wieder. Und ich werde mit den Kindern nach Berlin ziehen und mich von Holger scheiden lassen. Julius und ich sind füreinander bestimmt.«

»Betty, spinnst du? Du kennst Julius doch kaum.« Susanna konnte es nicht glauben.

»Ich war immerhin früher mit ihm zusammen.« Betty wurde bockig.

»Ja, da wart ihr fünfzehn oder so«, sagte Caro. »Aber jetzt bist du vierundvierzig und schon lange mit Holger verheiratet. Ihr habt euch ein Leben aufgebaut, ihr habt zwei Kinder, die …«

»Haben wir nicht.« Betty verschränkte die Arme.

»Was? Ihr habt keine Kinder? Und was sind das für Menschen, die seit ihrer Geburt bei euch wohnen?«

»Jan ist nicht Holgers Sohn. Julius ist der Vater.«

Jetzt war die Bombe geplatzt. Betty war erleichtert. Endlich, endlich hatte sie es ausgesprochen.

Niemand sagte ein Wort. Caro und Susanna sahen Betty an, die schaute zurück und versuchte, Gelassenheit auszustrahlen, was ihr allerdings misslang. Eher sah sie aus, als könne sie nicht glauben, dass sie bis zur Hüfte in den Mangrovensümpfen stand, von zwei hungrigen Alligatoren interessiert begutachtet.

»Wo wir gerade dabei sind. Rickmer ist ausgezogen«, sagte Susanna nun. »Er hat eine Neue. Marigold McErlain. Auch Unternehmensberaterin und eigentlich seine größte Konkurrentin. Er hat den Firmenanwalt auf mich gehetzt und ist wirklich klug. Das ganze Geld meiner Eltern steckt in der Firma. Alles läuft auf Rickmer, auch das Haus. Alle Konten bis auf ein einziges. Auf dem ist noch ein bisschen Geld. Ich soll ausziehen. Freundlicherweise übernimmt er die Kosten fürs Internat für die Mädels, und die behalten in dem Haus auch ihre Zimmer. Aber ich soll weg und ganz allein neu anfangen, natürlich ohne Rosenkrieg und Unterhalt und sonst was, und wir sind ja erwachsene Menschen.« Sie stand auf. »Das zum Thema Designerklamotten, Caro. Das ist Vergangenheit.«

»Halt, halt, halt!«, rief Caro. »Warte mal. So einfach geht das ja wohl auch nicht. Rickmer kann dich doch nicht einfach vor die Tür setzen. Immerhin seid ihr verheiratet. Und er kann dir doch nicht alles wegnehmen, also das ist doch unmöglich.«

»Ich kann dir die Schreiben von diesem Anwalt zeigen, es ist furchtbar, aber leider ist es genau so – Rickmer kann es.«

»Warst du denn beim Anwalt?«, wollte Betty wissen.

»Ja, sicher«, sagte Susanna. »Ich warte auf Nachricht. Sie wollte sich melden.«

»Und da segelst du mit uns auf der *Subeca*. Ich bin fassungslos«, sagte Betty.

»Na ja, ihr segelt doch auch mit mir. Bei euch ist wohl auch nicht alles im grünen Bereich«, erklärte Susanna.

»Oh, wir schwimmen wieder. Lasst uns mal den Anker einholen, damit wir weiterkommen.«

»Warte mal«, sagte Betty. »Kommt, setzt euch mal hin, nur ganz kurz.«

Dann saßen sie im Cockpit nebeneinander, Betty in der Mitte, und die griff mit beiden Händen nach denen der Freundinnen, Susanna und Caro taten es ebenfalls, und so saßen sie da und hielten sich an den Händen.

»Wir werden das alles gemeinsam hinkriegen«, sagte Betty. »Hört ihr, wir kriegen das hin? Wir helfen uns.«

»Aber wie denn?«, fragte Caro hilflos. »Ich weiß ja noch nicht mal, wie ich meinem eigenen Mann gegenübertreten kann.«

»Wir schaffen das gemeinsam«, wiederholte Betty.

»Wir könnten Rickmer umbringen lassen«, sagte Susanna. »Wenn er tot ist, gehört ja alles mir. Ich bin ja seine rechtmäßige Erbin.«

»Hör auf, so einen Quatsch zu reden«, sagte Betty. »Willst du dich noch strafbar machen? Das fehlt noch, dass du im Gefängnis landest.«

»Mir doch egal«, sagte Susanna.

»Lass dieses Selbstmitleid, das bringt dich nicht weiter.«

»Bist du jetzt die Retterin?«, fragte Susanna. »Bettymutti, die in jeder Lebenslage eine Lösung parat hat. Du solltest das zum Beruf machen, die Leute werden dir die Bude einrennen.«

»Blödsinn, Betty hätte mal ihr Jurastudium zu Ende machen sollen«, sagte Caro.

»Das mach ich vielleicht noch. Julius hat gesagt, er fände das gut.« Betty lächelte verklärt.

»Irgendwie finde ich das komisch mit Julius«, sagte Caro. »Das ist so *unwirklich*.«

»Ja, aber schön«, sagte Betty mit verträumtem Blick.

»Ich kann das noch gar nicht glauben.« Caro schüttelte dauernd den Kopf. »Unsere Betty hat ein Verhältnis. Und Holger ahnt überhaupt nichts?«

»Nein.« Wenn was sicher war, dann das. Holger würde nicht im Traum auf Untreue kommen. Das war so fern wie der Mars.

Da war Betty so sicher, wie man nur sicher sein konnte.

»Liebst du Julius denn wirklich?«, wollte Caro wissen.

Betty nickte. »Und wie. Es ist alles so aufregend.«

»Das ist es doch am Anfang immer«, sagte Susanna. »Wenn man frisch verliebt ist, sieht die Welt so rosa aus. Was glaubt ihr, wie ich in Rickmer verknallt war. Und jetzt will er mich loswerden.« Sie stand wieder auf und ging auf der *Subec*a hin und her. »Bekommt man eigentlich Zyankali im Internet? Da gibt es doch dieses Darknet, da müsste man das Zeug doch kriegen.«

»In *dieses Darknet,* wie du es nennst, kommt man nicht mal so einfach rein«, erklärte Caro. »Darüber hab ich mal so eine Doku gesehen. Das ist auch viel zu gefährlich. Und du warst im Internet noch nie die hellste Kerze auf der Torte, Susa. Bei deinem Glück wirst du sofort festgenommen, weil deine IP-Adresse sichtbar ist.«

»Was ist denn eine IP-Adresse?«, fragte Susanna.

»Siehst du«, sagte Caro. »Also vergiss es.«

»Ich will, dass er stirbt«, sagte Susanna. »Er soll ... brennen wie Rom. Er soll leiden wie Jesus am Kreuz Nein, nicht wie Jesus, der tut mir so leid, er soll leiden wie ... wie ... jemand, der mit den Fingern in eine Heißmangel kommt und darin stecken bleibt! Jawohl!«

»Meine Güte, Susa. Komm, wir machen jetzt mal, dass wir weiterkommen. Auf Helgoland sehen wir dann weiter.«

17

»Jetzt verstehe ich auch, wieso du so zimperlich mit dem Geld warst«, sagte Betty zu Caro, nachdem sie nach einer ruhigen Überfahrt im Helgoländer Hafen festgemacht hatten.

»Ich habe nur noch die dreihundert Euro, was hätte ich denn machen sollen?«, fragte Caro.

»Schon klar, ich bin ja auch gar nicht sauer. Es ist gut, dass wir uns jetzt alles erzählt haben.«

»Ach Betty.« Caro war ratlos. »Gut hin oder her. Was soll nur werden? Ich bin am Ende. Meine Familie ist am Ende. Ich schäme mich so. Vor Tom, vor Philipp, vor mir selbst. Ich habe den Karren so richtig in den Dreck gefahren.«

»Und wir ziehen ihn wieder raus«, sagte Betty.

»Wie denn?«

»Das werden wir sehen. Und besprechen. Heute Abend lade ich euch zum Essen ein. Ich muss unbedingt Helgoländer Hummer essen!«

»Ich kriege sowieso keinen Bissen runter«, sagte Caro. »Ich glaube, ich werde einfach verhungern oder verdursten oder beides. Irgendwann werdet ihr mein verkrümmtes Skelett finden, und dann ist es zu spät, weil Ratten mich schon aufgegessen haben.«

»Wir werden vorbeugen, und ich werde dir eine Extraportion Baguette bestellen«, versprach Betty. »Damit du uns nicht vom Fleisch fällst.«

»Dass du ans Essen denken kannst«, wunderte sich Caro. »Essen ist doch kein Allheilmittel.«

»Ach, aber Alkohol«, gab Betty zurück, und Caro wurde ein wenig rot.

»So, die *Subeca* ist versorgt, jetzt lassen wir uns ein bisschen durchpusten und gehen übers Oberland«, sagte Susanna.

»Wisst ihr noch, als wir das letzte Mal hier waren, das muss ungefähr dreißig Jahre her sein.«

»Ja, es war an meinem sechzehnten Geburtstag«, erinnerte sich Caro. »Da gab es so eine Disco, da waren wir abends. Wie hieß die denn noch?«

»Café Krebs«, sagte Susanna. »Wir waren megastolz, dass wir da reindurften. Ich habe mich in diesen, wie hieß er noch, Hans? Nein, Heiner? Nein, er hieß Hanno … jedenfalls war ich verliebt. Der war Saisonkraft, das war für mich das Größte. Große, weite Welt. Saisonkraft auf Helgoland.« Sie überlegte kurz. »Vielleicht sollte ich mich hier bewerben und Saisonkraft werden.«

»Wo denn?«, fragte Caro.

»Im Supermarkt oder in einem von diesen ganzen Duty-Free-Läden. Oder in der Parfümerie, oder was weiß ich. Mich braucht ja zu Hause keiner mehr. Desiree und Philippa gehen ins Internat, und Rickmer will mich wegekeln. Und ich könnte den ganzen Tag Toblerone und Lakritz essen, an Pröbchen schnuppern und euch vergünstigt Eau de Parfums und Bodylotions besorgen.«

»Da ist das letzte Wort noch nicht gesprochen«, sagte Betty, während sie an den Hotels der Promenade vorbeiliefen.

»Das wäre ja gelacht, wenn wir da nicht noch eine zündende Idee hätten.«

»Hahaha«, machte Susanna. »Soll heißen, es gibt keine. Ist ja auch egal. Wollen wir die Treppen nehmen oder mit dem Fahrstuhl hochfahren aufs Oberland?«

»Ich latsche doch nicht die fünfhundert Stufen hoch«, protestierte Betty vorsorglich.

»Würde dir aber guttun«, sagte Caro. »Außerdem erinnere ich mich dran, dass es knapp dreihundert sind und nicht fünfhundert.«

»Kommt, lasst uns laufen«, sagte Susanna. »Ich brauche frische Luft, ich drehe sonst durch.«

Mit zusammengekniffenen Lippen fügte sich Betty. Sie hasste, hasste, hasste Treppenstufen genau so wie den Crosstrainer oder die Tatsache, dass sie mit einem Fahrrad im schwersten Gang einen Berg rauffahren sollte.

Dann liefen sie übers Oberland und blieben vor den Vogelfelsen stehen. Hier befanden sich Hunderte oder sogar Tausende Basstölpel und Trottellummen und schrien um die Wette.

»Trottellumme«, sagte Susanna. »Sagt mal, wer gibt eigentlich Vögeln solche bekloppte Namen?«

»Basstölpel ist auch nicht besser«, sagte Caro. »Aber am allerschrecklichsten sind die Namen von so Baumschädlingen, hab ich mal gelesen. Eichenprozessionsspinnerraupen gibt es, und die Wollige Napfschildlaus. Oder habt ihr mal was vom Ahornrunzelschorf gehört?«

»Komischerweise noch nie«, sagte Susanna. »Dabei ist Ahornrunzelschorf doch ein gängiges Wort und wird ständig verwendet.«

»Eigentlich nicht, es ist ...«

»Meine Güte, es war ein Scherz. Himmel, sind diese Viecher laut.«

»Wusstet ihr, dass es auf Helgoland einen Suizidtourismus gab?«, fragte Caro weiter.

»Was ist das?«, wollte Betty wissen.

»Na, Selbstmörder, was denn sonst«, erzählte Caro. »Das hab ich mal im Fernsehen gesehen. Voll schlimm. So zwischen den Jahren kamen Leute hierher und haben sich dann von hier oben ins Meer gestürzt. Einer hat sich auch mal an einem Klettergerüst aufgehängt. Das ist ja nicht nett den Kindern auf dem Spielplatz gegenüber.«

»Ich glaube, das war dem Mann egal«, sagte Betty.

»Wo stürzen die sich denn runter?«, fragte Susanna.

»Von der steilsten Stelle natürlich.«

»Wir sollten diese Stelle finden, Rickmer herholen und ihn runterstoßen«, sagte Susanna. »Danach lade ich euch alle zu Champagner und Kaviar ein.«

»Sag mal, Susa, was ist das eigentlich für eine Anwältin, die du hast?«

»Frau Barding ist …« Susannas Handy klingelte. »Was für ein Zufall. Das ist sie. Hallo, Graf?« Susanna blieb stehen, runzelte die Stirn, hörte zu, sagte »Mhm, mhm …« und wurde blass.

»Ach«, sagte sie dann. »Ach.« Sie ließ das Handy sinken.

»Was ist denn?«, fragten Caro und Betty gleichzeitig.

»Frau Barding hat das Mandat niedergelegt. Sie sagt, dieser Herr Kornelius, also der Anwalt von Rickmer, hat sie irgendwie bedroht, und sie komme psychisch mit Bedrohungen nicht klar.«

»Was ist denn das für eine Anwältin?«, fragte Caro böse.

»Ihr Kakadu ist gestorben. Sie ist momentan nicht belastbar.«

»Ja, und? Entweder man nimmt einen Mandanten an, und dann kümmert man sich auch, oder man lässt es bleiben.«

»Was soll ich denn jetzt machen?«, fragte Susanna hilflos, und dann ertönte der E-Mail-Eingangston auf ihrem Handy. »Frau Barding hat mir jetzt sämtliche Schreiben von diesem Doktor Kornelius geschickt«, erzählte sie.

»Und ich soll mir einen anderen Rechtsbeistand suchen.«

Caro blieb stehen. »Was schreibt denn dieser Doktor?«

Susanna reichte ihr das Smartphone. »Lies selbst.«
»Lies doch mal vor«, bat Betty.
Was Caro tat.
»So«, sagte sie, nachdem sie fertig war. »Ich brauche jetzt unbedingt was zu trinken. Und ich will nichts hören von wegen: Alkohol ist schädlich. Hier müssen jetzt andere Geschütze aufgefahren werden. Einen Schritt nach dem anderen. Wir haben gesagt, wir schaffen das. Mit Susanna fangen wir an.«

18

»So. Dreimal Helgoländer Eiergrog, bitte schön.« Der Wirt stellte drei Gläser vor ihnen ab, in denen sich eine heiße Brühe aus Wasser, Rum, Eigelb und Zucker befand. »Wer sechs schafft, kriegt den siebten umsonst«, sagte der Wirt fröhlich.

»Lasst's euch schmecken, wenn was ist, einfach rufen! Übrigens, wenn jemand duschen will, ist das auch kein Problem. Ich helfe da gern.«

Die drei Freundinnen sahen ihn fragend an. »Was meinen Sie denn damit?«, fragte Betty schließlich.

Der Wirt deutete auf Susanna. »Na ja, sie sieht aus, als wäre eine Dusche nicht das Schlechteste.«

Betty und Caro sahen Susa an. Sie war immer noch von oben bis unten mit mittlerweile getrocknetem Schlick bedeckt, und niemand von ihnen hatte es bemerkt.

»Oh«, sagte Susanna. »Ja, vielen Dank. Ich ... dusche später.«

»Ich bring mal ein Handtuch«, sagte der freundliche Wirt.

»Warum habt ihr denn nichts gesagt? Ich sehe aus wie eine geistig Zurückgebliebene«, sagte Susanna böse.

»Du hättest das auch mal selbst merken können«, sagte Betty. »Oh, Moment, Julius hat geschrieben.«

»Ich sehe mich ja nicht«, sagte Susanna giftig. »Was soll denn der Mann von mir denken?«

»Dass du eine Heilerdekur machst«, sagte Caro. »So jedenfalls sieht es aus. Der Schlick steht dir gut.«

»So was ist mir noch nie passiert«, sagte Susanna böse.

Der Wirt kam mit dem Handtuch zurück. »Hier, bitte.«

»Danke schön.« Susanna lächelte ihn verbindlich an.

122

»Normalerweise sehe ich anders aus.« Sie legte das Handtuch unter ihren Po.

»Ich finde, Sie sehen ganz reizend aus. So natürlich«, sagte der Wirt.

»Oh«, sagte Susanna. »Danke sehr.«

»Gern geschehen.« Der Wirt lächelte zurück. »Soll ich Ihnen vielleicht einen Kamm leihen, damit Sie die Schlammbrocken aus den Haaren holen können?«

»Das wäre großartig!«

Betty und Caro beobachteten die Szenerie argwöhnisch.

Wie auf Befehl zog der Wirt einen Kamm aus der Hosentasche. »Kann ich Ihnen vielleicht behilflich sein?«

»O ja ...« Susanna legte den Kopf in den Nacken, und der Mann begann, die Lehmklumpen mit dem Kamm zu lösen.

»Kann vielleicht jemand Mozart auflegen?«, fragte Caro. »Und könnten Sie einen Affen organisieren und ein paar Löwen, damit man das Gefühl hat, sich am Fuße der Ngong-Berge zu befinden? Dann holen wir noch ein bisschen Wasser und Shampoo und nennen euch Denys Finch Hatton und Karen Blixen und spielen *Jenseits von Afrika.*«

Betty kicherte, und Caro wusste nicht, ob sie das wegen ihrer Aussage tat oder deswegen, weil Julius ihr wieder Liebeserklärungen gewhatsappt hatte.

»Ich bin übrigens Susanna«, sagte Susanna.

»Und ich bin Hanno.«

›Ach du liebe Zeit‹, dachten Caro und Betty gleichzeitig, denn Susanna hatte diesen bestimmten Blick, den sie immer dann zeigte, wenn sie einen Mann oder eine Situation oder beides interessant fand.

Susanna setzte sich auf. »Hanno? Hast du vor dreißig Jahren mal im Café Krebs gejobbt?«

»Äh ... ja. Moment mal. Bist du die Susanna aus Hamburg? Wir haben damals ... wir waren verknallt. Du wolltest mich wieder besuchen, hast es aber nie getan.«

»Du warst Saisonkraft«, erinnerte sich Susanna und sprach das Wort *Saisonkraft* aus wie *Lebensliebe*. »Gerade vorhin habe ich von dir gesprochen. Dass ich verknallt war.«

»Ich war auch verknallt in dich.« Automatisch kämmte Hanno einen Schlammbrocken aus Susannas Haar. »Du wolltest mir schreiben.«

»Du mir auch.«

»Du wolltest zuerst.«

»Nein, du.«

»Nein, du.«

»Ach.«

»Ach.«

Caro nippte an ihrem Grog. Das war ja kaum zum Aushalten. Betty grinste grenzdebil. Ihr war gerade nicht zu helfen, so verliebt, wie sie in Julius war, war das hier ein gefundenes Fressen für sie.

»Wie ist es dir all die Jahre ergangen?«, fragte Susanna, während die angetrockneten Schlammklumpen zu Boden plumpsten, denn Hanno kämmte gewissenhaft weiter.

»Ach, ich hab so einiges gemacht«, sagte Hanno und zerteilte einen Brocken in zwei gleich große Teile, um sie dann vorsichtig herauszufriemeln.

»Was denn genau?«

»Och, dies und das.«

»Ja, was denn?« Jetzt war auch Caro neugierig.

»Nun sieht man dein Haar«, sagte Hanno gefühlsduselig. »Es ist noch so blond und glänzend wie damals. Oh, welch glückliche Fügung, dass wir uns erneut getroffen haben.«

»Bist du Laienschauspieler?«, fragte Betty.

»Wie kommst du denn darauf?« Hanno war irritiert.

»Nur so. Wegen der Fügung.«

»Nein, ich bin kein Schauspieler. Haare wie Seide ...«, sülzte er und begann mit einer Kopfmassage bei Susanna, die das mit einem wohligen Seufzen quittierte.

»Welch schöne Frau ... nun, was habe ich gemacht. Ich habe Seesterne an Touristen verkauft, und dann habe ich als Koch gearbeitet, unter anderem auf dem Katamaran, der hier immer von Hamburg aus herfährt. Oh, wundervoll, wie du die Massage genießt. Soll ich dir auch den Nacken massieren, schön kräftig?«

»Oooo jaaaaaa«, leierte Susanna schläfrig herunter.

»Eigentlich hätte ich Auftragskiller werden können, ich hab nämlich einen netten Mörder kennengelernt, den Lolli, der sucht immer gute Leute. Lolli kam nach Helgoland, um sich von zwei Morden zu erholen, und ist fast eine Klippe hinuntergestürzt, weil er mit seinen neuen Wanderschuhen nicht gut zurechtkam. Da hab ich ihn gerettet, bevor er in den Tod geplumpst wäre. Der Lolli ist ein guter Kerl.«

Caro kippte ihren Eiergrog hinunter und kicherte.

»Was für ein lustiger Zeitgenosse du bist.«

»Ja?« Hanno freute sich. »Danke. Wobei ich durchaus auch ernst sein kann. Massiere ich zu fest?«

»Neiiiiin«, machte Susanna. »Nicht aufhören, nur nicht aufhören!«

»Der Lolli hat mir viel von seiner Arbeit erzählt. Das war eine schöne Abwechslung hier auf der Insel. Ein perfekter Mord kann so einfach sein, sagte der Lolli. Einer, Rüdiger hieß der glaub ich, war ein ziemlich fieser Zuhälter. Der hat die Frauen nicht gut behandelt. Ab in die Elbe, zack, zack, hat der Lolli gesagt. Den findet keiner.«

»Wer ist denn der Lolli?«, fragte Susanna und war nun doch ein wenig irritiert.

»Mein bester Freund aus Kindertagen. Wohnt in Hamburch auf dem Kiez. Ist jetzt verrentet und spielt nur noch dieses komische Spiel im Internet, wo man immer Bonbons zerschießen muss.«

»Candy Crush.«

»Möglich.«

»Ich spiele das auch«, freute sich Caro und trank ihren Eiergrog aus. War das gemütlich hier. Und so ein interessanter Gesprächspartner. »Ich hänge derzeit im Level 426.«

»Oh, das ist böse, ist das der Level, in dem sich die Schokolade so schnell vermehrt?«

»Nein, ich glaube, man muss die Bärchen finden. Ich finde sie aber nicht, weil es zu wenige Spielzüge sind«, beschwerte sich Caro.

»Am schlimmsten finde ich die Level, in denen man Marmelade verteilen muss oder Nüsse und Kirschen herunterfallen lassen soll.«

»Die sind grauenhaft«, bestätigte Caro frustriert. »Ruck, zuck hat man keine Leben mehr.«

»Der Lolli, der weiß, wie man es machen muss, wenn man nicht mehr weiterweiß«, sagte Hanno. »Er hat auch schon mal jemanden eingemauert.«

Susanna war plötzlich hellwach und setzte sich auf. »Eingemauert? Er hat jemanden *eingemauert*?«

»Ja. Wieso?«

»Nein! Su-san-na!«, rief Betty ängstlich.

»Warte doch mal«, sagte Susanna. »Man muss ja nicht gleich einmauern. Aber man könnte doch damit drohen. Oder, Hanno?«

»Klar kann man drohen.« Hanno spielte mit dem Kamm herum.

»Aber warum denn?«

»Das werde ich dir jetzt erzählen. Und dann rufen wir deinen Lolli an.« Susanna hatte keine Lust mehr auf Massage. Sie hatte Lust auf was ganz anderes.

19

»Susanna«, sagte Betty verzweifelt und zum geschätzt hundertsten Mal. »Das geht nicht. Das geht unter gar keinen Umständen. Du ziehst uns alle in eine Straftat hinein. Außerdem wollen wir doch segeln. In die Bretagne.«

»Das machen wir doch auch«, sagte Susanna mit fester Stimme. Ihre Augen glänzten, wie sie lange nicht geglänzt hatten. »Aber vorher möchte ich klar Schiff machen. Es muss etwas geschehen. Du hast doch gehört, was dieser Doktor Kornelius geschrieben hat.«

In der Tat war das hart gewesen. Im neuesten Schriftsatz stand, dass Rickmer seine Frau verklagen würde, sollte sie weiter Rufmord betreiben. Er, Rickmer Graf, habe Zeugen, die bestätigen würden, was seine Nochehefrau über ihn herumerzählen würde, natürlich nur Lügen. Weiterhin habe Susanna im Laufe der Ehejahre mehrere Affären gehabt und Geld veruntreut, auch dafür gebe es Zeugen.

»Das Schuldprinzip gibt es ja gar nicht mehr, was will er denn eigentlich mit Untreue?«, war Bettys Meinung. »Warst du denn untreu?«

»Nein. Er will mich nur fertigmachen.«

»Das ist aber nicht nett. Kann ich das auch mal alles lesen?«, hatte Hanno gefragt. Bereitwillig gab ihm Susanna ihr Handy. »Oha«, sagte Hanno dann. »Ich glaub, ich ruf den Lolli wirklich mal an. Das scheint ja ein gerissener Hecht zu sein.«

»Der Lolli?«

»Nein, dein Rickmer.« Hanno holte sein Handy und suchte die Nummer.

»Lolli? Min Jung, wie is? Jo, jo, jo, alles gut hier auf der Insel, du, ich sitz hier gerad mit drei Damen, die haben ein Problem, also eine von ihnen. Hör mal zu, Lolli ...« Und dann fing er an zu erzählen. Dann redete Lolli, man hörte ihn quaken. »Jo, seh ich auch so, jo, genau, find ich richtig so, jo, so eine Eisenstange, die kann was, jo ... wie sieht das aus mit den Spuren, was ist mit dem Blut ... mhm, mhm ...«

»O Gott«, sagte Betty. »Nein, wie schrecklich. Leg auf, leg auf!«

»Wir waren nie hier«, sagte nun auch Caro. »Wir werden alle im Gefängnis enden. In einem entsetzlichen Frauenknast mit lauter Kampflesben, die uns die Haare raspelkurz schneiden, uns zu Tätowierungen zwingen und dazu, Rasierklingen zu essen. Wir werden alle sterben, davon abgesehen gibt es da bestimmt Bettwanzen und Ratten, und dann kommen wir in Dunkelhaft, nur weil wir gefragt haben, ob es sonntags Kuchen zum Kaffee gibt und ...«

»Du hörst sofort auf, Caro«, wurde sie von Betty angefahren. »In deutschen Gefängnissen gibt es keine Ratten.«

»Ratten gibt es überall«, sagte Susanne. »Ratten, die Rickmer heißen. Also ich finde meinen Plan großartig!«

»Nein, nein, nein«, sagte Betty. »Hör auf, hör auf, hör auf. Wir können doch keinen Mord planen.«

»Wer redet denn von Mord?«, fragte Susanna lüstern. »Er soll Rickmer lediglich mit einer Eisenstange drohen oder mit Bleigewichten. Mit ernsten Worten und Nachdruck. Ich stelle mir gerade vor, wie er um Gnade bettelt!« Susanna rannte herum und schnaubte dabei wie ein Hengst, der sechs Monate lang im Stall hatte stehen müssen und nun endlich wieder Bewegung bekam.

»O Gott, ist das alles furchtbar«, sagte Betty, während Caro ungefragt nach ihrem Eiergrog griff und ihn auf ex leerte. Hanno schien das alles sehr ernst zu nehmen. »Auf meinen Lolli ist Verlass. Er kümmert sich.«

»Inwiefern denn?«, fragte Betty, die das alles ganz entsetzlich fand. Sie wollte mit ihren Freundinnen segeln und danach ein neues Leben beginnen, aber das sollte doch bitte nicht mit einem Mord beginnen. Und auch nicht mit einer Eisenstange oder einem eingemauerten Rickmer.

»Lolli weiß, was er tut. Er denkt jetzt nach und sich die passende Strafe aus.«

»Was genau wird er tun?«, wollte Susanna wissen.

»Das sehen wir dann.« Hanno sah zufrieden in die Runde. »Ich denke, er wird die richtige Entscheidung treffen. Vielleicht erst mal im Guten. Wenn er zickt, dann kann der Lolli recht ungemütlich werden. Aber das wird jetzt noch nicht entschieden. Das …«

»… sehen wir dann, ja«, sagte Betty. »Ich möchte das aber nicht *dann sehen*, ich möchte, Susanna, dass wir jetzt und hier entscheiden, dass Rickmer weder zusammengeschlagen noch ermordet wird.«

»Och«, sagte Susanna und stand auf. »Ich möchte jetzt gar nichts entscheiden, sondern mir eine schöne Zeit mit euch machen. Ich will mich gar nicht mehr mit meinem Fast-Ex-Mann beschäftigen. Hanno übernimmt.«

»Das finde ich gut«, sagte Hanno. »Du bist eine weise Frau. Das warst du schon damals. Und wie man sieht, sind Äußerlichkeiten nicht wichtig für dich. Auf die inneren Werte kommt es an. Luxus ist dir nicht wichtig.«

»Oh, danke.« Susanna wurde etwas rot. »Du hast ja so recht.«

Caro kicherte.

»Was gibt's denn da zu lachen?«, fragte Susanna.

»Luxus ist dir nicht wichtig«, sagte Caro. »Hanno, weißt

du, was ihre Uhr gekostet hat? Ich weiß noch, wie sie die bekommen hat.«

»Stell dir vor, ich weiß es auch noch«, sagte Susanna. »Und?«

»Sie hat gemeckert, weil das Ziffernblatt die falsche Farbe hatte.« Caro grinste sie an.

»Ich hatte mir eben die …«, fing Susanna an, aber Betty mischte sich ein.

»Anthrazit wolltest du, und es war perlgrau oder umgekehrt. Rickmer hat mir richtig leidgetan.«

»Rickmer hört nie richtig zu«, verteidigte sich Susanna. »Davon mal abgesehen ist mir die Uhr egal.«

»Zwölftausend Euro hat sie gekostet«, sagte Caro. »Ich weiß es noch wie heute. Rickmer hat sich so aufgeregt über dich, dass er sie zurückbringen wollte.«

Susanna sah sie giftig an, dann löste sie den Verschluss der Uhr, zog sie vom Arm und hielt sie Hanno hin. »Bitte. Ich weiß ja nicht, was die Aktion kosten wird, aber nimm schon mal die Uhr.«

»Das ist nicht nötig, ich mach das gern«, sagte Hanno. »Ich helfe dir natürlich unentgeltlich. Singt Rickmer eigentlich?«

»Bitte?«

»War er mal in einem Chor oder Ähnliches?«

»Nein«, sagte Susanna ein wenig verwirrt.

»Da haben wir es doch. Kein guter Mensch. Es heißt doch so schön: Wo man singt, da lass dich nieder, denn böse Menschen kennen keine Lieder.«

»Ach.« Susanna sagte das so, als würde das alles, wirklich alles, erklären.

»Behalt du bitte deine Uhr«, sagte Hanno gütig. »Hanno kümmert sich, und Lolli auch.«

»Danke«, sagte Susanna und legte die Uhr wieder um.

»Wo sind wir hier nur hingeraten?«, fragte Betty leise, als Hanno zum Tresen ging, um neue Getränke anzumischen. »Ich komme mir vor wie zu Besuch bei einem Mafiaboss. Wir sollten gehen. Jetzt.«

Hanno fummelte unterdessen an der altersschwachen Musikanlage herum und schob eine Kassette in das Tapedeck; kurz darauf erklang Heintje, der ein Schloss wie im Märchen bauen wollte.

»Klar, die Mafia«, sagte Caro. »Ein richtiger fieser Clan. Ein Boss auf Helgoland, der Heintje hört, und ein Freund in Hamburg, der angeblich Leute einmauert, aber heult, weil er keine Leben bei Candy Crush mehr hat. Hört sich alles superprofessionell an. Da sind wir bei den richtigen Leuten gelandet. Da kann gar nichts schiefgehen.«

»Jedenfalls passiert jetzt mal was. Diese Frau Barding konnte man ja in der Pfeife rauchen«, sagte Susanna zufrieden. »Und wer weiß, vielleicht genügt ja eine kleine Drohung, und Rickmer kommt zur Vernunft.«

»Genau.« Caro nickte. »Vielleicht schneiden sie ihm nur zwei Finger und einen Fuß ab. Oder durchtrennen ihm vorsichtshalber die Stimmbänder, damit er nicht mehr quatschen kann. Und schon ist alles wieder gut, weil die Drohung gewirkt hat. Folgen für dich oder uns hat das natürlich keine, weil man überhaupt nichts beweisen kann. Hanno und dieser Lolli sind nämlich die absoluten Vollprofis, die genau wissen, was sie tun. Sie denken auch daran, dass Telefonate eventuell abgehört werden können. Deswegen sprechen sie bei ›solchen‹ Dingen nur verschlüsselt miteinander, wie wir ja eben feststellen konnten. Worte wie Eisenstange und einmauern sind ja auch völlig unverfänglich, von der Weiterleitung der Nachrichten an diesen Lolli mal ganz abgesehen. Ich bin nur froh, dass er nicht warum auch immer Osama bin Laden oder Hitler erwähnt hat.«

»Ach, komm, mal den Teufel nicht an die Wand«, sagte Susanna genervt. »Soll ich gar nichts unternehmen?«

»Normale Menschen suchen sich dann einen neuen Anwalt.«

»Normale Menschen kaufen auch nichts für hundertfünfzigtausend Euro«, konterte Susanna.

»Du ...« Caro war wütend.

»Ihr zwei seid unerträglich. Ruhe jetzt!« Betty knallte mit der flachen Hand auf den Tisch, und da kam Hanno mit neuen Getränken.

»Lasst uns doch gemeinsam etwas singen«, schlug er vor. »Singen ist Balsam für die Seele.«

Betty verdrehte die Augen, weil Susanna in die Hände klatschte und »O ja!« rief. Dann kamen andere Gäste in die Kneipe, die auch sehr angetan waren von dieser Idee, und Hanno wurde nicht müde, die Anlage lauter zu drehen, und noch lauter und noch lauter, und sie sangen und schrien zu Heintje, Roy Black und Anita, Klaus & Klaus und Howard Carpendale, bis sie heiser waren.

20

»Also, dann passt auf euch auf«, sagte Hanno und löste die Vorleine vom Poller, um sie Betty zuzuwerfen. Susanna, die neben Betty stand, nickte. »Das machen wir. Und wir bleiben in Kontakt, ja?« Sie sprach extra leise, damit die anderen es nicht mitkriegten.

»In jedem Fall«, flüsterte Hanno ernst. »Die Sache muss ja geklärt werden. Ich melde mich. Mach dir keine Sorgen. Alles wird gut. Es war übrigens ein wundervoller Abend. Danke dafür. Und danke, dass du nicht gelacht hast, als ich bei Alexandras ›Mein Freund, der Baum, ist tot‹ so weinen musste.«

Es war noch recht früh am Morgen, trotzdem war es im Hafen schon trubelig. Die Segler und Motorbootfahrer frühstückten auf ihren Booten oder machten sie ablegeklar, es versprach ein sonniger Tag zu werden. Susanna hatte sie gezwungen, früh aufzustehen. Erstens wartete die Tide nicht auf sie, und zweitens hatten sie über vierzig Meilen Fahrt vor sich. Und noch war außer ein paar einzelnen Böen kein Wind. Sie hoffte, dass sich das noch ändern würde.

»Ach was, mir war auch ganz blümerant«, sagte Susanna, während Caro die *Subeca* im Rückwärtsgang ausparkte.

Betty drängelte sich nach vorn. »Und keine vorschnellen Entscheidungen bitte«, sagte sie panisch, weil sie immer noch das Schlimmste befürchtete.

»Unfug«, wehrte Hanno ab. »Was denkst du denn, du hast es mit Vollprofis zu tun.«

»Dann ist es ja gut«, erwiderte Betty erleichtert.

Hanno wurde nun lauter, weil das Schiff sich nun weiter

vom Steg entfernte. »Alles nur nach Absprache. Wir bringen den Rickmer ja nicht gleich um!«

»Verdammt, halt die Klappe!«, rief Betty verzweifelt, aber Hanno hörte sie nicht.

»Der Lolli und ich, wir wissen, was wir tun. Vielleicht genügt ja die Eisenstange. Wer erst mal ein bisschen Blut gesehen hat, überlegt sich zehnmal, wie er sich weiter verhält. Eine Platzwunde hat noch niemandem geschadet. Ach, noch was!« Er wurde immer lauter. »ES WÄRE VIELLEICHT NICHT SCHLECHT, DAS GANZE VORHABEN DISKRET ZU BEHANDELN!« Die Leute auf dem Steg und auf den Schiffen drehten sich interessiert um. »ALSO DASS IHR NICHT RUMERZÄHLT, DASS LOLLI UND ICH VORHABEN, DEINEM MANN EINS ÜBER DEN SCHÄDEL ZU ZIEHEN! DER KANN SICH UMGUCKEN!«

»Hanno!«, zischte Susanna verzweifelt. »Sei still!«

»WIR MAUERN DEN MISTKERL AUCH EIN, WENN ER PROBLEME MACHT! ICH RUF DEN LOLLI GLEICH NOCH MAL AN UND BESPRECHE ALLES!«

Die Leute runzelten die Stirn. Ein Mann ging schnell Richtung Stegende. Ganz offensichtlich wollte er sich von Hanno entfernen, damit er nicht mit der Eisenstange in Berührung kam. Caro stellte nun den Vorwärtsgang ein, und die *Subeca* fuhr langsam Richtung Hafenausfahrt.

»Es geht um ein Drehbuch!«, schrie Caro geistesgegenwärtig von der Pinne zu den Zuschauern, und die schienen halbwegs beruhigt.

Betty und Susanna holten die Fender ein und schossen die Vorleinen auf, nachdem sie wieder im Cockpit des Schiffs waren.

»Meine Güte«, sagte Betty böse. »Was haben wir da nur getan? Dieser Hanno ist nicht die hellste Kerze auf der Torte, und dann dieser Lolli. Und das Gebrüll auf dem Steg. Von wegen diskret. Halb Helgoland hat das mitbekommen.«

»Hoffen wir das Beste«, sagte Caro und gab Gas.

Hanno stand weiter am Steg und brüllte etwas, das sie nicht verstanden, und man konnte nur zu Gott beten, dass niemand sich einen Reim auf irgendetwas machte und alle das mit dem Drehbuch schluckten, was natürlich völliger Quatsch war, weil viele Hanno aus der Kneipe kannten. Aber das verdrängten die drei.

Der gestrige Abend steckte ihnen noch in den Knochen. Außer mit den Gästen zu singen, hatten sie sich auch noch mit Hannos Schwester unterhalten (»Linda hat auch schon viel mit ihrem Ex-Mann mitgemacht, das wollt ihr gar nicht alles wissen, aber ich und Lolli haben das hinbekommen, gut, was?«), und Hanno machte für alle Labskaus nach einem Originalrezept irgendeiner Großmutter oder Tante oder der Nichte eines Einbetonierten, und dann aßen sie das gepökelte Fleisch mit Spiegelei, Rollmops, Kartoffelbrei und Roter Bete und mussten andauernd sagen, dass es schmecke und sie noch nie in ihrem ganzen Leben einen solchen Labskaus gegessen hätten.

»Was ist das denn für ein Fleisch?«, wollte ein Gast wissen, und Hanno lachte und sagte »Menschenfleisch natürlich«, was alle außer Betty und Caro irre witzig fanden. Susanna hatte sich vor Lachen sogar an ihrem Rollmops verschluckt.

Hanno hatte Susanna mit Blicken fast aufgefressen, und nachdem alle miteinander Brüderschaft getrunken hatten, kam es, wie es natürlich kommen musste: Susanna und Hanno saßen in einer Ecke und knutschten wie frisch verliebte Vierzehnjährige.

Nun winkte Susanna Hanno vom Boot aus und warf ihm Kusshände zu. »Ach, ach«, sagte sie dauernd.

»Ich wusste gar nicht mehr, wie sich das anfühlt«, sagte Susanna jetzt und hielt ihr Gesicht in die Morgensonne. »Musste ich erst so alt werden, um die Liebe zu spüren?«, fragte sie theatralisch und seufzte zum Herzerweichen. »Ich weiß nicht mehr, wann Rickmer zum letzten Mal ›Ich liebe dich‹ zu mir gesagt hat.«

»Wann hast du es denn zum letzten Mal zu ihm gesagt?« Caro konnte es nicht lassen.

»Darum geht es doch gar nicht«, stellte Susanna fest. »Oder vielleicht doch. Vielleicht haben wir es beide verbaselt. Aber ist das ein Grund, mich so zu behandeln? Und dann mit dieser Frau was anzufangen, die er hasst! Mit Marigold McErlain! Das ist zu viel Klischee für mich. Es ist nicht zum Aushalten.« Sie setzte sich auf eine Backskiste, während Caro die *Subeca* auf die See steuerte. Sie mussten immer noch unter Motor fahren, eine neue Windbö war nicht in Sicht.

»Ich brauche unbedingt einen Plan.«

»Ach, ich denke, dein Plan heißt Lolli«, warf Betty ein, die sich schon wieder verzückt über WhatsApps mit ihrem Julius schrieb.

»Auch wieder wahr«, sagte Susanna. »Und ich brauche Sex. Ich weiß nicht, wann ich zum letzten Mal Sex hatte. Rickmer hat natürlich Sex. Mit Hexe Marigold.«

»Du hättest doch gestern mit Hanno …«, fing Caro an.

»Ihr habt ja nicht gehört, was er gesagt hat.«

»Was hat er denn gesagt?«, fragten Betty und Caro im Chor.

»Ach, egal.« Susanna schaute aufs Meer und hatte einen melancholischen Blick.

»Das, liebe Susa, sind die Momente, in denen ich dich kalt lächelnd erdolchen könnte.« Caro schlug auf die Pinne. »Das ist eine ganz furchtbare Angewohnheit von dir. Erst was in den Raum werfen und dann ›ach egal‹ sagen.«

»Das hat sie schon immer gern getan.« Betty sah von ihrem Smartphone hoch.

»Ihr seid Nervensägen.« Susanna lächelte die Freundinnen an. »Also, ich sag es mal so: Hanno hat mir zu romantisch geredet. Wie Goethe oder so. Er sagte, er wolle meine Lippen beglücken.«

»Welche denn?«, prustete Caro los.

»Du wieder. Mein Gott. Er hat ganz komische Sachen gesagt, so was wie: ich sei eine Göttin und würde nach Rosen riechen. Ich hab noch nie nach Rosen gerochen. Ich mag den Geruch von Rosen noch nicht mal.«

»Das ist doch aber total süß von Hanno«, fand Betty. »Julius schreibt mir auch sehr romantische Dinge. Und dass er sich so auf die Zukunft freut.«

»Bist du dir wirklich ganz sicher, dass du alle Zelte abbrechen willst?«, fragte Susanna. »Versteh mich nicht falsch«, sie tippte auf der elektrischen Seekarte einen Kurs ein. »Aber man zieht doch nicht einfach so nach Berlin. Mit seinen Kindern. Und lässt seinen Mann einfach zurück. Also, was ist, wenn es schiefgeht? Glaubst du, Holger wartet auf dich und empfängt dich mit offenen Armen?«

»Das weiß ich nicht«, sagte Betty. »Ich weiß nur, dass ich so nicht weiterleben möchte. Es ist ereignislos, überschaubar und geregelt.«

»Halleluja! Wie furchtbar!«, rief Caro sarkastisch.

»Entschuldige, dass ich keine Schulden gemacht habe, Caro«, sagte Betty. »Aber du bist nicht die Einzige, die momentan ein paar Probleme hat.«

»Meine sind aber nicht durch einen Auszug gelöst«, entgegnete Caro. »Wo fahren wir eigentlich hin, Susa?«

»Norderney, das hab ich euch doch gesagt.«

»Hast du nicht, ist aber gut. Da gibt es die *Milchbar,* das muss total schön sein da mit einem bombastischen Sonnenuntergang«, freute sich Betty. »Hab ich in einer Dokumentation gesehen.«

»Wir haben glaub ich alle gerade ein bisschen zu knapsen«, sagte Susanna. »Ich muss mir unbedingt einen neuen Anwalt suchen. Unbedingt.« Plötzlich war sie ganz vernünftig. »Meine Güte, was war nur los mit mir? Ich kann doch nicht einen Auftragskiller auf meinen Mann hetzen. Stellt euch das mal vor.«

»Ach, echt?«, sagte Betty. »Schön, dass du anfängst, halbwegs klar zu denken.«

»Meint ihr, Hanno meinte das, was er gesagt hat, ernst? Dass er das alles mit diesem Lolli besprechen will?«

»Es hörte sich jedenfalls so an«, sagte Caro.

»Wir rufen ihn nachher an und sagen ihm, dass er das sein lassen soll. Auftrag abgebrochen. Wir kommen ja in Teufels Küche. Wie konnte ich nur, wie nur?«

»Ich bin ja froh, dass du vernünftig geworden bist«, war Caros Meinung. »Und vielleicht können wir uns jetzt wieder mit meinem Problem beschäftigen. Es hieß doch, wir würden gemeinsam überlegen.«

»Das tun wir auch.« Susanna nickte. »Den Kurs musst du fahren.« Sie deutete auf das Display und dann nach oben. »Oh, da kommt Wind. Sehr gut. Betty, mach mal die Persenning vom Großsegel ab. In ein paar Stunden sind wir auf Norderney. Bis dahin überlegen wir unsere nächsten Schritte.«

Betty hatte nicht zu viel versprochen. Die Norderneyer *Milchbar* lag wunderschön am Meer, hatte einen weiträumigen Außenbereich, und die chillige Musik von Blank Jones ertönte passend zu der sommerlichen Abendstimmung. Sie hatten sich Aperol Spritz bestellt und hielten die Gesichter in die Sonne.

»So könnte es bleiben«, sagte Susanna. »Von mir aus für immer.«

»Geht aber nicht. Wir brauchen Entscheidungen und Pläne und überhaupt«, erklärte Caro. »Ich kann mich auch nicht Ewigkeiten vor meinem Mann verstecken.« Sie stützte den Kopf in beide Hände. »Meine Güte, was hab ich nur getan? Wie konnte ich das nur machen! Ich bin verrückt, nicht mehr zurechnungsfähig. Ich habe uns in den Ruin getrieben.«

Susanna und Betty sagten nicht »Nein, Quatsch, nichts wird so heiß gegessen, wie es gekocht wird«, sondern sie sagten gar nichts. Betty, die neben Caro saß, streichelte lediglich ihren Arm.

Susannas Handy klingelte.

»Hallo? Ach … ja … nein … wie? … WAS? … oh! … OH! … aha … ui! UI! … wie jetzt? … nein … NEIN! NEIN! NICHT! Hallo??? Halloooooooo?«

Sie sah bedröppelt auf ihr Handy. »Aufgelegt.«

»Wer war das? Rickmer?«, fragte Betty atemlos.

»Nein«, sagte Susanna und war ganz blass. »Rickmer kann gar nichts mehr sagen.«

21

Eine Viertelstunde später saßen sie mit neu gefüllten Gläsern im Sand, barfuß und mit hochgekrempelten Hosen. Die Wellen rauschten heran und wieder weg und machten dieses wundervolle Wellenheranrauschundwegrauschgeräusch, das einen so herrlich einlullte.

Susanna probierte nun zum siebzehnten Mal, Hanno zu erreichen, um die Nummer von diesem Lolli zu bekommen, aber Hanno ging nicht ans Telefon und auch nicht an den Festnetzapparat in der Kneipe.

»Hätte ich das alles vorher gewusst, wäre ich zu Hause geblieben«, erklärte Betty. »Wie heißt denn dieser Lolli mit richtigem Namen? Vielleicht steht er im Telefonbuch.«

»Bestimmt steht er da«, sagte Caro. »Mit Berufsbezeichnung. Lolli Müller, Serienkiller, oder so. Ganz sicher.«

»Ich werde ja wohl noch mal fragen dürfen.« Betty war verschnupft und tippte wieder auf ihrem Smartphone herum. Dabei lächelte sie grenzdebil und machte hin und wieder »Oh, uh, ah!«.

»MANN!«, rief Susanna. »Kannst du jetzt mal aufhören mit dem kindischen Kram!«

Betty sah auf. »Was hast du denn? Entschuldige bitte, aber Julius schreibt mir sooo schöne Dinge!«

»Leg das Telefon jetzt weg«, sagte Susanna. »Wir haben keine Zeit für schöne Dinge.«

»Mein Leben wird sich verändern«, schwadronierte Betty glückselig. »Da wird man sich ja wohl mal freuen dürfen.«

»Unser aller Leben wird sich wahrscheinlich verändern«, giftete Caro. »Da finde ich es anmaßend, dass du nur an deins denkst. Wir haben gesagt, wir lösen das alles gemeinsam.«

Sie sah Susanna an. »Oder? Haben wir das gesagt oder nicht?«

Susanna antwortete nicht.

»Was ist denn?«, fragte Betty. »Jetzt sag doch mal.«

Susanna drehte sich zu ihnen um und nahm einen großen Schluck Aperol. »Ich muss das gerade alles mal sacken lassen«, sagte sie dann und runzelte die Stirn. »Was die Problemlösung angeht, denke ich noch nach. Tatsache ist, dass Lolli kein Schwätzer ist. Sonst hätte Hanno mich nicht mit diesen Infos angerufen. Tatsache ist auch, dass Rickmer ein Arschloch ist, das mich fertigmachen will, sehe ich das richtig?«

»Ja«, sagten Betty und Caro im Chor.

»Tatsache ist weiterhin, dass ich mir das nicht gefallen lassen sollte und auch nicht vor den Schriftsätzen eines Herrn Kornelius zu Kreuze krieche«, fuhr Susanna fort und zeichnete mit dem Zeigefinger einen Totenkopf in den Sand. »Vor einer Marigold McErlain schon mal gar nicht«, fügte sie dann noch hinzu.

»Richtig so«, sagte Caro.

»Ich bin ganz deiner Meinung«, sagte Betty.

Susanna atmete tief durch.

»Was ist, ist dir nicht gut?«, wollte Caro besorgt wissen.

»Nein«, sagte Susanna. »In mir reift gerade eine Idee. Lasst mich noch ein bisschen drüber nachdenken, dann erzähle ich es euch.«

»Oooooooh«, machte Betty und starrte verzückt auf ihr Display. »Lauter Herzchen.«

»Das ist ja ganz was Neues. Herzchen.« Caro verdrehte die Augen. »Aber du fandst ja auch mal Diddl-Mäuse gut.«

»Die waren so süß«, sagte Betty. »Hört mal. Julius schreibt: Ich werde dich immer auf Händen tragen.«

»Wollen wir hoffen, dass er kräftig genug ist«, kommentierte Caro und wurde von Betty böse angeblitzt. »Du bist wirklich fies.«

»Und du hast schon als Kind dauernd gejammert, dass du zu dick bist, aber ein Raider nach dem anderen in dich reingestopft.«

»Die Liebe wird mich auf Dauer dünn machen«, sagte Betty ernst. »Wer glücklich ist, braucht nicht so viel Nahrung und ernährt sich automatisch gesund, das hab ich mal gelesen.«

»Dann warst du bislang nicht glücklich«, erklärte Caro. »Seitdem wir uns kennen, hast du gern gegessen, viel und auch ungesund.«

»Jetzt würde mir ein Stück Sellerie genügen.« Betty lächelte die Freundinnen an. »Auch wenn ihr mir das nicht glaubt, ich brauche nur Rohkost und ein wenig Wasser, alles andere ist mir egal.«

»Ich erinnere dich heute Abend daran, wenn Caro und ich uns Pasta mit Meeresfrüchten bestellen«, grinste Susanna. »Und nachher einen Teller Milchreis mit Zimt und Zucker oder süßen Kirschen in der Milchbar essen.«

Böse wurde sie von Betty angeblitzt. »Ihr seid ja nur neidisch.«

»Ich bin nicht neidisch«, sagte Caro und schaute aufs Meer. Der Horizont wurde langsam rot, die Sonne begann unterzugehen. Es war ein atemberaubender Anblick. Die See brannte glutrot, und in der Milchbar wurde die Chillout-Musik lauter gedreht.

»Ist das schön«, sagte Susanna ergriffen.

»Ja.« Betty nickte. »Wundervoll.« Sie nahm ihr Smartphone und fotografierte den Sonnenuntergang, um dann natürlich das Bild mit den Worten »Ich brenne nur für dich« an Julius zu schicken. Der antwortete umgehend. »Und ich für dich, für immer.«

Bettys Herz klopfte. Sie wusste, dass das, was sie tat, das Unvernünftigste in ihrem ganzen Leben war. Und sie wusste noch nicht, was ihre beiden Kinder dazu sagen würden. Aber Lisa und Jan waren nicht mehr klein. Lisa würde im nächsten Jahr Abi machen und dann ein Freiwilliges Soziales Jahr in einem Krankenhaus in Ostafrika absolvieren. Ihre Tochter hatte ihr Leben schon durchgeplant. Danach wollte sie Medizin studieren, und zwar in Frankfurt. Dass ihr Notendurchschnitt genügen würde, dafür würde sie schon Sorge tragen. Lisa war ehrgeizig und zog durch, was sie sich vorgenommen hatte. Natürlich durchlief sie, wie jeder junge Mensch in ihrem Alter, diverse Phasen der Selbstfindung, und gerade war eben Kalbsleberwurst schlimm, wegen der versteckten Fette und wegen des Tierwohls und überhaupt. Lisa hatte auch schon eine vegetarische Phase hinter sich und eine vegane, sie hatte geweint, als Betty Honig auf den Tisch stellte, weil man den vorher den Bienen geklaut hatte.

Sie hatte einige Wochen lang nur Obst und Gemüse und Fleisch gegessen und sich »paleo« ernährt, was Betty unerträglich fand, die Steinzeit war schließlich vorbei, und nur Gott wusste, was als Nächstes kommen würde. Lisa hatte sich noch nie sehr für die Familie interessiert, sie raste durchs Leben und probierte sich aus, sie wollte Karriere als Ärztin machen und sich für benachteiligte Menschen einsetzen, Krankenhäuser in benachteiligten Staaten bauen. Eigene Kinder wollte sie nicht, sondern welche adoptieren, es gab ja so viele arme Waisen, denen konnte sie schließlich ein Zuhause geben, das hatten Madonna und Angelina Jolie schließlich auch gemacht. Zwei feste Freunde hatte Lisa bis jetzt gehabt, die Betty beide sehr nett gefunden hatte, aber Lisa waren sie »zu lieb« gewesen, und deswegen hatte es nie lange gedauert, bis Lisa wieder solo war. Getrauert hatte die Tochter nie, weil sie es gewesen war, die die Beziehungen beendet hatte. Der eine, Clemens, hatte sich noch drei Wochen lang zum Affen gemacht, Luftballons steigen lassen und im Netz Liebesbotschaften inseriert. Er hatte sogar Lisas Lieblingskuchen gebacken und auf Knien vor der Schule gewartet und ein Gedicht aufgesagt, das mit Liebe und Zurückkommen und ewig dein und für immer gemeinsam zu tun hatte, was Lisa alles völlig indiskutabel gefunden hatte. »Hätte er cool gesagt, dass ihn das alles nicht tangiert, wäre er interessant gewesen«, war Lisas Aussage dazu.

Nun war sie gerade mit niemandem zusammen, was ihr aber auch nichts ausmachte. Sie hatte genügend Projekte, auch ohne festen Freund.

Ihr fünfzehnjähriger Bruder Jan war das genaue Gegenteil. Schmusig, anhänglich, familiensüchtig. Er liebte die ausgiebigen Frühstücke am Samstag und Sonntag, er liebte seine Mutter abgöttisch und respektierte den Vater, die Pubertät ging spurlos an ihm vorbei, und Jan gehörte zu den Menschen, die ihr Zimmer freiwillig aufräumten, die Schmutzwäsche in den richtigen Korb legten und an den Muttertag dachten. Betty, die ab seinem zwölften Lebensjahr damit gerechnet hatte, nur noch angeschnauzt und niedergemacht zu werden, hatte sich richtiggehende Sorgen gemacht, als Jan ohne Zirkus Müll rausbrachte, fragte, ob er staubsaugen sollte, und die Musik grundsätzlich nur auf Zimmerlautstärke drehte, weil er »die Nachbarn nicht gegen sich aufbringen wollte«. Betty hatte mit Holger darüber gesprochen, ob Jan vielleicht unnormal war, aber Holger hatte ihre Befürchtungen weggewinkt. Da war Betty zum ersten Mal aufgefallen, dass Holger eigentlich an nichts Interesse hatte, was die Familie betraf. Auch in den Urlauben hatte Holger immer nur das gemacht, was er wollte, wenn sie jetzt so zurückdachte. Betty legte sich lang in den Sand und starrte in den Himmel. Es war sogar so gewesen, dass sie immer nur *dort* Urlaub gemacht hatten, wo *Holger* hinwollte. Wandern in Österreich. Betty hasste Wandern. Die Kinder hatten Wandern auch gehasst. Nur Holger hatte Wandern geliebt.

»Ich hasse Wandern«, sagte Betty in den Himmel hinein. »Ich hasse, hasse, hasse Wandern.«

»Wie kommst du denn jetzt darauf?«, wollte Caro wissen. »Ihr wart doch oft wandern.«

»Eben. Weil Holger das wollte«, erklärte Betty giftig. »Wir haben immer nur gemacht, was Holger wollte. Jahrzehntelang. Ich hätte nach dem ersten Staatsexamen weitermachen sollen und wollen, aber nein, Herr Martinius hatte ja Karrierepläne in der Redaktion, und da passten meine nicht rein. Davon abgesehen hätte ich viel mehr Karriere machen können als er. Es ist wohl was anderes, Juristin zu sein, als Textchef bei einem Wohnmagazin. Das hat er mir nicht gegönnt. Die ganzen Jahre war ich immer nur für die Familie da und muss mich halbtags mit diesen bekloppten Mandanten in der Kanzlei abgeben, die mir auf den Hintern und den Busen glotzen und ihre Frauen hassen. Ich kann Kaffee kochen und Cognac nachschenken, mir das Gejammer anhören und Zimmer für die Chefs und ihre Geliebten in Cannes oder Porto Cervo buchen, dabei könnte ich selbst auf der anderen Seite sitzen und hätte eine Assistentin, oder ich hätte schon längst promoviert oder wäre Staatsanwältin geworden, oder was weiß ich. Ganz ehrlich …«, Betty stand auf und trank den Aperol in einem Zug aus, »… warum ist *Hol-*

ger denn nicht zu Hause geblieben, als die Kinder kamen? Wieso hat *er* keine Windeln gewechselt und nachts die Monster unter den Betten verjagt? Warum musste *ich* das alles machen? *Wieso* hab ich das alles gemacht? Ich muss nicht ganz dicht gewesen sein.«

»Also, uns hast du immer gesagt, alles wäre wunderbar, und du seist zufrieden mit deinem Leben«, wagte Susanna einzuwerfen.

»Ach, halt doch die Klappe, Susa!«, wurde die Freundin von Betty angefahren und zuckte automatisch zurück. »Dachte ich ja erst auch. Aber so langsam wird mir klar, dass das nicht alles gewesen sein kann. Ich bin keine Frau für diesen Mann!«

»Das fällt dir aber früh ein.« Caro schüttelte den Kopf.

»Und nun willst du alles hinwerfen, nach Berlin ziehen und mit Doktor Julius ein neues Leben anfangen. Obwohl du überhaupt nicht weißt, ob das funktioniert.«

»Er ist gut zu mir. Julius weiß, was ich brauche.«

»Weißt du selbst es auch?«, intervenierte Susanna.

»Ja, sicher, deswegen ziehe ich ja mit ihm zusammen.« Betty ließ ihr Glas fallen und breitete beide Arme aus. »Seit Langem bin ich mal wieder glücklich. Das hab ich auch verdient.«

»Verdient haben wir das glaub ich alle. Trotzdem bin ich mir nicht sicher, ob du wirklich das Richtige tust.« Caro schüttelte den Kopf. »Viel schlimmer finde ich, dass du uns all die Jahre was vorgemacht hast. Unsere Betty war doch immer die Perfekte. Wenn ich nur an die Kuchen denke, die du immer gebacken hast. Oder deine Partyfrikadellen.«

»Ich hab es ja selbst lange nicht gemerkt«, sagte Betty. »Ich wollte euch bestimmt nicht anlügen. Es ist aber wirklich wahr, immer geht es nur um Holger. Ich weiß auch ehrlich gesagt nicht, wann er zum letzten Mal was Nettes für mich gemacht hat. Oder mir mal Blumen mitbringt. Dabei heißt es doch immer: *Und viel mehr Blumen während des Lebens, denn auf den Gräbern blüh'n sie vergebens.*« Nun traten Betty Tränen in die Augen, und sie ballte die Hand zur Faust. »Mein Leben ist so eintönig und festgefahren. Es passiert überhaupt gar nichts, und ich hab das Gefühl, ich bin eingeengt. Frühstück machen, Essen kochen, putzen, einkaufen, meine Güte. Und abends geht Holger zu seiner bescheuerten Bandprobe oder hat Redakteurstreffen, oder er hat Handball oder trifft sich mit seinen beiden komischen Schulfreunden, die mit mir kein Wort sprechen und mich immer nur tumb anglotzen, na ja, was will man von ITlern groß erwarten. Und ich gehe nicht mehr … NIE MEHR WANDERN!« Die letzten Worte brüllte sie so laut, dass ein vorbeilaufendes Paar erschreckt zur Seite sprang.

»Wisst ihr, wie furchtbar es ist, bei Gluthitze über einen Bergweg in Österreich zu latschen, nur mit einer kleinen Wasserflasche und unförmigen Wanderschuhen? Und das über Stunden! Um dann, irgendwann mal, in einer Hütte einzukehren, wo es Semmelknödel mit Beuschel gibt und einen Kaiserschmarrn aus der Packung mit viel zu vielen Rosinen drin. Wisst ihr das?«

»Was ist denn Beuschel?«, fragte Caro vorsichtig.

»Ein Ragout aus Lunge, Herz, Nieren, Milz und Zunge«, sagte Betty verächtlich. Sie spuckte die Worte förmlich aus. »Das würde man noch nicht mal in Alcatraz auf den Mittagstisch bringen.«

»Ich glaube, ich muss mich übergeben«, sagte Susanna. »Das ist ja noch schlimmer als Hirn, und das schmeckt schon sehr gewöhnungsbedürftig.«

»Du isst *Hirn*?« Caro sah Susa fassungslos an und dann

Betty. »Und du dieses *Beuschel*. Was sind das für schreckliche Geständnisse.«

»Ich wusste nicht, dass es Hirn war«, sagte Susanna. »Erst nachdem ich es fertig gegessen hatte, sagte man es mir. Es war in einem Fünf-Sterne-Restaurant in Äthiopien. Von einem Affen.«

»Du willst mich wohl auf den Arm nehmen«, sagte Caro. »In Äthiopien gibt es keine Fünf-Sterne-Restaurants.«

»Dann war es eben woanders, vielleicht im Ärmelkanal.«

Susanna hatte es nicht so mit der Geografie, und nur Gott mochte wissen, wo sie mit dem Boot ohne GPS landen würden.

»Im Ärmelkanal werden keine Affen gekocht.« Caro war immer noch nicht zufrieden.

»Ist ja auch egal«, sagte Susanna. »Jedenfalls war es komisch.«

»Nie wieder esse ich Beuschel!«, fuhr Betty nun schreiend fort. »Und nie wieder schlafe ich in durchgelegenen Stockbetten in einer Fünfzehn-Personen-Hütte, in der es nur einen Schlafraum gibt. Die ganze Nacht schnarchende und furzende Männer, ein Albtraum.«

»Ihr wart aber nicht nur wandern«, erinnerte sich Caro.

»Nein, wir waren auch am Plattensee in Ungarn.« Betty keifte jetzt. Sie war auf hundertachtzig. »Am idyllischen, schönen *Plattensee*. Weil Holger ein neues Hobby hatte und unter die Vogelkundler gegangen war. Morgens um vier mussten wir aufstehen, um dämlichen Piepmätzen zuzuhören, die wie die Gestörten gezwitschert haben. Und Holger stand da mit einem Fernglas und einem Kassettenrekorder, um das schwachsinnige Gepiepse aufzunehmen. Den ganzen Tag sind wir um den Plattensee geeiert, um irgendwelche Vögel zu finden, die angeblich total selten waren. Für mich haben sie alle gleich ausgesehen. Und ich hätte sie alle am liebsten erschossen. Und Holger dazu. Abends ging es ja dann noch weiter. Es gab Erbsensuppe oder irgendwas Ungarisches, auch diese dämliche Gulaschsuppe, aus der Dose, dazu matschiges Brot, und dann haben sich alle hingehockt in einen winzigen Gemeinschaftsraum und haben ihre Aufnahmen verglichen. Die ganze Zeit nur Piep, piep, piep, oh, das war ein Schwarzspecht, ein Reiher, nein, ein Löffler, oder war es gar ein Kormoran? Natürlich haben alle geraucht. Bestimmt habe ich durchs Passivrauchen schon ein Lungenkarzinom und weiß es nur noch nicht, und daran ist Holger auch schuld. Er ist schuld dran, wenn ich STERBE!«

Herankommende Spaziergänger drehten vorsichtig um und gingen langsam zurück, wahrscheinlich, weil sie Betty nicht provozieren wollten.

Die heulte nun. »Nie wieder werde ich an diesen Plattensee fahren.«

»Er heißt auch Balaton«, erklärte Caro. »Auf Ungarisch.«

»Das ist mir doch egal!«, brüllte Betty, fing an zu heulen und ließ sich wieder in den Sand sinken. »Ich will endlich was von meinem Leben haben.« Sie beugte sich zu ihrem Glas und hob es aus dem Sand. »Kriegt man hier vielleicht noch ein Getränk, kann das mal jemand holen?«

»Ich trinke doch zu viel, da ist es sicher besser, wenn ich es für heute gut sein lasse«, erwiderte Caro sarkastisch, und Betty warf das leere Aperol-Glas in ihre Richtung. Dann saß sie da und schmollte vor sich hin.

»Jetzt mal im Ernst«, sagte Susanna. »Ich verstehe dich gut, Betty. Es kommt nur wirklich alles überraschend, weil du nie, wirklich nie etwas angedeutet hast. Für uns warst du immer diejenige, die alles im Griff hat. Schon immer.«

»Bis aufs Gewicht«, sagte Caro leise und wurde von Betty

mit einem bitterbösen Blick bedacht. »Man wird ja wohl noch einen Scherz machen dürfen«, sagte Caro. »Ihr meckert ja auch alle an mir rum.«

»Zu dir kommen wir später«, sagte Susa. »Ich will nur erst mal Betty verstehen und die ganze Situation einordnen. Das ist eben das Problem mit den guten Menschen«, erklärte sie dann der Freundin. »Wer immer nur Ja sagt, ohne aufzumucken, merkt manchmal zu spät, dass er mal eine Grenze hätte ziehen sollen.«

Betty sah sie an und zog die Nase hoch. »Ja, vielleicht.«

»Nein, nicht vielleicht, ganz sicher sogar«, sagte Susanna. »Vielleicht ist deine Entscheidung ja sogar richtig. Aber ich finde, du solltest fair sein und es Holger sagen.«

»Er hört doch eh nie zu.«

»Da wird er schon zuhören«, war sich Susanna sicher. »Wie hast du dir das denn sonst gedacht? Wolltest du einfach deine Koffer packen und Tschüs sagen?«

»Darüber habe ich mir noch keine großen Gedanken gemacht. Ja, vielleicht sollte ich es so machen. Ich weiß ja auch nicht. Ich kann ihm ja schlecht eine Mail schreiben.«

»Du könntest nach unserer Tour einfach mal mit ihm sprechen«, schlug Susanna vor. »Das gute alte Gespräch suchen. Nicht alles mit SMS oder WhatsApp klären oder eben auch nicht.«

»Weiß nicht«, sagte Betty. »Ich weiß nur, dass ich ihn nicht mehr liebe. Und dass ich mit Julius zusammen sein will.«

»Glaubst du im Ernst, das mit dir und Julius bleibt für immer so?«, fragte Caro ein wenig süffisant. »Die ewige Liebe und ständiges Kribbeln? Du bist doch erwachsen, Betty, du kannst mir doch nicht erzählen, dass du dir so was vorstellst.«

»Doch«, sagte Betty trotzig. »Das mit Julius und mir, das ist Schicksal.«

Caro verdrehte die Augen. »Ich fasse es nicht. Betty, bist du vierzehn, oder was?«

»Was wisst ihr denn von wahrer Liebe?«, jammerte Betty theatralisch. »Nichts.«

»Ich weiß es momentan wirklich nicht«, sagte Susanna. »Wie sieht es denn bei dir aus, Caro?«

»Liebe ist überbewertet«, sagte Caro ruhig. »Tom und ich sind ein gutes Team. Oder besser gesagt, wir waren es. Ich habe ja alles in den Ruin getrieben.« Jetzt hatte auch sie Tränen in den Augen. »Ich bin ein schlechter Mensch, ich habe es vermasselt und noch nicht mal den Mut, mit meinem eigenen Mann darüber zu sprechen. Jetzt sitzt Tom zu Hause und muss sich mit der Bank und allem herumschlagen, Himmel, was soll nur werden?«

Susanna atmete tief durch. »Lasst uns mal zur *Subeca* zurückgehen, langsam wird mir kalt.«

»Mir ist dauernd kalt«, sagte Caro. »Immer. Ich bin wirklich ratlos.«

»Wir müssen Lösungen finden«, sagte Susanna zu ihren Freundinnen, und in ihrem Kopf wirbelte es nur so. »Ich glaube, die erste haben wir bald.«

»Was meinst du?«, fragte Betty.

»Lasst mich noch ein bisschen drüber nachdenken«, bat Susanna die beiden. »Wir ziehen uns jetzt unsere Wohlfühlhosen an und setzen uns mit Decken raus. Dann sehen wir weiter.«

22

Die Sonne war untergegangen und hatte einem leuchtend schönen Mond Platz gemacht. Hin und wieder wehte ein leiser Wind. Sie hatten die Petroleumlampen aus der Backskiste geholt, und jetzt verbreitete ein feines, sanftes Licht gute Stimmung. Es hätte wirklich schön sein können. Aber Susanna, Betty und Caro saßen da in ihren ausgeleierten Wohlfühlhosen, tranken lauwarmes Dosenbier und heulten vor sich hin.

»Wir müssen einen Anfang finden«, sagte Caro schließlich. »Den Knoten aufknibbeln und dann Schritt für Schritt weiter vorgehen. Ich werde den ersten Schritt tun.«

»Aha.« Susanna putzte sich die Nase, und das so laut, dass man annehmen könnte, ein Kojote würde gerade geviertteilt. »Welchen denn?«

»Ich werde Tom anrufen. Tom und Philipp. Jetzt.«

»Jetzt? Du hast was getrunken«, sagte Betty. »Das ist Quatsch. Bei so einem Anruf muss man nüchtern sein.«

»Ich bin nicht betrunken. Hör mal auf, mir das zu unterstellen«, sagte Caro wütend. »Ihr tut ja gerade so, als sei ich eine Schwerstalkoholikerin, die noch rumläuft und die Reste aus fremden Gläsern schlürft. Das bin ich nicht. Ich bin lediglich etwas durcheinander, und das Recht habe ich.«

»Ist ja gut«, sagte Susanna. »Sag mal, was mich wirklich mal interessiert, wieso hattest du diesen Drang, die ganzen Sachen zu kaufen? Was hat dir denn gefehlt, dass du das so kompensieren musstest?«

»Es ging mir doch gar nicht um die Sachen«, erklärte Caro. »Wenn ihr wüsstet, was für einen Scheiß ich im Internet bestellt habe. Hummel-Figuren und eine Additionsmaschine. Und vierzig Pritt-Stifte. Und schwachsinnige Schlumpf- und Einhornkostüme für Fasching, dabei feiere ich doch gar keinen Fasching, ihr wisst, wie ich diesen Trubel und diese aufgesetzte Fröhlichkeit hasse. Es war nur diese Befriedigung, das zu bestellen. Als es ankam, hat es mich schon nicht mehr interessiert. Das Einzige, was mich dann noch interessiert hat, war, wie ich den Kram möglich unauffällig verschwinden lassen kann.«

»Aber hundertfünfzigtausend Euro, Caro. Wo lässt man denn Sachen für so viel Geld verschwinden?«

»Auf dem Dachboden, im Müllcontainer, einiges habe ich Obdachlosen geschenkt, die haben sich aber nicht gefreut, und dem Roten Kreuz hab ich auch was gegeben, oder an Bekannte.«

»Warum haben sich die Obdachlosen denn nicht gefreut?«, wollte Betty wissen.

»Weil ich ihnen die Pritt-Stifte und Heißwickler geschenkt habe«, sagte Caro.

»Verstehe.« Susanna musste lachen. »Du bist echt ein bisschen beknackt, aber was macht man in Ausnahmesituationen nicht alles.«

»Apropos Ausnahmesituation.« Caro gähnte. »Dein Plan, der nach Hannos Anruf reifen sollte, ist der jetzt gereift?«

»Noch nicht ganz. Aber du spielst eine Rolle darin«, erklärte Susanna geheimnisvoll. »Ich muss mir die Nummer von Lolli geben lassen.«

»Was ist mit Rickmer? Wo ist er?« Caro fiel etwas ein. »Du sagtest doch, er kann gar nichts mehr sagen. Meine Güte, Susa, ist er etwa schon tot?«

»Nein, das hätte ich gleich erzählt«, sagte Susanna. »Davon abgesehen kommt diese Frage ein bisschen spät.«

»Das stimmt.« Caro nickte. »Es ist ja nicht gerade unturbulent gerade.«

»Da hast du recht. Also, nun erzähl mal, was hat dir gefehlt?«

»Ach, nichts«, wich Caro aus. »Was soll mir denn gefehlt haben? Lass doch diesen Psychoquatsch.«

»Doch, doch. Niemand bestellt Sachen, die er gar nicht will, für immenses Geld. Halt mich nicht für blöd, da steckt was dahinter. Ist es Tom? Bist du nicht glücklich mit ihm? Stellt sich hier jetzt raus, dass wir uns alle gegenseitig was vorgemacht haben?«

»Nein, Tom ist es nicht«, sagte Caro. »Ich liebe Tom. Wirklich. Und wir haben uns so viel gemeinsam aufgebaut. Das Tragische ist auch, dass er mir in allen Dingen so vertraut hat, gerade in finanziellen. Und das habe ich jetzt alles kaputt gemacht. Tom lässt sich bestimmt von mir scheiden, dann stehe ich ganz allein da und habe überhaupt niemanden mehr, niemals mehr werde ich jemanden haben.« Sie schniefte. »Ich bin am Arsch. Verdammt noch mal, ich bin komplett am Arsch.«

»Du wirst immer uns haben«, sagte Betty. »Egal, was passiert. Wir kriegen irgendwas gemeinsam hin.«

»Wie meinst du das, gemeinsam hinkriegen? Wollen wir uns auf Mittelaltermärkte stellen und Tonvasen töpfern oder uns auf Hiddensee selbst verwirklichen mit Aquarellen oder selbst gemachter Sanddornmarmelade? Drei in die Jahre gekommene Frauen, die ihre besten Zeiten hinter sich haben, aber jetzt noch mal was ganz Neues wagen wollen? Dann tragen wir Holzketten und färben unsere Haare mit Henna und haben knallroten Lippenstift, der in unsere Mundfalten ausfranst und so komische Linien zieht. Und wir ziehen nur noch so Wallegewänder aus selbst gebatikten veganen Stoffen an, weil Bequemlichkeit uns über alles geht.« Caro steigerte sich rein. »Irgendwann gelten wir als weise alte Frauen wie bei so einem Indianerstamm und lächeln gütig, helfen bei Geburten und genießen alles, weil man alles genießen muss. Danke schön, so möchte ich nicht enden.«

»Ich dachte eigentlich, dass wir uns mit Panflöten und mexikanischem Outfit in Fußgängerzonen stellen«, sagte Susanna. »Meine Güte, siehst du schwarz. Du bist unglaublich negativ, Caro.«

»Ich kann Caro aber verstehen«, sagte Betty gütig. »Sie ist halt völlig durch den Wind.«

»Ach, und ich nicht, ja?«, fragte Susanna böse und zerknautschte ihre Bierdose.

»Lass das doch bitte, da ist Pfand drauf«, sagte Caro.

»Es spricht für dich, dass du dir bei hundertfünfzigtausend Euro Schulden Sorgen um fünfundzwanzig Cent für eine Dose machst«, moserte Susanna.

»Du musstest ja noch nie auf Geld achten«, gab Caro zurück.

»Und du hast nicht aufs Geld geachtet, das ist ein großer Unterschied.«

»Hört doch auf, nicht streiten«, sagte Betty.

»Genau«, sagte Caro. »Wir sollten alle jubeln und frohlocken.« Sie wurde sarkastisch. »Ein Hoch auf unser aller Leben. Die eine will ihren Mann verlassen, ohne vorher was zu sagen, um mit ihren Kindern, die bestimmt total begeistert sind, nach Berlin zu ihrer Jugendliebe zu ziehen. Die andere ist von ihrem Gatten verraten und verkauft und wahrscheinlich bald obdachlos, dazu noch wird sie verklagt, so jedenfalls der momentane Stand der Dinge. Über ihre Gedanken, die sie sich wegen Hanno und diesem Lolli zu der Sache macht, äußert sie sich noch nicht, und möglicherweise ist der Gatte ja auch mittlerweile schon tot und dümpelt in der Elbe oder eingemauert in einer Wand vor sich hin. Und die Dritte, das bin übrigens ich, um Verwechslungen vorzubeugen, hat ihr komplettes Leben, wahrscheinlich ihre Ehe und ihre wirtschaftliche Existenz an die Wand gefahren, weil sie Hunderterpacks abwaschbare Spinnentattoos und Microfasertücher für ein ganzes Regiment gekauft und nicht bezahlt hat, von diesem Cabrio mal ganz abgesehen.«

»Was denn für ein Cabrio?« Susanna horchte auf.

»Ein Volvo«, sagte Caro. »Gekauft, nicht bezahlt und leider unversichert in einen Klärteich gefahren.« Sie stützte den Kopf in beide Hände und starrte vor sich hin.

Betty prustete. »Das wird ja immer schöner. Erzähl.«

»Lustig ist das nicht, Betty.« Caro war sauer. »Das Navigationsgerät war schuld. Es hat mich direkt in die Kläranlage gelenkt. In die bin ich dann mit offenem Verdeck reingefahren, und das Auto war im Eimer. Das war mit der größte Posten an Geld. Und die ganzen Louboutins.«

»Louboutins?« Susanna horchte auf. »Wo sind die denn jetzt?«

»Die hab ich der Onkologiestation im Krankenhaus gespendet. Zwanzig Paar.«

Susanna konnte es nicht fassen. »Es wird immer schöner. Ich glaube, dass Leute, die sich in der Onkologie befinden, was anderes brauchen als Louboutins.«

»Ach, was weiß denn ich. Ist doch auch egal. Aber sag mal, was ist denn jetzt mit Rickmer und Hanno und diesem Lolli? Willst du uns nicht endlich mal über diesen Anruf aufklären? Mit ›Rickmer kann gar nichts mehr sagen‹ können wir nicht furchtbar viel anfangen. Ich finde, Betty und ich haben die Wahrheit verdient.«

»Wir waren doch gerade bei dir, eins nach dem anderen. Sei ehrlich. Was hat dir gefehlt?«

Caro sah in den Himmel. So viele Sterne! Das war ja überwältigend. Noch nie hatte sie solch einen Sternenhimmel gesehen.

»Caro?« Susanna ließ nicht locker.

»Du wirst es nicht glauben, aber ich denke zum ersten Mal darüber nach, was mir gefehlt haben könnte.«

»Ich weiß es«, sagte Betty. »Dir hat Liebe gefehlt. Aber nicht die von Tom oder Philipp, die hattest du sicher, aber ich meine eine ganz andere Liebe. Und Stolz.«

»Was du alles weißt«, sagte Caro.

Betty nickte. »O ja. Du hast dich immer nach der Liebe von Henriette gesehnt und wolltest so gern, dass sie stolz auf dich ist.«

Caro wandte sich zu ihrer Freundin um. Dann stürzten die Tränen aus ihren Augen.

23

Henriette. Die große, unnahbare, kühle Henriette. Der Eisblock schlechthin. Immer perfekt, immer comme il faut, wie sie selbst gern sagte, obwohl sie in der Schule nie Französisch gelernt hatte. Sie, die Tochter aus einfachen Verhältnissen, wollte so sein wie die Frauen, ihre Nachbarinnen in Kronberg. Volkmar hatte Henriette geheiratet, als sie schwanger geworden war, er, die gute Partie aus reichem Haus. Henriette hatte alles dafür getan, um dazuzugehören, zur elitären Clique der Hochtaunushausfrauen, auch Taunus-Törtchen genannt. Sie kleidete sich teuer, spielte Tennis, ging regelmäßig zur Kosmetik und zum Friseur und organisierte für die Dritte Welt Charity-Veranstaltungen, und sie lud die Nachbarinnen einmal im Monat zum Frühstück ein, wobei es nur das Beste vom Besten gab und natürlich Champagner.

Trotzdem gehörte Henriette nie dazu. Sie hörte mal, wie eine ihrer Damen sagte: »Mit Henriette ist es, als würde eine Fleischereifachverkäuferin Dior tragen. Es passt nicht. Man sieht ihr die Herkunft einfach an.«

Nun gut. Wenn nicht sie, dann eben die Tochter und der Sohn. Fabian machte den Zirkus nicht mit, sondern widersetzte sich Henriettes Bemühungen, aus ihm ein Vorzeigejüngelchen mit Popper-Frisur, Lacoste-Polo und Benetton-Pullover zu machen, er sagte einfach Nö und zog sein eigenes Ding durch, fand Kommunismus gut und ging ins Jugendzentrum, er war gegen alles, aber für den Weltfrieden, ließ sich die Haare wachsen und trug Jesuslatschen.

Also konzentrierte Henriette sich auf ihre Tochter. Caroline wurde schon als Kleinkind dazu angehalten, sich nicht schmutzig zu machen und immer höflich zu sein, was natürlich nicht funktionierte. Aber Henriette gab nicht auf. Sie wollte eine schöne Puppe aus Caro machen, die man überall mit hinnehmen und mit der man angeben konnte.

Natürlich bekam Caroline nur die schönste Kleidung und selbstredend die teuerste, sie wurde ausstaffiert wie eine Barbie und musste sich so benehmen, wie Henriette es wünschte. Ihre Damen würden schon sehen, dass sie die tollste Tochter hatte.

Als Caro sich damals im Sandkasten einmal mit Betty und Susanna prügelte, wurde Henriette natürlich von der Erzieherin auch verständigt, und sie fand den Umgang nicht comme il faut und versuchte, ihre Tochter aus der Erdhörnchengruppe in die Rotkehlchengruppe zu verpflanzen, aber alle drei Mädchen hatten so laut geschrien, dass Henriette nichts anderes übrig blieb, als alles so zu lassen, wie es war.

Caro fügte sich. Der Bruder war älter und hatte kein Interesse an der kleinen Schwester, der Vater, ein viel beschäftigter Banker, war immer unterwegs, und so trug es sich zu, dass Caro von Henriette zu einem Aushängeschild geformt wurde und nicht protestierte. Als sie in die Schule kam, war klar, dass sie nur Einsen mit nach Hause bringen sollte. Denn, so hatte Henriette, die nie gut in der Schule gewesen war und lediglich den Realschulabschluss hatte, einen guten Grund, allen zu erzählen, »das hat das Kind natürlich von mir, ich habe mein Abitur mit eins Komma null bestanden«.

Als Caro in einem Diktat statt geröntgt geröngt schrieb und statt einer Eins eine Zwei plus mit nach Hause brachte, fiel Henriette fast um vor Scham und Wut, und Caro musste tausendmal geröntgt schreiben und bekam zwei Wochen Hausarrest.

Sie lernte und lernte für die Arbeiten, war immer die liebe

Tochter und verursachte nie auch nur ansatzweise einen Skandal, in dem sie ohne Führerschein besoffen Auto fuhr oder Kassetten klaute. Sie wurde auch nicht mit vierzehn schwanger und hielt alten Damen immer die Tür auf.

»Caroline ist aber gut erzogen, ein richtiges Vorzeigekind«, sagten alle. Und Caro sagte artig Bitte und Danke und war höflich und freundlich und zuvorkommend und lechzte danach, gut genug für ihre Mutter zu sein.

Aber Henriette war nichts gut genug. Sie wollte immer mehr, um sich im Glanz von Caro zu sonnen.

Schrieb sie eine Eins, was zu neunundneunzig Prozent vorkam, wurde sie nicht in den Arm genommen oder bekam ein Eis oder fünf Mark, sondern Henriette sagte: »Das war ja wohl selbstverständlich, ich hatte auch nur Einsen.«

Eine Zwei war gerade noch erträglich, bei einer Drei wurde tagelang nicht mit Caro geredet. Liebesentzug.

»Bist du stolz auf mich?«, fragte Caro oft.

»Warum sollte ich denn stolz auf dich sein?«, lautete die immer gleiche Antwort.

»Hast du mich lieb?«, fragte Caro noch öfter.

»Lass doch den Unsinn«, lautete die immer gleiche Antwort.

Es war niemals genug. Und nie gut genug.

Caro war in ihrer Kindheit und Jugend ständig kalt, so dick sie sich auch anzog. Ihre Mutter legte keinen Wert darauf, dass ihre Tochter es warm hatte.

»Die gute alte Hennessy«, sagte Betty nun. »Nun, Susa, du könntest recht haben. Wie geht es ihr?« Weil Caros Mutter Alkohol, und gerade Whisky gegenüber, nicht abgeneigt gewesen war, hatte sie von Betty relativ früh diesen Spitznamen bekommen.

»Sie ist nach wie vor in dem Heim«, sagte Caro tonlos und wischte sich die Tränen ab.

»Wein nicht«, sagte Betty. »Sei froh, dass du dich nicht um sie kümmern musst. Sei froh, dass dein Vater ihr genug hinterlassen hat, um das Heim zu bezahlen.«

»Ich war lange nicht bei ihr«, sagte Caro. »Warum auch. Sie erkennt mich ja sowieso nicht.«

»So ist das mit Alzheimer.« Susanna nickte. »Als Omili das bekam, war es auch schrecklich.«

»Was ist eigentlich der Unterschied zwischen Demenz und Alzheimer?«, wollte Caro wissen. »Ich hab mir diese Frage nie gestellt.«

»Alzheimer ist eine Form von Demenz«, erklärte Susanna. »Alzheimer und vaskuläre Demenz sind die beiden häufigsten Formen von Demenz. Die wichtigsten Unterschiede zwischen den beiden betreffen etwa den Beginn und Verlauf der Erkrankung sowie die auftretenden Symptome: Alzheimer-Demenz beginnt so, dass man es kaum merkt, und die Symptome werden mehr. Die vaskuläre Demenz beginnt meistens plötzlich, die Symptome nehmen oft sprunghaft zu, manchmal allerdings auch langsam wie bei Alzheimer. Und die vaskuläre Demenz tritt häufiger bei Männern auf.« Sie seufzte. »Ich hab mich damals wegen Omili damit befasst.«

»Omili war immer so lieb«, sagte Caro traurig. »Sie hat uns Kartoffelpuffer mit Apfelmus gemacht. Ach, ich muss schon wieder weinen. Sie war so ein guter Mensch. Ich hab mich bei ihr immer so wohlgefühlt. Wenn sie Streuselkuchen gebacken hat oder Käsesahnetorte mit diesen Dosenmandarinen drin, dafür hätte ich sterben können.«

»Ja, die war lecker«, sagte Betty. »Der Boden war so schön nussig. Sie hat aber auch leckeren Braten gemacht. Die Soße! Erinnert ihr euch an die Soße?«

»Klar! Dick und braun und kaum flüssig und so herrlich ungesund«, lachte Caro. »Und die Klöße.«

»Oh, ich kriege Hunger«, sagte Susanna. »Ihre Serviettenknödel waren der Hit, das war noch ein Rezept aus Schlesien, glaub ich, von ihrer eigenen Großmutter.«

»Sie hat uns Gummitwist beigebracht und mit uns Hickelkästchen gespielt«, erinnerte sich Caro schluchzend. »Aber am meisten habe ich mich darauf gefreut, sie zur Begrüßung zu umarmen. Sie war so warm und weich und roch immer nach Tosca oder 4711. Warum müssen Menschen eigentlich sterben? Warum können wir nicht einfach ewig leben? Das ist so ungerecht.«

»Ich glaube, wenn man ganz alt ist, will man irgendwann den Tod«, mutmaßte Susanna. »Omili jedenfalls hat an ihrem neunzigsten Geburtstag in einem lichten Moment gesagt, nun mag ich nicht mehr, ich will zu meinem Paul. Der wartet oben im Himmel auf mich.«

Caro weinte schon wieder. »Gott, ist das alles traurig.«

»Das war gar nicht traurig, das war sogar irgendwie schön«, erklärte Susanna. »Sie war ganz ruhig an dem Tag, sonst ist sie ja immer auf Achse gewesen. Sie hat sich über den Besuch gefreut, und dass der Bürgermeister mit einer Urkunde und Blumen vorbeikam, hat sie sehr geehrt. Und abends ist sie eingeschlafen und nicht mehr aufgewacht. Schöner geht's doch kaum.«

»Trotzdem, das Leben ist schöner als der Tod«, sagte Caro. »Obwohl es fies und unberechenbar ist. Mir könnte morgen eine Kuh auf den Kopf fallen, dann ist alles vorbei.«

»Also, das ist ziemlich unwahrscheinlich.« Betty schüttelte den Kopf. »Also wirklich.«

»Tatsache ist aber, dass das Leben anstrengend ist. Und ab einem gewissen Alter verfällt man. Das fängt doch mit der

Lesebrille an. Ich dachte, dieser Kelch würde an mir vorbeigehen, aber von wegen. Ich brauche schon plus zwei Komma fünf. Und dunkelblaue von schwarzen Socken kann ich ohne Brille nicht mehr unterscheiden.«

»Da gibt es Schlimmeres«, war sich Susanna sicher.

»Es geht ja weiter«, sagte Caro bitter. »Dann kommen die Wechseljahre, die Haare werden dünner, der Hintern dicker, und man fängt an zu heulen, wenn im Fernsehen ein Welpe um seine überfahrene Mutter trauert.«

»O Gott, wie furchtbar, hör auf«, sagte Betty entsetzt.

»Nein, ich höre nicht auf. Ich finde, das Leben ist kalt und unberechenbar, mir ist die Freude daran verloren gegangen, und ja, vielleicht ist Hennessy daran schuld, ganz sicher sogar, denn wenn ich im Internet einen gefüllten Warenkorb habe, geht es mir besser, und mir wird warm, ihr müsst gar nicht lachen.«

»Das tun wir doch gar nicht, Caro.« Susanna legte den Arm um die Freundin. »Wir hören dir zu. Wir sind bei dir.«

»Das ist schön.« Caro schniefte wieder. »Wisst ihr, ich habe manchmal Dinge bestellt, die ich mir früher gewünscht und nie bekommen habe, weil ich im Zeugnis in Bio eine Zwei hatte.«

»Barbiepuppen?«, fragten Betty und Susanna gleichzeitig.

»Ja. Unter anderem. Und diese schöne Bettwäsche von Sarah Kay mit den Blümchen. Die hab ich bei eBay ersteigert. Nicht dass ich sie jemals benutzt hätte.«

»Ach Caro.« Betty seufzte. »Das tut mir so leid. Hennessy war aber auch ein Eisklotz. Mir war auch immer kalt, wenn ich bei euch war. Sie war überhaupt nicht wie eine Mutter, und dann dieses Anspruchsdenken, und ich bin was Besseres, dabei kam sie aus einer Arbeiterfamilie in Barmbek. War der Opa nicht Hafenarbeiter bei Blohm & Voss?«

Caro nickte. »Genau. Und Ömchen hatte Putzstellen. Das hat Hennessy ja immer alles verleugnet. Wisst ihr, ich wollte so gern eine schöne, heile Welt haben und keine so sterile, wie ich sie hatte. Ich hab versucht, mir mit den Käufen was zurückzuholen, ach, ihr versteht das wahrscheinlich nicht. Immer wenn ich was gekauft habe, ging es mir kurz gut. Es war wie so eine Droge.«

»Hast du denn keine Wärme in deiner Familie gehabt? Bei Tom und Philipp?«

»Doch, schon. Ich habe natürlich versucht, alles besser zu machen als meine Mutter. Zu perfekt wollte ich sein. Bei allem. Beruf. Aussehen. Sport.«

Sie hob ihren Pony. »Guckt mal, keine Falten. Botox.«

»Doch, du hast Falten«, sagte Betty.

»Ist auch schon etwas her. Ich kann da jetzt nicht mehr hin, weil ich natürlich die Rechnungen nicht bezahlt habe. Ich bekohohohomme ja gar kein Geld mehr von der Bahahahahank«, jaulte Caro nun. »Wenn ich zurück in Hessen bin, muss ich zur Tafel gehen und Insolvenz anmelden.«

»Nun hör aber mal auf«, sagte Susanna. »Glaub mir jetzt einfach mal bitte, dass du das nicht musst.«

Verheult schaute Caro sie an. »Warum nicht?«

»Weil das Teil meines Plans ist«, sagte Susanna. »Vertrau mir.«

Sie sah Betty an. »Und du? Bist du dir wirklich sicher?«, fragte sie. »Sein Leben so komplett umzukrempeln, dazu gehört schon was. Eigentlich bewundere ich dich.«

»Mich?« Das hatte ja noch nie jemand zu Betty gesagt. Aber sie freute sich darüber.

Sehr sogar.

»Ja«, sagte Susanna. »Du machst dein Ding. Jahrelang warst du angepasst, und nun ist Schluss damit. Finde ich richtig.«

»Danke«, sagte Betty. »Jetzt muss ich es nur noch meinem Mann sagen.«

»Der arme Holger wird aus allen Wolken fallen, er ist doch so daran gewöhnt, dass du ihm alles hinterherträgst«, sagte Susanna.

»Das sagt die Richtige«, gab Betty zurück. »Ich meine, wer hat denn Rickmer den roten Teppich ausgerollt und ihn mit Geld gestopft, damit er schön das machen konnte, was er wollte? Hm?«

Susanna wurde rot. »Ganz so war es ja nun auch nicht.«

»Ach nein? Wie war es denn dann?«, fragte Betty. »Immer nur Rickmer, Rickmer, Rickmer. Hier fünfzigtausend, da zwanzigtausend, ein Porsche musste her und ein SUV. Alles hat schön Susa bezahlt. Oder ihre Eltern.«

»Mittlerweile nicht mehr«, sagte Susanna. »Die Firma läuft gut. Rickmer arbeitet viel.«

»Hast du mal irgendwas zurückbekommen?«, fragte Caro. »Nicht mental meine ich, sondern finanziell? Was von den Schenkungen deiner Eltern?«

»Nein, warum auch? Es war ja alles in der Firma.« Man sah Susanna an, dass ihr die Worte schwerfielen.

»Und da bleibt es jetzt auch, damit er und Marigold sich ein schönes Leben machen können.« Caro schüttelte den Kopf.

»Da ist das letzte Wort noch nicht gesprochen«, sagte Susanna böse.

»Ach so, also wird der gute Lolli ihn doch umbringen?«, wollte Caro wissen.

»Nein«, sagte Susanna. »Das wäre doch viel zu einfach.«

»Wie meinst du das?« Betty wurde hellhörig und stand auf, um sich zu strecken.

»Was hab ich denn davon, wenn Rickmer tot ist?«, fragte Susanna.

»Da warst du aber vor Kurzem noch ganz anderer Meinung.«

»Was interessiert mich mein Geschwätz von gestern«, erklärte Susanna. »Wartet doch einfach mal ab.«

»Du, Susa …« Betty runzelte die Stirn. »Du lässt Rickmer aber nicht irgendwo in einem Keller von der Mafia mit Strom behandeln oder so? Das würde ich einfach gern wissen. Weil, und das meine ich jetzt sehr ernst, ich keine Lust habe, wegen irgendeiner Mittäterschaft angeklagt zu werden.«

»Unfug.« Susanna winkte ab. »Es ist …« Da klingelte wieder ihr Handy. Sie stand auf und nahm das Gespräch auf dem Vorschiff an, sodass Betty und Caro nichts hören konnten.

»Das ist doch bestimmt Hanno. Oder dieser Lolli«, mutmaßte Caro.

»Glaub ich auch.« Betty nickte. »Es nervt mich, dass Susa uns nicht sagt, was für einen Plan sie hat.«

»So war sie doch schon immer«, sagte Caro. »Unsere Drama-Queen.«

»Du, Susa und ich, wir tun mir leid«, berichtete Betty nun. »Wir haben alle ganz schöne Päckchen zu tragen.«

»Aber das Gute ist, wir tragen sie gerade gemeinsam, das macht die Päckchen ein bisschen leichter.« Caro setzte sich neben Betty und legte den Arm um sie. »Morgen ruf ich Tom an. Und dann segeln wir weiter. Sieh mal, die Sterne.«

Sie blickten nach oben und hörten Susa vorne leise lachen. Irgendwas schien sie zu belustigen.

»Wir fragen sie einfach nicht, wer es war«, schlug Betty vor. »Vielleicht kann sie das nicht ertragen und erzählt es dann von selbst. Wir tun so, als würde es uns gar nicht interessieren.«

»Ein guter Plan«, sagte Caro und gähnte. »Warum bin ich eigentlich auf dem Schiff immer so müde?«

»Das ist die gute Luft und das Geschaukel, denke ich. Geht mir genauso.«

»Wo geht's eigentlich morgen hin?« Caro stand auf und zog die Decke fester um sich.

»Ich glaube, Susanna hat was von Terschelling gesagt.«

»Wo ist das denn? In Nowosibirsk?« Caro hatte den Namen noch nie gehört.

»Nein, eine Insel in Holland.«

»Holland. Aha. Die reden da ja so komisch, da muss ich immer lachen.«

»Ist doch fein. Dann lachst du wenigstens mal«, sagte Betty und nahm ihr Handy aus der Hosentasche. Das Display leuchtete in der Dunkelheit. Verzückt starrte Betty auf ihr Telefon.

»Ach, Julius ...«, flüsterte sie dann, und Caro beschloss, dass es jetzt Zeit war, ins Bett zu gehen.

Da kam Susanna zurück. Ihre Augen glänzten. »Na«, sagte sie.

»Gute Nacht«, sagte Caro. »Ich bin so müde. Ich geh schlafen. Wann müssen wir denn morgen los?«

»Ich sehe gleich nach, ich glaube, wir können so um acht Uhr auslaufen.«

Nun gähnte auch Betty. »Es war ein langer Tag.« Sie sah auf die Uhr. »Für mich wird es auch Zeit. Schlaft gut, ihr zwei.«

Susanna ging das zu schnell. »Ich habe gerade telefoniert«, erklärte sie fast atemlos.

»Ja, das wissen wir«, sagte Caro. »Also, gut's Nächtle!«

Betty drehte sich ebenfalls um. »Ich stelle uns den Wecker.«

»Aber ...« Susanna passte das nicht so recht. »Wollt ihr denn gar nicht wissen, mit wem ich telefoniert habe?«

Betty und Caro sahen sie gelangweilt an. »Nö«, sagten sie gleichzeitig.

Susanna runzelte die Stirn.

»Aufstehen um halb sieben?«, fragte Betty. »Das dürfte genügen.«

»Finde ich auch.« Caro nickte, und beide kletterten nacheinander den Niedergang runter.

Susanna blieb oben. Sie hatte noch keine Lust, schlafen zu gehen. Auf dem Cockpit-Tisch stand noch eine geschlossene Dose Bier. Susanna öffnete sie und nahm einen Schluck. Lauwarm zwar, trotzdem gut. Sie setzte sich hin und sah sich um. Die Schiffe dümpelten vor sich hin, die Nacht war klar und ruhig. Als sie den Kopf in den Nacken legte, präsentierte sich ihr ein irrwitziger Sternenhimmel. Susanna wickelte sich in eine der Decken und legte sich lang auf die Bank. Eine andere Decke benutzte sie zusammengeknüllt als Kissen.

Außer leisen und gedämpften Gesprächen aus anderen Booten und einem sanften Wassergluckern war nichts zu hören. Eine fast gnädige Stille senkte sich über Susanna.

Sie merkte, wie es nass wurde in ihrem Gesicht, und stellte fest, dass sie weinte: Irgendwie tat es gut.

Wie hatte es nur so weit kommen können? Wie hatte sie nicht merken können, dass alles zerbrach? Weil sie es nicht hatte wissen wollen. Weil sie nicht zulassen wollte, dass ihre heile Welt kaputtging. Hatte sie nicht alles dafür getan, dass es ihnen allen gut ging, Rickmer, den Kindern, ihren Eltern?

Susanna hatte sich nie auf ihrem Aussehen ausruhen wollen, sie hatte viel geleistet und auch ihre Erfolge gehabt mit der PR-Agentur.

»Aussehen ist nicht alles«, hatte ihr Vater stets gesagt. »Du musst durch Leistung überzeugen!« Er, der stattliche Geschäftsmann, war immer wie aus dem Ei gepellt, ein Bild von einem Kerl, und hatte einen Erfolg nach dem anderen verbuchen können. Schönheit und Leistung. Eine wunderbare, euphorisierende Mischung. Susanna hatte versucht, es ihm gleichzutun. Studium, dann die PR-Agentur. Alle Freunde, die sie ihrem Vater vorstellte, waren ihm nicht »hanseatisch« genug, und das ließ er Susanna auch spüren – und natürlich auch die jungen Männer, die schnell den Rückzug antraten.

Als dann Rickmer in Susannas Leben trat, war Susannas Vater schon recht krank und zusätzlich altersmilde gestimmt. Sie war verliebt wie noch nie zuvor in ihrem Leben, und wenn sie nun darüber nachdachte, hatte es sie sehr gereizt, dass Rickmer nie etwas über ihr Aussehen und ihr Vermögen gesagt hatte. Es schien ihm egal zu sein. Er war oft gelangweilt, und wenn sie ein neues Kleid hatte und ihn fragte: »Wie sehe ich aus?«, antwortete er mit Schulterzucken oder mit »Wie immer«. Das hatte sie nur noch mehr angestachelt, denn sie wollte ihm beweisen, dass sie noch mehr zu bieten hatte als ein schönes Gesicht und eine gute Figur. Sie hatte ihm alles gegeben, was er wollte.

Auf einmal war es, als würde vor Susanna ein Tor aufgehen, eins, das sie selbst jahrelang verschlossen gehalten hatte.

Plötzlich war alles so glasklar. Rickmer hatte nur aus Kalkül gehandelt. Von Anfang an. So kam es ihr jedenfalls vor. Er hatte sie kleinhalten wollen und das auch geschafft. Susanna hatte jahrelang um sein Lob, seine Gunst gebuhlt und wie gegen Windmühlen angekämpft. Und er hatte nicht einmal so reagiert, wie sie es sich gewünscht hätte. Kein einziges Mal hatte er gesagt, dass sie hübsch sei oder klug oder beides. Dass sie gewissenhaft sei und ehrgeizig. Dass er es gut fände, wie sie auf ihre Figur achtete, wie sie Abendessen für zwölf Personen organisierte und dabei den ganzen Abend aussah wie aus dem Ei gepellt.

Sie sah es wie in einem Film vor sich: Rickmer, der dastand mit einem Champagnerglas in der Hand und von seinem Erfolg erzählte, Rickmer, der mit einem Gast über Monet und Turner plauderte und der weltgewandt von seiner letzten Reise nach Shanghai berichtete: unzumutbare Zustände dort, man hatte wegen des Smogs Atemmasken tragen müssen. Rickmer, der alle in »sein Haus« einlud. Seine Gäste, seine Firma, seine Autos, seine Töchter, die selbstverständlich nach ihm kamen und »ihren Weg gehen würden, natürlich nach oben«.

Und sie, Susanna, hatte dabeigestanden, in einem teuren Kleid zwar und mit schönem Schmuck, aber sie hatte vor allem mit Argusaugen darüber gewacht, dass alle genügend von allem hatten und das engagierte Servicepersonal auch immer nachschenkte. Sie war Staffage und Mittel zum Zweck gewesen. Mehr nicht.

Nach solchen Abenden wäre es doch normal gewesen, sich noch mal zusammenzusetzen, wenn alle gegangen wären, um den Abend Revue passieren zu lassen, aber Rickmer sagte stets nur »Gute Nacht« und begab sich nach oben, während Susanna Teller und Gläser zusammenräumte, lüftete und dann noch allein mit einem Glas Wein dasaß und sich lobte, wie gut sie das alles wieder gewuppt hatte.

Susanna setzte sich auf und wischte die Tränen fort. Wie hatte sie eigentlich so blind sein können? An vielen Abenden war auch die gruselige Marigold eingeladen gewesen. Und sie, Susanna, hatte nichts gemerkt.

»Ich muss sie einladen, das gehört zum Job«, hatte Rickmer das immer genervt gerechtfertigt, denn Susanna hatte es schon merkwürdig gefunden, dass man jemanden in sein Haus holte, den man angeblich auf den Tod nicht ausstehen konnte. Marigold, die Hexe, war mit wechselnder Begleitung erschienen. Natürlich waren es immer Männer gewesen, die kultiviert, gutaussehend und reich waren, sie hatte sie herumkommandiert und sich bedienen lassen und war zu Susanna zwar freundlich, aber immer recht herablassend gewesen. Susanna hatte sich nichts dabei gedacht. Warum auch? Ihr Leben war doch gut so, wie es war.

Hatte sie *damals* gedacht.

Jetzt dachte sie, dass sie sich *damals* schon darüber gewundert hatte, wie Marigold durch die Räume gegangen war und alles so seltsam genau ins Visier genommen hatte.

Sie wollte schon mal in ihr zukünftiges Haus schauen. Wahrscheinlich hatte sie überlegt, wie sie alles umstellen würde, vielleicht einen Innenarchitekten beauftragen, um die Vorgängerin wegzugestalten.

Die Tränen wurden nun mehr, Susanna zwang sich, nicht die Nase hochzuziehen. Auf gar keinen Fall wollte sie, dass Caro oder Betty noch mal rauskämen. Sie wollte allein sein und darüber trauern, wie blöd sie gewesen war.

Und auf einmal, ganz plötzlich, wie ein überschwappender Kaffee, machte sich ein heißes Gefühl in Susanna breit: Wut. Grenzenlose Wut. Und ein Schmerz, den nur Verbrennung erzeugt.

Und da dachte sie, wie gut es doch war, dass es Hanno und diesen Lolli gab. Und dass es gut war, dass dieser Plan in ihr reifte. Bald wäre er fertig.

Pünktlich um acht Uhr am nächsten Morgen legten sie ab. Susanna hatte noch mehr Bier getrunken, geweint und kaum geschlafen. Sie hatte dunkle Ringe unter den Augen, war ungeduscht, weil sie gegen halb sechs endlich mal eingenickt und dann zu spät aufgewacht war. Ihre Laune war auf dem Nullpunkt angelangt, ihre Haare verfilzt, und sie fühlte sich einfach nur unwohl, klebrig und schmutzig. Davon abgesehen regnete es in Strömen, und ein heftiger Wind hatte es sich über ihnen gemütlich gemacht.

»Wieso hast du mich denn nicht um halb sieben geweckt, ich denke, du hast dir extra den Wecker gestellt?«, hatte sie Betty angemotzt, die gut gelaunt dagesessen hatte und ein Aufbackbrötchen mit Nutella aß, während sie ungefähr sechshundertfünfzig WhatsApps von Julius las und grenzdebil grinste.

»Hab ich doch«, hatte Betty knapp geantwortet. »Ich dachte, du wärst ins Koma gefallen. Es war unmöglich, dich wach zu kriegen, also gifte mich bitte nicht so an. Ich hab dir sogar einen Spiegel unter die Nase gehalten, um zu überprüfen, ob du noch atmest. Du hast stocksteif dagelegen und dich überhaupt nicht mehr bewegt.«

»*Du* hast natürlich geduscht«, sagte Susanna böse. »Ich kann jetzt stinkend durch die Gegend fahren.«

»Meine Güte, es regnet, wir ziehen doch sowieso gleich Ölzeug an und werden wahrscheinlich trotzdem nass, also stell dich nicht so an.« Caro hatte die Frühstückssachen abgeräumt.

»Wir könnten doch einen Hafentag machen bei dem Wetter«, schlug Betty vorsichtig vor, die es schrecklich fand, bei Regen und zu viel Wind auszulaufen.

»Kommt nicht infrage«, sagte Susanna. »Es wird sich an den Plan gehalten. Ich hab das nicht umsonst ausgetüftelt. Wir machen schon noch Hafentage, aber nicht heute. Heute wird nach Terschelling gesegelt.«

Nachdem sie alles verstaut hatten, machten sie den Motor an und die Leinen los.

»Gesegelt. Also ich weiß ja nicht.« Betty sah sich im Hafen um. »Niemand fährt raus. Die bleiben alle hier. Guck doch mal.«

Die Leute saßen auf ihren Booten oder unter den Kuchenbuden, tranken Kaffee oder tippten auf ihren Smartphones herum, manche standen auch auf Deck und blickten besorgt in den Himmel.

»Quatsch, die fahren auch, dann eben später«, sagte Susanna. »Es bleibt dabei. Zieht bitte eure Rettungswesten an, wie oft muss ich das eigentlich noch sagen?«

»Ich denke, wir müssen uns an die Gezeiten halten, dann kann man doch nicht einfach später losfahren«, versuchte Betty es erneut. Sie hatte schon schweißnasse Hände.

»Du bist unerträglich, wenn du nicht ausgeschlafen hast«, sagte Caro sauer. »Sei mal ein bisschen freundlicher, ja? Und ich finde, Betty hat recht. Wenn ich mich umsehe, legt hier *kein* Schiff ab, obwohl man ja jetzt wohl wegen des Wasserstands ablegen *müsste*. Außerdem hab ich im Internet nach dem Wetter geschaut, da kommt Sturm, wenn er nicht schon da ist.« Sie deutete in den Himmel.

»Was weißt du denn vom Wetter? Das sind höchstens fünf Windstärken«, erklärte Susanna. »Das schafft die *Subeca* locker.«

»Nein, da stand was von Stärke *acht* am Vormittag, in Böen *neun,* das ist zu viel, Susa. Vergiss bitte nicht, dass wir lange nicht mehr auf dem Boot waren. Wohl ist mir nicht. Und sieh dir mal bitte Betty an. Die ist ganz weiß im Gesicht.«

Susanna drehte sich zu Caro um, die Leine in der Hand, und sah mit ihren verwuschelten Haaren aus wie ein Racheengel. »*Ich* bin die Skipperin«, herrschte sie zornig. »Und *ich* sage, wir *fahren*. Wenn es euch zu viel wird, könnt ihr ja hierbleiben und Milchreis in der Milchbar essen, bis ihr platzt. Lass mich mal ans Rad.« Caro sprang zur Seite.

»Meine Güte, bist du aggressiv, Susa. Komm mal bitte auf

den Boden zurück, ja? Man wird ja wohl noch mal eine Befürchtung äußern können.«

»Hier gibt's nichts zu befürchten. Betty, mach an Land die Leinen los, dann komm wieder an Bord und hol dann die Fender rein. Wird's heute auch noch mal was? Immer diese Scheißangst. Das hat mich früher schon genervt.«

Betty war außer sich. »So redest du bitte nicht mit mir. Kannst du mir mal sagen, was mit dir los ist?«

»Mit mir ist gar nichts los, ich hab nur keine Lust, dauernd auf fröhlich zu tun, so wie ihr es von mir gewohnt seid!« Susanna startete den Motor.

»Erstens sind wir das nicht von dir gewohnt. Du neigst nämlich von uns allen dazu, alles ein bisschen komplizierter zu sehen, aber vielleicht hast du ja gestern mal über deine Ehe nachgedacht«, traf Caro zielgenau den wunden Punkt. »Um festzustellen, dass du Mister Superschlau schön den Arsch hinterhergetragen hast.«

»Lass bitte diese Ausdrücke!«

»Ich passe mich nur an«, sagte Caro süffisant, während Betty kopfschüttelnd die *Subeca* verließ, um die Leinen von den Pollern loszumachen. Der Wind wehte inzwischen heftiger.

Ein älterer Segler kam vorbei. »Wollt ihr bei dem Wetter wirklich los?«, fragte er besorgt. »Mutig, mutig. Also, ich sach mal so: Wenn schon die alten Hasen im Hafen bleiben, dann …«

»Kümmern Sie sich doch bitte um Ihren eigenen Kram, ja?«, fauchte Susanna vom Steuerrad her.

»Man wird ja wohl noch mal was sagen dürfen«, brummte der Mann erschrocken und ging kopfschüttelnd weiter.

Betty löste die Leinen und stieg wieder aufs Schiff. Man sah ihr an, dass sie sich bei der Sache nicht wohlfühlte. Sie sah mit Caro in den Himmel, der sekündlich dunkler wurde. Der Wind vermischte sich mit prasselnden Regentropfen, die ihnen fast waagerecht ins Gesicht geschleudert wurden.

»Habt ihr unten alles zugemacht?«, fragte Susanna, und Betty nickte.

»Hab ich. Aber Susanna, warte mal, wirklich, das Wetter. Das wird ja nicht besser, sondern eher schlimmer. Ich ... *ich will das nicht, ich will jetzt nicht rausfahren.*«

Susanna legte den Rückwärtsgang ein und manövrierte die *Subeca* aus der Box. »Ihr stellt euch vielleicht an, das geht vorbei. Außerdem sind wir ja nicht aus Zucker«, sagte sie.

»Das sagt die Richtige«, gab Caro zurück, während sie beim Rausfahren schnell die Leinen von den Pfählen nahm. »Fahr doch bitte nicht so schnell aus der Box, du hast ja noch nicht mal geguckt, ob ein anderes Boot kommt.«

»Ich denke, es fahren sowieso keine raus«, giftete Susanna weiter. »Mach mal die Persenning runter.« Sie deutete auf die Abdeckung des Segels, das noch fest eingepackt war.

»Du willst bei dem Wind doch nicht wirklich segeln?« Betty konnte es nicht glauben. »Nein, Susanna, nein.«

»Doch, wir sind schon bei weitaus schlimmeren Bedingungen gesegelt«, sagte Susanna. »Und zieht jetzt endlich die Schwimmwesten an. Holst du heute noch mal die Fender rein, Betty?«

»Wo sind die Westen denn überhaupt?«, fragte Caro.

»Da, wo sie immer sind, unten backbord im unteren Schrank. Es stehen sogar noch eure Namen drin. Meine Güte, alles muss man hier selbst machen.«

Betty kroch fast nach vorn, sie hatte Angst, vom Wind einfach über Bord geweht zu werden. Warum konnten sie denn die Fender nicht einfach draußen hängen lassen? Ja, sicher, Susanna würde sagen, Fender sind zum Schutz des

Schiffes in der Box da, damit es nicht mit anderen Schiffen zusammenstoßen kann, und es ist unmöglich, die Plastikwürste, wie Betty sie immer nannte, während des Segelns vom Schiff baumeln zu lassen. Und das würde sie auch jetzt sagen, da war Betty sich sicher.

Susanna steuerte die *Subeca* aus dem Hafen, und kurz nachdem sie draußen waren, krachte die erste Windbö auf das ungeschützte Schiff und brachte es in Schieflage. Caro, die gerade nach unten gehen wollte, um die Rettungswesten zu holen, fiel zur Seite und fast den Niedergang runter. Betty versuchte, die Fender nun schnell einzuholen, was durch den starken Wind, der das Schiff schaukeln ließ, ziemlich schwierig war. Der Regen prasselte nur so vom Himmel, und sie hatten sich noch nicht mal Ölzeug angezogen.

Betty kroch auf allen vieren an der Reling entlang und löste die Fenderknoten, während die *Subeca* auf den Wellen schaukelte wie eine Nussschale.

»Pass auf, dass du keinen der Fender verlierst!«, rief Susa von hinten.

»Ich sollte besser aufpassen, dass ich nicht über Bord falle!«, rief Betty wütend zurück und heulte nun fast, weil ihr auch noch schlecht wurde. Na prima. Seekrank zu werden, das fehlte jetzt gerade noch. Normalerweise müsste sie jetzt irgendwo auf dem Schiff ruhig sitzen und sich einen festen Punkt an Land suchen, damit die Übelkeit verging und das Gleichgewicht im Ohr wiederhergestellt wurde, aber daran war gerade nicht zu denken. Betty robbte mit drei Fendern zurück nach hinten und verstaute sie in der Backskiste, dann war die andere Seite dran, was noch schwieriger war, weil der Wind sekündlich stärker auf das Schiff krachte. Die *Subeca* hüpfte auf und ab, und ein Brecher donnerte über das Vorschiff, ein weiterer kam von der Seite und überspülte das ganze Boot und auch Susanna und Betty, die von einer Sekunde auf die andere klatschnass wurden.

»Du hättest warten müssen«, rief Betty, »bis wir unser Ölzeug und die Westen anhaben, aber nein, du musstest ja direkt los.« Eine blinde Wut auf Susanna hatte sie plötzlich gepackt.

Musste denn immer alles so gemacht werden, wie sie es wollte? Warum, warum, warum hatte sie sich im Hafen nicht durchgesetzt?

»Das Wasser wartet nicht auf uns«, sagte Susanna giftig. »Jetzt pack die anderen Fender auch noch weg, wir stolpern sonst drüber.«

»Ich pack gar nichts mehr weg«, sagte Betty böse und hielt sich an der Reling des Cockpit-Tisches fest. »Ich setze mich jetzt hierhin und mache nichts, bis wir wieder angelegt haben. Ich will, dass du umkehrst, Susanna.«

»Nein, ich zieh jetzt gleich das Segel hoch.«

»NEIN!«, schrie Betty. »Dazu musst du an mir vorbeikommen, ich lasse das nicht zu!«

»Sag mal, spinnst du, oder was ... wo ist eigentlich Caro?«

»Hier.« Caro quälte sich mit den Westen nach oben. »Sie waren ja ganz hinten drin, ich musste erst mal alles ausräumen.«

»Das sind doch die Westen, die wir mit sechzehn anhatten«, sagte Betty. »Du glaubst doch nicht, dass wir da noch reinpassen.«

»Man kann die Weite verstellen, und jetzt lass mich vorbei.« Susanna war genervt.

»Nein, nein, nein!«, rief Betty.

»Was ist denn los?« Caro verstand gar nichts.

»Sie hat Angst, weil ich das Segel hochziehen will«, sagte Susanna sarkastisch. »So ein Blödsinn, was soll denn passieren? Wir haben schon ganz andere Törns mit der *Subeca* gemacht.«

»Nicht solche. Dein Vater wäre bei so einem Wetter nie aus dem Hafen gefahren!«, schrie Betty verzweifelt.

»Das stimmt, wäre er nicht«, musste Caro zugeben und versuchte, ihre Weste anzuziehen. Sie passte mit Ach und Krach.

Betty sah mit einem Blick, dass ihre alte Weste, die sie damals getragen hatte, nicht mal ansatzweise passen würde. Sie könnte sie vielleicht als Handschuh tragen.

»Ich will zurück. Und ich will nach Hause«, greinte Betty. »Dreh um, Susanna.«

»Nein. Die Zeiten sind vorbei, dass ich immer nur alles mache, was andere mir sagen, hörst du, vorbei, vorbei, vorbei! Und ich gebe auch niemandem mehr Geld für … für nichts, und ich mache mich auch nicht mehr klein, weil ich gelobt werden will, hört ihr? Nein, nein, nein. Lass mich durch, Betty, sonst dreh ich durch. Es wird jetzt gesegelt, dann kommen wir auch viel schneller voran.«

»Der Wind kommt aber doch von vorn«, schrie Caro.

»Na und, dann kreuzen wir eben.«

»Kreuzen? Bist du verrückt, bei dem Sturm? Wenn wir kreuzen, dauert das ja alles auch noch viel länger!« Betty war nun so verzweifelt, dass sie anfing zu heulen. Das fehlte noch, dauernd im Zickzack zu fahren, bloß damit der Wind passte, und dann noch viel länger unterwegs zu sein. Auf gar keinen Fall. »Ich will nach Hause, nach Hause, nach Hause!«

Aber Susanna hörte nicht auf sie. Zielstrebig quetschte sie sich an Betty vorbei, während Caro geistesgegenwärtig das Rad übernahm, fummelte irgendwo herum und zog dann hektisch das Segel hoch, das bedrohlich und laut klapperte und irgendwie irritiert schien.

»Mehr nach backbord«, rief sie Caro zu, und kurz darauf neigte sich die *Subeca* so stark zur Seite, dass Betty einen solchen Schreck bekam, dass sie laut aufschrie. »Wir kippen um!«, brüllte sie panisch.

»Betty! Du weißt ganz genau, dass ein Segelboot nicht umkippen kann«, sagte Susanna. »Wir könnten höchstens durchkentern.«

»Das ist ja noch schlimmer!«, kreischte Betty, die auf YouTube mal ein Video gesehen hatte, in dem ein Schiff durchkenterte. Es war wie hier Sturm gewesen, und dieses Schiff hatte sich einmal komplett um sich selbst gedreht, also auch Cockpit und Salon und die Kojen hatten komplett unter Wasser gestanden. Damals hatte Betty wohligen Grusel verspürt, jetzt aber hatte sie einfach nur Angst.

»Ich will auch nicht durchkentern«, schrie Betty. »Als ob das besser wäre. Wir könnten ertrinken. Ich will gar nichts mehr, nur nach Hause. Seht mal in den Himmel.«

Caro und Susanna taten es. Er war schwarz und wurde mit jedem Moment schwärzer. Kein Vogel befand sich mehr in der Luft, dafür krachten immer heftigere Windböen gegen die Segel, die man nicht mehr kontrollieren konnte. Dazu kam, dass der Regen kein Regen mehr war, sondern ein einziger Schwall Wasser. Zusätzlich waren da die Wellen, die gefährlich hochschlugen. Die *Subeca* ging hoch und runter und wieder hoch und runter, und Caro versuchte, richtig zu steuern, was fast unmöglich war, weil sich die Windrichtung ständig änderte. Dann wurde der Himmel endgültig pechschwarz. Es war immer noch Morgen.

»Geh nach unten und mach die Positionslampen an, damit wir von anderen Schiffen eher gesehen werden!«, rief Susanna Betty zu, aber die schüttelte den Kopf. »Ich mache gar nichts, ich bleib hier sitzen. Ich kann mich nirgendwo festhalten, wenn ich die Lampen anschalten muss. Außerdem muss ich da runtergehen, da wird mir noch schlechter. Du hättest sie doch gleich vor dem Ablegen anmachen können.«

»Hätte, hätte, Fahrradkette«, keifte Susanna. »Caro, dann du.«

»Verdammt noch mal, Susa. Das ist nicht mehr witzig. Wir sind hier völlig unvorbereitet in das Chaos gefahren. Das ist total unprofessionell von dir gewesen, und davon abgesehen haben ...«

Ein Blitz schlug neben ihnen im Wasser ein, und alle drei schrien auf.

»ICH WILL NICHT STERBEN! HIIIILFEEEE!«, brüllte Betty und riss eine Hand vor den Mund, weil ihr das Frühstück beinahe hochkam.

»RUHE!«, schrie Susanna, und nun kam der Wind wieder von der Seite, keine Wende half mehr, es herrschte völlig unkontrollierbares Wetter. Man sah die Hand nicht mehr vor Augen, es blitzte und donnerte in unregelmäßigen Abständen und in einer Lautstärke, dass einem die Trommelfelle platzen konnten.

»Jetzt mach das Segel endlich runter, das reißt doch sonst. Ich habe keine Lust, dass eine von uns den Baum an den Kopf kriegt! Der schwenkt doch hin und her!«, schrie Caro, und merkwürdigerweise tat Susanna, was sie sagte. Während Caro am Rad stand, ließ Susa das Großsegel runterfallen.

»Du gehst jetzt nicht vor und fängst an, es richtig zusammenzulegen«, sagte Betty, die ihre Übelkeit wieder runtergeschluckt hatte.

»Ist ja schon gut«, sagte Susanna. »Verdammt noch mal.« Sie ging wieder neben Caro ans Rad und starrte auf den Plotter, auf dem ihre Position angezeigt war. »Ich hab es geahnt, verdammt, verdammt, wir sind über einem Flach. Wir müssen hier weg, schnell, steuerbord, schnell, Caro.«

Caro riss das Rad nach steuerbord, doch in diesem Moment tat es einen Schlag, der Tote hätte aufwecken können. Die *Subeca* fuhr nicht weiter. Der Kiel hatte den Grund berührt, sie waren aufgelaufen. Sie saßen fest.

»So ein Mist!« Susanna kniete neben der Schaltung und legte den Rückwärtsgang ein.

»Steuer dagegen, Caro, los, los!«

Nichts geschah. Susanna drehte sich um. »Caro, verdammt noch mal, tu jetzt, was ich sa...«

»O Gott!«, schrie Betty, die sich immer noch an der Tischreling festkrallte. »Caro ist weg! Caro ist über Bord!«

24

»Caro! Caro! Antworte doch!« Susanna und Betty schrien sich die Seelen aus dem Leib. Beide hatten ihre Handys aus den Taschen gezogen, die aber waren klatschnass und nicht mehr zu gebrauchen. Sie konnten keine Hilfe rufen.

»Was ist mit dem Funkgerät?«, schrie Betty.

»Das ist schon lange kaputt«, rief Susanna. »Ich wollte es noch reparieren lassen oder ein neues kaufen, aber dann war irgendwie keine Zeit mehr, und außerdem war da die Sache mit Rickmer und ...«

»Ach du!«, schrie Betty. »Nichts machst du richtig!« Sie heulte ununterbrochen, und während die *Subeca* immer noch festsaß und vom Wind durchgerüttelt wurde, es gewitterte und schüttete wie aus Eimern, knieten Betty und Susanna an der Reling und schrien in die See hinein, was aber von dem Geräusch der gegen die *Subeca* krachenden Wellen, dem Pfeifen des Windes und dem Regen, der aufs Schiff prasselte, fast übertönt wurde.

»CARO! Bitte antworte!«, schrie Betty ununterbrochen, und dann sah sie, dass Susanna gar nichts mehr tat, sondern einfach nur dakniete, sich an der Reling festhielt und auf das Teakdeck des Bootes starrte.

»Warum rufst du nicht weiter?«, brüllte Betty. »Du kannst doch nicht einfach aufhören! Susanna! Susa! Spinnst du?«

Susanna drehte sich zu ihr um. Sie sah aus wie ein Geist.

»Ich bin schuld«, sagte sie. »Ich bin schuld.«

»Nein, bist du nicht, hör auf«, rief Betty.

»Doch. Und jetzt ist es zu spät. Jetzt ist es zu spät, zu spät, zu spät.« Susanna schlug die Hände vors Gesicht.

»Susa, halt dich doch bitte fest, ich hab Angst, dass du auch noch über Bord gehst«, flehte Betty, die sich panisch an dem dünnen Relingsdraht festklammerte, während um sie herum alles tobte.

»Caro!«, schrie sie weiter. »CAROOOOO!«

»Ich bin ein schlechter Mensch«, heulte Susanna gegen den Sturm an. »So schlecht. Und keine gute Freundin. Die Sache. Ich hätte es ihr sagen müssen.«

»Nein, das hättest du nicht, weil es nichts genützt hätte«, rief Betty. »Wer hätte denn was davon gehabt? Keiner!«

»Aber die Wahrheit wäre endlich ans Licht gekommen. Ich hatte mir eigentlich vorgenommen, es ihr auf unserer Tour zu sagen, aber dann war so ein Durcheinander mit uns allen, und Caro hat mir so leidgetan wegen der ganzen Schulden und überhaupt.«

»Und dann hat sie gesagt, sie liebt Tom so, und dann hab ich es nicht übers Herz gebracht …«

Mit einem Mal tat es einen Ruck, und Betty schrie auf und wäre fast über Bord geschleudert worden. Die *Subeca* schoss nach vorn und legte sich dann quer, vom Wind ins Wasser gedrückt.

»Wir sind wieder frei!«, rief Susanna.

»Was machen wir jetzt?«

»Wir müssen so schnell wie möglich aus der Untiefe raus, sonst setzen wir wieder auf.« Susanna krabbelte nach hinten zum Rad und steuerte gegen den Wind an. »Verdammt, der Plotter ist aus. Wir haben kein GPS mehr!«

»Uhuuuu!«, machte Betty. »Wir werden sterben. Ertrinken werden wir, uhuuu!«

»Halt die Klappe, Betty. Wir ertrinken nicht, ich verspreche es dir«, rief Susanna.

»Versprechen?«, keifte Betty. »Was willst du mir denn

versprechen? Du hast uns in diese Situation gebracht, du bist schuld, dass Caro über Bord gegangen und jetzt bestimmt tot ist, o mein Gott, es ist so furchtbar. Caro, CARO IST TOT! WEGEN DIR!« Dass sie eben noch gesagt hatte, Susanna sei an nichts schuld, hatte sie vergessen.

Susanna schlug heulend aufs Rad. »Halt den Mund. Das bringt überhaupt nichts, wenn du mich jetzt anschreist und beschuldigst. Außerdem ist sie nicht tot, ist sie nicht, nein!« Sie steuerte blind weiter und hoffte einfach nur, dass es in die richtige Richtung ging. »Das kann doch nicht sein. Eben hat sie doch noch hier gestanden, und jetzt das. Und ich hab es nicht gesagt, ich hab ihr nie die Wahrheit gesagt! Ich hab ihr nie von der Sache erzählt!«

»Lass deine blöde Wahrheit. Die bringt uns jetzt auch nicht weiter!« Betty heulte immer noch. »Das bringt uns Caro auch nicht aufs Schiff zurück, wenn du jetzt plötzlich alles erzählen willst!«

»Ich schwöre, ich sage es ihr, wenn wir sie finden. Ich sage ihr die ganze Wahrheit. Das bin ich ihr schuldig!«

»Du machst es dir ganz schön einfach«, gab Betty wütend zurück. »Die Chancen stehen ja nicht schlecht, dass du es nicht sagen musst.«

»Was denkst du denn von mir? Das ist ja wohl das Allerletzte.« Susanna war außer sich. »Glaubst du, ich bin jetzt erleichtert, oder was? Dass ich es nicht erzählen muss? Und du willst meine Freundin sein, schönen Dank auch.«

»Also, entschuldige mal, das habe ich doch überhaupt nicht gesagt und auch nicht gemeint. Aber es ist ja wohl eine Tatsache, dass Caro über Bord gegangen ist und jetzt da draußen irgendwo im Wasser schwimmt.«

»Trotzdem bin ich nicht erleichtert! Das lasse ich mir von dir nicht sagen! Aber ich sage dir, sie lebt. Caro lebt, die ist nicht ertrunken, sie kann wahnsinnig gut schwimmen, außerdem hat sie eine Weste an. Und wir finden Caro, und dann sag ich ihr alles, alles, alles!«

»Was sagst du mir?«

Betty und Susanna schrien vor Schreck auf und drehten sich um. Da stand Caro im Niedergang und hielt sich fest, während die *Subeca* immer weiter durch den Sturm geschaukelt wurde. Als sei es geplant gewesen, schoss nun ein greller Blitz quer durch den Himmel, einige Sekunden später brüllte der Donner sekundenlang. Es war gespenstisch.

Caro sah Susanna an. »Ich habe alles gehört.«

»Wo kommst du denn bitte her?«, fragte Susanna blass und steuerte geistesgegenwärtig weiter.

»Von unten«, sagte Caro und fixierte Susanna. »Also, was sagst du mir?«

»Äh…«, machte Susanna, während um sie herum die Welt unterging. »Wie, von unten?«

»Ich bin gestolpert und gestürzt und habe mir den Kopf im Niedergang angeschlagen. Dann habe ich unten gesessen und war irgendwie neben mir, und mir war schlecht, und ich musste fast spucken. Vielleicht hab ich so was wie eine Gehirnerschütterung. Dann wollte ich hochkommen, aber dann hörte ich euch schreien und diskutieren. Also, Susanna, was wolltest du mir sagen? Ich höre.« Caros Stimme war ganz ruhig, ein krasser Gegensatz zu dem tobenden Wetter. Der Donner brüllte erneut, so als wollte er sagen: Nun erzähl es schon!

»Nichts«, sagte Susanna. »Gar nichts, Caro. Es … ist besser so, also, wenn ich es nicht sage.«

»Das könnte dir so passen«, sagte Betty, die sich immer noch an die Reling klammerte. »Jetzt musst du es auch sagen. Du hast so rumgetönt, jetzt erzähl ihr auch von der Sache.«

Caro stand da und starrte Susanna an. Die wich ihrem Blick aus.

»Caro, wirklich, das war keine gute Idee. Ich ...«
»Was?«
»Es ist besser, wenn du es nicht weißt.«
»Nein. Doch. Ich will es wissen. Sag es jetzt.«
»O Gott, ist das furchtbar«, schrie Betty, weil die *Subeca* wieder in extreme Schieflage geriet.

»Nein, ich sag es nicht.« Susanna wurde bockig.
»Warum nicht?«
»Es ist unwichtig. Viel wichtiger ist, dass wir in irgendeinen Hafen kommen!«

»Ja, das ist auch wichtig. Es ist aber auch wichtig, dass ich weiß, dass du eine Affäre mit Tom hattest«, sagte Caro in den Sturm hinein. »Und weißt du was: Ich weiß es tatsächlich. Ich wusste es immer.«

»Caro ...«, setzte Susanna an, aber Caro hob eine Hand.
»Jetzt rede ich. Ich weiß es. Es war zu der Zeit, als Tom und ich eine Auszeit genommen hatten.«

»W... w... woher denn?«, fragte Susanna fassungslos.
»Von deiner Mutter. Ich hab ein Gespräch mitbekommen, sie hat alles brühwarm ihrem Bridge-Kränzchen erzählt.«

»Caro«, wiederholte Susanna. »Es tut mir so leid. Ich wollte das nicht.«

»Ach, Susa«, sagte Caro. »Es muss dir nicht leidtun. Mir tut es auch nicht leid, dass ich eine Affäre mit Rickmer hatte.«

187

25

Es war, als würde die Zeit stehen bleiben. Betty sah wie in Trance erst Caro, dann Susanna an und hatte das Gefühl, wie in Watte gepackt zu sein. Alles erschien unwirklich und merkwürdig. Sogar der Sturm und ihre gefährliche Lage waren für einen Moment vergessen. Caroline und Susanna erging es ebenso, nur dass die beiden sich gegenseitig ansahen, ungläubig und beschämt und fassungslos die eine, triumphierend und siegesgewiss die andere.

Betty fing sich als Erste wieder. Von einem Moment auf den anderen war sie plötzlich glasklar im Kopf, erfasste die Situation mit einem Blick und tat genau das Richtige.

»Wir reden später darüber. Jetzt müssen wir uns erst mal außer Gefahr bringen. Hört ihr? Wir müssen hier weg, aus diesem Untiefengebiet. Hier ist es überall zu flach für die *Subeca*. Ich will, dass ihr jetzt beide funktioniert und das Richtige tut. Wir gehen jetzt alle ...«

Irgendwas war merkwürdig, dachten alle drei gleichzeitig und taten einen Moment lang gar nichts. Caro erfasste es als Erste. »Der Sturm. Er hat aufgehört. Von einer Sekunde zur anderen. Wie ist das denn bitte möglich?«, fragte sie in den Himmel hinein.

Die *Subeca* schaukelte zwar immer noch in den Wellen der Nordsee, aber kein Windhauch war mehr zu spüren, und dann, mit einem Mal, kam die Sonne hinter einer letzten, vom Wind noch nicht vertriebenen Wolke hervor und strahlte mit voller Kraft.

»Oh«, sagte Betty, während die See immer ruhiger wurde. »Das ist ein Zeichen. Glaubt es mir, das ist ein Zeichen.«

»Was denn für ein Zeichen?«, fragte Susanna matt.

»Dafür, dass wir uns nicht streiten sollten«, wagte Betty zu hoffen, die ihre beiden Kampfhähne kannte.

»Vergiss es«, sagte Susanna. »Aber ich werde jetzt nicht so unvernünftig sein und Caro wirklich über Bord werfen. Das fehlt noch, dass ich ihretwegen im Gefängnis lande. Mich so zu hintergehen! Aber ich werde das Schiff jetzt nach Terschelling steuern und möchte während dieser Zeit kein Wort von euch beiden hören. Kein einziges Wort. Mich so zu hintergehen.«

Sie ging nach unten.

»Ich denke, du willst steuern?«, fragte Betty, die schnell das Rad übernommen hatte.

»Ich brauche Seekarten, ich muss den Kurs bestimmen, wir haben keinen Plotter momentan«, kam es aus dem Salon.

Betty und Caro sahen sich an.

»Ich wusste das nicht mit Rickmer«, sagte Betty ein wenig fassungslos.

»Ja und«, sagte Caro. »Ich wusste das mit Julius ja auch bis vor Kurzem nicht.«

»Das ist doch ganz was anderes«, echauffierte sich Betty.

»Ach ja?« Caro sah sie an. »Was bitte ist denn daran anders? Wir alle drei hatten oder haben Affären. Susanna mit Tom, ich mit Rickmer, du mit Julius. Bei Susa und mir ist es sogar schon Vergangenheit, während du ja mit Julius gerade so richtig durchstartest. Also mach bitte nicht einen auf Moralapostel. Diesmal nicht.«

»Wie, diesmal nicht?« Betty wurde hellhörig. »Was meinst du denn?«

»Bei dir sehe ich immer einen erhobenen Zeigefinger«, erklärte Caro. »Trink nicht so viel, geh nicht so spät ins Bett, also ich habe meine Kinder so und so erzogen, das würde ich

189

nie erlauben, ach, ihr kocht das Gemüse nicht frisch, ihr bestellt bei Bofrost, ich bin ja immer für meine Familie da, ich bin die Tollste, die Beste und überhaupt.«

»Das stimmt doch überhaupt nicht. Du stellst mich ja hin wie eine Trutsche.« Betty war außer sich.

»So verhältst du dich auch sehr oft, wobei ich das die letzten Jahre nicht so beurteilen kann, weil wir uns da nicht so häufig gesehen haben. Aber früher war es teilweise unerträglich. Frag mal Susa.«

»Ihr habt immer gesagt, ich sei die Konstante in eurem Leben, ich hätte die Sonne getrunken, habt ihr gesagt«, sagte Betty traurig. »Eine Trutsche wollte ich nicht sein.«

»Du warst ja auch die Konstante, und manchmal war das auch gut«, erklärte Caro. »Aber ganz oft hat das genervt.«

»Wieso habt ihr denn nichts gesagt?«

»Du hast doch immer gleich geheult.«

Jetzt war Betty fassungslos. »Also wirklich. Das stimmt gar nicht. Ich hab nur manchmal geheult. Einmal, als du zu mir gesagt hast, ich würde mich bewegen wie ein adipöser Pinguin.«

»Da warst du schwanger und bist nicht gegangen, sondern gewatschelt«, sagte Caro und fand sich selbst grausam, aber sie konnte gerade nicht anders. Sie wusste selbst nicht, warum.

Sie liebte Betty und Susa. Warum war sie zu Betty, die ja gar nichts mit ihrem eigenen Dilemma zu tun hatte und auch nicht mit der Affäre mit Rickmer, jetzt so fies?

»Immer die Hände im Rücken. Uh, ah, oh, ist das alles schlimm.«

»War es ja auch, ich bin innerhalb von einer Woche auseinandergegangen wie ein Hefekloß.«

»Weil du schon zum Frühstück so viel gegessen hast, dass

es für Sechslinge gereicht hätte. Wie kann man denn bitte vier Schokocroissants nicht essen, sondern quasi inhalieren? Das ist doch nicht normal.«

Bettys Augen füllten sich mit Tränen. »Du bist so gemein. Warum machst du das? Ich bin nun mal nicht so sportlich wie du, nie gewesen. Ich hasse joggen und Fitnesscenter.«

»Ich erinnere mich«, sagte Caro. »Als du dich anmelden wolltest, hat so eine Mitarbeiterin gesagt, sie könne aber nicht garantieren, dass das Training bei dir was bringt.«

»Das war kurz nach der zweiten Entbindung«, sagte Betty. »Und diese Frau war ungefähr neunzehn und hat so viel gewogen wie eine Feder. Also nichts. Ich finde das sowieso ungerecht. Warum stellen die in Fitnessstudios nur so dünne, junge Menschen? Da fühlt man sich doch gleich schlecht.«

»Sollen sie Sechzigjährige mit Lipomen, Cellulitis und Dehnungsstreifen da hinstellen? Das wäre ja mal ein Konzept!«

»Jedenfalls bist du fies«, beendete Betty das Gespräch. »So habe ich mir diese Reise nicht vorgestellt. Und bis eben habe ich mir noch Sorgen um dich gemacht und mir die Seele aus dem Leib geschrien. Ich dachte, du bist tot. Dabei hast du gemütlich unten gelegen und ein bisschen geschlummert, während Susanna und ich ums Überleben gekämpft haben.«

»Erstens habe ich nicht *geschlummert*, sondern hatte mir recht heftig den Kopf gestoßen und war weggetreten, und zweitens: Willst du mir jetzt etwa sagen, dass du es lieber hättest, dass ich ertrunken wäre?«

»Natürlich nicht«, sagte Betty. »Wie kannst du nur so was sagen. Was ist denn nur los mit dir?«

»Nichts, gar nichts, ich bin nur komplett im Eimer«, sagte Caro, und da kam Susanna hoch.

»Du steuerst falsch. Lass mich ans Rad, ich hab den Kurs.«

Sie sah auf den Kompass und brachte die *Subeca* auf den richtigen Kurs.

»Susanna, ich möchte, dass wir ...«, fing Caro an, aber Susanna hob eine Hand.

»Nein. Ich will nichts hören. Von euch beiden nicht. Kein Wort mehr, bis wir im nächsten Hafen sind. Aber vorher ziehen wir uns trockene Sachen an. Ich habe keine Lust, hier auch noch die Krankenschwester zu spielen und euch Tee und heiße Suppe zu kochen.«

Caro und Betty hatten im Gefühl, dass es wohl besser war, auf Susanna zu hören. Die nächsten Stunden verbrachten sie schweigend. Es war kein gutes Schweigen, sondern ein angespanntes.

Wenigstens war das Schiff auf dem richtigen Kurs.

»Hier.« Betty kam von dem Imbiss zurück, auf einem Tablett balancierte sie drei Teller mit Pommes rot-weiß und Currywurst.

»Willst du uns umbringen?«, fragte Caro. »Weißt du, wie viel Fett da drin ist? Schlechtes Fett.«

»Es gab keine Pommes mit Omega-3-Fettsäure, tut mir leid«, sagte Betty. »Und ich brauche nach dieser Aufregung jetzt etwas Deftiges. Da sind Pommes genau richtig.«

»Auch noch mit Majo. Weißt du, wie viel Fett in Majo drin ist?«

»Ja, und es ist schlechtes Fett.« Betty grinste sie an.

Es waren die ersten Worte, die gesprochen wurden, sogar das Anlegemanöver hatten sie schweigend absolviert.

Nun saßen sie auf wackeligen Stühlen vor dem Hafenimbiss, und Betty schaufelte ihre Pommes in sich rein, als gäbe es kein Morgen mehr, während Susanna und Caro das Essen nur von einer Seite zur anderen schoben.

»Jetzt esst doch mal, es wird kalt«, sagte Betty und kaute ihre Currywurst. »Es ist so lecker. Ihr verhaltet euch wie so komische Models, die nie was essen, sondern immer nur so tun als ob.«

»Deswegen sehen wir auch so aus«, gab Caro zurück, deren Laune sich immer noch auf dem Nullpunkt befand. Sie schob ihren Teller zurück und verschränkte die Arme.

Susanna tat es ihr nach. Sie saßen da wie zwei verschnupfte Teenager, denen man die Smartphones weggenommen hatte.

»Können wir jetzt bitte miteinander reden?«, fragte Betty verzweifelt. »Könnt ihr euch jetzt bitte aussprechen?«

»Du wusstest das also mit Susanna und Tom«, stellte Caro fest.

»Und hast nichts gesagt. Jahrzehntelang hast du geschwiegen.«

»Wir wollten dich nicht verletzen«, sagte Betty.

»Und du hattest was mit meinem Mann und hast auch jahrzehntelang geschwiegen«, sagte Susanna zu Caro.

Die nickte. »Ja. Aber erst, nachdem du was mit Tom hattest.«

»Ich glaube es einfach nicht. So.« Susanna schob ihren Teller zurück, was Betty zum Anlass nahm, die Currywurststücke aufzuspießen. Auch die Pommes wurden vertilgt.

»Ich brauche jetzt was Salziges«, rechtfertigte sie sich.

»So«, wiederholte Susanna. »Jetzt finde ich, wir machen mal reinen Tisch.«

»Das finde ich gut«, sagte Betty mit vollem Mund.

»Ja, ich hatte was mit Tom. Erinnerst du dich daran, als ihr euch getrennt hattet?«

»Ja, sicher«, sagte Caro. »Für ungefähr zwei Wochen. Es war keine Trennung, so einfach machst du es dir bitte nicht –

es war eine *Auszeit.* Eine *Auszeit!* Wir wollten prüfen, ob wir wirklich für den Rest unseres Lebens zusammen sein wollten.«

»Ich weiß«, nickte Susanna. »In dieser Zeit war ich gerade ohne festen Freund.«

»Ach so, und da kann man sich den Mann der besten Freundin schnappen.« Caro nickte. »Ist klar«, sagte sie süffisant und stocherte mit der Gabel in ihren Pommes herum. Es sah aus, als wolle sie die Stäbchen erstechen, Betty konnte gar nicht hinsehen.

»Ihr wart getrennt«, sagte Susanna.

»Wir hatten eine *Auszeit,* wie oft denn noch.«

»Das ist doch dasselbe. Außerdem war ich nicht diejenige, die diese Affäre wollte. Tom hat mich angeru...«

Caro schlug mit der Hand auf den Tisch. »Du, jetzt reicht's aber«, sie stieß mit dem Zeigefinger in Susannas Richtung. »Du redest dich nicht raus. Das lasse ich nicht zu.«

»Seid doch bitte nicht so laut«, bat Betty. »Die Leute gucken schon.«

Susanna biss sich auf die Unterlippe. »Du hast ja recht, Caro. Ich will mich rausreden.« Sie überlegte kurz. »Ich hätte es ja nicht mitmachen müssen. Aber er hat wirklich angerufen.«

»Und dann?«

»Das Übliche. Blabla, alles so schwierig, Caro und ich wissen ja auch nicht, du kennst sie doch so lange, was meinst du denn, können wir uns mal treffen und reden, ich bin so durcheinander. So was eben.«

»Und dann?«

»Haben wir uns getroffen.«

»Und dann?«

»In einem Café an der Alster. Weißt du, in diesem kleinen, süßen mit den rosa Tapeten und ...«

»Und dann?«

»Na ja, Tom war ziemlich durcheinander, ich hab schon gemerkt, dass er sich nicht sicher war, ob ihr heiraten sollt oder nicht. Er wollte ja auch schnell ein Kind, du eher nicht, und es ging um seine Karriere, und ob du da auch hinter ihm stehst. Ich hab gesagt, dass ihr es doch langsam angehen sollt und einen Schritt nach dem anderen, und da hat er dann plötzlich gesagt, er sei unsicher und wüsste nicht, was er will.«

»Der Arme«, sagte Caro sarkastisch. »Mir kommen gleich die Tränen.«

»Jetzt lass Susa doch erzählen«, sagte Betty.

»Ach, du könntest es ja auch erzählen, du wusstest ja Bescheid.« Susa blitzte Betty an.

»Ich hatte aber nichts mit deinem Mann«, stellte Betty klar.

»Und weiter«, sagte Caro.

»Dann haben wir Wein getrunken und dann … meine Güte, herrje, hat Tom vorgeschlagen, dass wir doch einen Kiezbummel machen könnten.«

»Auf den Kiez wollte er? Mit mir ist er nie auf den Kiez gegangen. Die ganzen abgehalfterten Leute da, und dauernd wird man von den Nutten angesprochen, hat er gesagt.«

»Ist er aber gar nicht«, sagte Susanna.

»Er hatte ja auch eine dabei und …«

»Stopp!«, rief Betty. »Das geht mir zu tief unter die Gürtellinie. Ihr benehmt euch jetzt wie zivilisierte Menschen.«

»Du solltest mit gutem Beispiel vorangehen und dir den Mund abwischen. Du siehst aus wie Hannibal Lecter, nachdem er diesem Polizisten das halbe Gesicht abgebissen hat.«

Betty wischte über ihren Mund. »Trotzdem benehmt ihr euch.«

»Und dann«, sagte Caro.

»Dann waren wir im *Silbersack* und in anderen Kneipen und haben ziemlich viel getrunken.« Susanna schluckte, während Caro die Pommes nun mit der Gabel malträtierte, sodass Betty schon Angst hatte, sie könnten anfangen zu schreien.

»Im *Silbersack,* ja, da ist es schön. So urig. Eine richtig tolle Hamburger Kneipe! Da habt ihr bestimmt zu Seemannsliedern getanzt«, giftete Caro, und Susanna wurde rot.

»Aha. Also stimmt's. Hab ich recht?«

»Ja« sagte Susanna schlicht.

»Und dann?«

»Ach, Caro. Können wir nicht aufhören, uns zu quälen?«, fragte Susanna mild. »Ich ... ich will auch gar nicht wissen, was du mit Rickmer hattest. Also nicht die Details.«

»Ich will aber Details. Wo seid ihr dann hingegangen?«, fragte Caro unerbittlich.

»In ein Stundenhotel«, wisperte Susanna.

»DU BIST MIT MEINEM MANN IN EIN STUNDENHOTEL GEGANGEN?«, schrie Caro los, und Betty und alle anderen Gäste erschraken zu Tode.

»O Gott, ist das furchtbar, hört doch auf!«, bat Betty flehentlich und wünschte sich inständig eine Tarnkappe.

»Ich denke gar nicht daran«, sagte Caro erbost.

»Nun mach mal halblang, Caro«, warf Susanna ein. »Wo warst du denn mit Rickmer? Hm? Wo habt ihr es denn getrieben?«

»*Getrieben.* Das Wort hab ich ja schon Ewigkeiten nicht mehr gehört«, sagte Betty überflüssigerweise. »Das haben wir mal mit fünfzehn gesagt. Könnt ihr euch nicht einfach wieder vertragen? Bitte!«

»In eurem Bett«, sagte Caro.

Susannas Gesichtsfarbe wurde einige Nuancen röter. »Wie bitte?«

»In. Eurem. Bett. Was gibt es denn daran nicht zu verstehen?«, fragte Caro betont gelangweilt, aber in Habachtstellung.

Sie hielt mit beiden Händen ihren Teller umklammert, als wollte sie ihn im Fall eines Durchdrehens von Susanna als Waffe benutzen.

»DU HAST MIT MEINEM MANN IN UNSEREM EHEBETT GEVÖGELT?«, brüllte nun zur Abwechslung mal Susanna, und wieder zuckten alle im Umkreis von hundert Metern zusammen. Manche Gäste rückten allerdings mit ihren Stühlen näher, um bloß nichts zu verpassen.

»Es erschien mir am einfachsten«, sagte Caro. »Rick hat es danach neu bezogen.«

Susanna schnappte nach Luft und jaulte dann auf wie jemand, der aus Versehen mit den Händen in eine eingeschaltete Heißmangel geraten war. »Da bin ich aber dankbar. Neu bezogen! Wie nett von ihm. Und nenn meinen Mann nicht *Rick!*«

»Deinen Nochmann«, sagte Betty mampfend.

»Halt deinen doofen Mund!«, brüllten Caro und Susanna gleichzeitig, und Betty beschloss, nichts mehr zu sagen.

»Also, ich fasse zusammen«, sagte Susanna atemlos. »Ihr hattet in unserem Bett Sex. In meinem mintfarbenen Boxspringbett.«

»Nein, es war noch das Messingbett. Es hat ganz schön gequietscht«, sagte Caro, und Susanna schnappte wieder nach Luft.

»Und du warst mit *meinem* Mann in einem Stundenhotel. Man könnte sich jetzt darüber streiten, was schlimmer ist.« Caro sah Susanna herausfordernd an.

»In meinem Schlafzimmer befindet sich kein Spiegel an der Decke«, sagte Susanna und lächelte Caro böse an. »So ein Spiegel hat was.«

»Noch befindet sich da keiner«, sagte Caro freundlich. »Aber vielleicht bringt ja die süße Marigold einen an. Einen schönen großen Barockspiegel mit einem herrlichen, goldenen, verschnörkelten Rahmen. Ach ja.«

»Du ...«, sagte Susanna. »Ich ... oh ... ich könnte dich schlagen!«

»Schon wieder«, sagte Caro. »Das hatten wir doch erst kürzlich beim Trockenfallen. Wobei, da hab ich dich ja mit Matsch erledigt. Ha!«

»Caro«, sagte Susanna und war nun ganz ernst. »Wenn ich jetzt so darüber nachdenke, war es eigentlich das Dümmste, was ich je hätte tun dürfen.«

»Was ist denn das für ein Satz«, sagte Betty und schüttelte den Kopf. »Und dann bist du auch noch schwanger geworden«, sagte sie, die nun anfing, die Currywurst von Susannas Teller zu stibitzen.

Susanna nickte. »Ich war so ein Schaf.« Jetzt liefen ihr Tränen über die Wangen. »Und dann diese Abtreibung. Und ich konnte dir eine Zeit lang überhaupt nicht in die Augen sehen, Caro.« Sie schniefte. »Ich dachte, du siehst es mir an, und das war es dann mit uns.«

»Ich wusste es mit dir und Tom, aber ich habe nichts gesagt. Ich hab die Augen verschlossen, und Details wollte ich damals schon mal gar nicht wissen. Von der Schwangerschaft wusste ich aber nichts.«

»Das wusste nur Betty«, sagte Susanna.

»Ich hab mich dann aus Trotz an Rickmer rangeschmissen«, erklärte Caro. »Ich habe mich benommen wie so eine notgeile Tante. Ich wollte unbedingt mit ihm schlafen. Aus

Rache, aus Genugtuung, ach, was weiß denn ich.« Sie schüttelte den Kopf.

»Wie konnte ich nur. Wieso hab ich das nur gemacht?«

»War es denn wenigstens guter Sex für euch beide mit den Männern der jeweils anderen?«, fragte Betty interessiert.

»Nein, es war total langweilig«, sagten Caro und Susanna gleichzeitig, und dann konnten sie alle nicht anders und fingen an, hysterisch zu kichern.

»Himmel, wie alt mussten wir werden, um uns das alles zu gestehen?«, fragte Susanna irgendwann. Sie gingen untergehakt durch die Straßen der Insel, vorbei an hutzeligen, jahrhundertealten Häuschen, kleinen Cafés und Restaurants.

»Ich bin so froh, dass ich es jetzt nicht mehr allein weiß«, sagte Betty glücklich. »Jetzt können wir alle drei immer darüber reden. Oh, seht mal, was für ein süßes Café. Wollen wir uns da in den Garten setzen und ein Stück Kuchen essen?«

»Betty. Du hast gerade drei Portionen Currywurst mit Pommes verschlungen. Du kannst doch unmöglich jetzt schon wieder ans Essen denken«, erklärte Caro.

»Ich kann nicht nur immer ans Essen denken, sondern auch immer essen«, sagte Betty. »Wenn es doch so gut schmeckt. Ich bin keine Frau für ein Salatbüfett. Ich bin eine Frau für Soßen und Gratin. Für gebratene Entenbrust in Cassis-Sauce, für Gulasch mit Nudeln, für Mousse au Chocolat, für Crème brulée. Für Zimteis und ...«

»Ist ja schon gut«, wurde sie von Susanna unterbrochen.

»Susanna«, sagte Caro. »Das mit dem Abbruch, das finde ich so schlimm, das tut mir wirklich so leid.«

»Ich hatte mich ja damals keinem anvertraut, auch nicht Betty, die wusste das erst später. Tom war völlig fertig, er hatte schreckliche Angst, dass ich ihn erpressen wollte oder das Kind behalten und dir sagen, dass es von ihm ist, und er hätte dann womöglich einen Vaterschaftstest machen müssen«, sagte Susanna, der man anmerkte, wie froh sie war, endlich über die ganze Geschichte reden zu können.

»Bist du denn ganz allein zum Arzt gegangen?«, fragte Caro fürsorglich.

Susanna nickte. »Morgens um acht. Ich weiß noch, wie kalt es war an dem Tag. Es war November. Ich habe entsetzlich gefroren, obwohl ich warm angezogen war. Niemand wusste, wo ich bin. Und die Ärztin war so unfreundlich, alle waren unfreundlich. Als es dann vorbei war, es war so schrecklich, bin ich, nachdem ich noch ein bisschen dagelegen habe, herumgelaufen ohne Ziel, und ich hatte meine Jacke in der Praxis vergessen, und dann fing es auch noch an zu schneien. Und ich war so unglücklich und hatte niemanden, mit dem ich darüber sprechen konnte, und ich war so traurig, weil ich so allein war, und ich habe Tom angerufen, aber der ging nicht ran, und dann bin ich weitergelaufen durch den Schneesturm, und es wurde immer kälter, und ich war so durchgefroren, dass der Schnee auf mir liegen geblieben ist, und dann war ich am Hafen und habe auf die Elbe geschaut, und dann waren da lauter Touristen, die haben gelacht und Fischbrötchen gegessen, und ich stand da und wusste nicht, wohin…«

»Hör auf, hör doch auf, das ist ja furchtbar!« Caro legte einen Arm um die Freundin. »In wichtigen Situationen geht Tom nie ans Telefon«, sagte sie dann. »Das hat sich bis heute nicht geändert.«

»Oh, ich nehme stark an, er würde rangehen, wenn du ihn heute anrufen würdest«, meinte Betty ein wenig sarkastisch. »Und wolltest du ihn nicht sowieso anrufen?«

»Es ist dir also egal, dass ich gefroren habe und ein Eisklotz war«, beschwerte sich Susanna. »Ich war allein, umgeben von glücklichen Menschen, und ich ...«

»Ja, ich weiß es ja«, sagte Betty. »Aber es ist ja nun auch schon etliche Jahre her, und mittlerweile hast du dich erholt. Du tust ja gerade so, als sei das gerade gestern gewesen, und außerdem redest du wie so ein Hausmädchen im neunzehnten Jahrhundert, das von seinem Dienstherrn geschwängert wurde und von der Dame des Hauses aus demselben gejagt wurde, um sich dann vor Verzweiflung in die Elbe zu stürzen.«

»Dass du immer so übertreiben musst«, schnaubte Susanna.

»Was hast du denn dann an diesem kalten Novembertag gemacht?«, wollte Caro wissen. »Bestimmt sehr geweint und stundenlang dagesessen, deprimiert, unglücklich und verloren.«

»Nö«, sagte Susanna. »Ich bin dann erst mal shoppen gegangen. Seitdem hab ich diese tolle rote Gucci-Tasche, wisst ihr, die mit dem geflochtenen Schultergurt.«

Caro lachte laut los. »Um die Tasche hab ich dich immer beneidet. Ich fand die so toll.«

»Weißt du was«, sagte Susanna. »Wenn wir wieder zu Hause sind, schenk ich sie dir.«

»Falls Marigold nicht mittlerweile schon bei Rickmer wohnt und deine Sachen bereits ihre sind«, dämpfte Betty Susannas euphorische Stimmung, und das wirkte sofort.

»Ich kratze dieser Hexe die Augen aus.« Susanna blieb stehen. »Meint ihr, das macht die? Meint ihr, die nimmt einfach meine Sachen?«

»Na ja, es gibt Menschen, denen ist alles zuzutrauen.« Caro runzelte die Stirn. »Ich kenne Marigold nur aus deinen Erzählungen, und das ist ja nicht objektiv. Aber ich sage mal:

ja. Ich traue es ihr zu. Oje, Susanna, hast du etwa alles zu Hause gelassen und nichts versteckt? Was ist denn mit deinem ganzen Schmuck?«

»Ogottogott«, sagte Betty panisch. »Die tollen Ringe von Bulgari mit den Rubinen und Brillanten. Die ganzen Colliers von Tiffany's und Cartier. Den Armreif mit den Smaragden. Die Ohrringe! Du hast so viel Schmuck und so *tollen* Schmuck, wo ist der denn jetzt? Und deine Uhren? Die tolle von Lange & Söhne und die von Panerai? Bitte sag mir, dass du alles in einem Tresor hinter Schloss und Riegel hast.«

»Nein«, sagte Susanna, der plötzlich schlecht wurde. »Der Schmuck liegt wie immer in meinem Schmuckkasten, und der steht unverschlossen auf der Kommode im Schlafzimmer. In dem Elfenbeinkasten, den Papa mir aus Afrika mitgebracht hat.«

Caro und Betty schlossen kurz die Augen.

»Ich fasse zusammen: du *hattest* mal Schmuck«, kam es dann von Betty.

»Das kann Marigold nicht machen«, sagte Susanna.

»Was für ein schwachsinniger Satz«, sagte Caro. »Natürlich kann sie das machen. Es gibt Leute, die bringen sogar andere um, da kann man vorher auch sagen, das kann man nicht machen. Also echt. Ich könnte dich schütteln.«

»Rickmer kann den Schmuck auch nehmen«, sagte Caro. »Da braucht es keine Marigold.«

»Wie blöd ich bin«, sagte Susanna. »Dumm wie ein Strumpf.«

Niemand widersprach ihr.

»Da vorne ist eine Bank. Lasst uns mal kurz hinsetzen«, schlug Caro vor, und sie taten es.

»Wir müssen jetzt mal weiterkommen. Ich fasse zusammen«, sagte Caro. »Wir haben alle drei Dreck am Stecken und ziemliche Probleme. Doch, doch, du auch, Betty. Du hast Holger noch nichts von Julius und eurem gemeinsamen Sohn gesagt, hast vor, auszuziehen und ein neues Leben zu beginnen, ich weiß nicht, ob man das *good old school* nennen kann. Susanna und ich haben uns in der älteren und jüngsten Vergangenheit auch nicht gerade mit Ruhm bekleckert.«

»Also, in der jüngsten Vergangenheit hab ich nichts Schlimmes gemacht«, verteidigte sich Susanna. »Ich *bin* diejenige, der was angetan wurde.«

»Du hast das alles nicht sehen wollen«, sagte Caro. »Wahrscheinlich hätte man dir Marigold auf einem goldenen Tablett präsentieren können, dann hättest du immer noch gesagt, dass du ein perfektes Leben führst. Du hast nur das gesehen, was du sehen wolltest, und hast versucht, dir diese ganze heile Welt zu erkaufen. Deswegen hast du Rickmer gestopft wie nur was. Ich mochte ihn übrigens nie.«

»WIE BITTE? DU HAST MIT IHM GESCHLAFEN!«, rief Susanna, und die Leute ringsum freuten sich.

»Das heißt ja nicht, dass ich ihn mögen muss. Ich hab es nur aus Rache getan.«

»Ich mag ihn auch nicht«, sagte Betty. »Er ist so … distanzlos und findet sich so toll. Außerdem redet er nur über sich. Immer wenn wir uns getroffen haben mit Ehepartnern, kam Rickmer mir irgendwie zu nah. Dabei soll man doch immer eine Armlänge Abstand halten, sonst gilt das als übergriffig.«

»Ich mag ihn auch nicht«, sagte Susanna nun. »Da sind wir ja also schon zu dritt.«

»Wir müssen auch mal weiterkommen«, wiederholte Caro. »Ich muss mich endlich dem ganzen Mist stellen. Es ist so feige von mir, dass ich Tom einfach so im Ungewissen lasse. Ich werde ihn anrufen. Jetzt.«

»Und was willst du ihm sagen?«

»Dass ich versuchen werde, es wieder hinzubiegen«, erklärte Caro. »Was denn sonst?«

»Ich finde das gut«, sagte Betty, stand auf und streckte sich. »Ich bin so verspannt, das macht einen ja alles fix und fertig. Sie holte ihr Handy aus der Jeanstasche und versuchte, es einzuschalten. »Ich glaub, das kann ich vergessen. Es ist so nass geworden. Geht noch eins von euch?«

»Meins ist auch nass«, sagte Susanna. »Wir legen nachher beide in Reis. Ich hab gelesen, das soll helfen.«

»Ihr könnt gern mein Handy benutzen, wenn ihr zu Hause anrufen wollt«, sagte Caro. »Ich muss es nur einschalten.«

»Ich muss mich unbedingt bei Julius melden«, sagte Betty. »Sonst macht der sich Sorgen.«

»Meinst du nicht, die Kinder und Holger machen sich auch Sorgen?«, fragte Caro.

»Nö«, sagte Betty. »Nicht solange die Wäsche gewaschen, der Kühlschrank voll und das Portemonnaie gefüllt ist«, klärte Betty sie auf. »Das ist leider so. Außerdem haben alle auch eure Nummern. Wenn also was mit der Waschmaschine ist oder sie nicht wissen, wie man die Spülmaschine bedient oder wie ein Supermarkt wohl von innen aussieht, dann werden sie schon anrufen und fragen. Sie sind ja keine Babys mehr.«

»Na ja«, meinte Susanna und stand ebenfalls auf. »Was haltet ihr von einem kalten Glas Weißwein in einer schönen Strandbar?«

»Wenn du bezahlst«, sagte Caro. »Ich muss mit meinem Geld haushalten.«

»Ich lade die Frau, die mit meinem Mann in unserem Ehebett geschlafen hat, selbstverständlich ein«, sagte Susanna und klopfte Caro auf die Schultern.

»Und ich lasse mich gern von der Frau einladen, die mit meinem Mann in einem Stundenhotel gevögelt hat«, gab Caro zurück.

»Dann ist ja alles geklärt.« Betty schüttelte den Kopf. »Ein Irrenhaus ist das hier.«

»Dich lade ich auch ein, immerhin bist du auch eine Ehebrecherin und hast deinem Mann auch noch einen Kuckuck untergejubelt.«

Betty wurde rot vor Freude. »Danke. Ich dachte schon, ich gehöre nicht mehr richtig dazu.«

»Das Doofe ist …«, begann Susanna eine halbe Stunde später, nachdem sie in der hintersten Ecke eines Schranks Reis gefunden, die Handys reingelegt hatten und nun in einer kleinen Bar an der See saßen und die Sonne ihre Arbeit verrichten ließen. Vor ihnen in einem silbernen, mit Eis gefüllten Kühler wartete der Weißwein. Betty hatte schon wieder oder immer noch Hunger und saugte die hingestellten Nüsschen förmlich auf. Susanna knabberte an einer Olive herum.

Betty und Caro sahen sie erwartungsvoll an.

»Was ist denn das Doofe?«, fragte Betty dann.

»Das Doofe ist, dass mein Handy noch nicht wieder geht und ich Lolli beziehungsweise Hanno nicht anrufen kann«, sagte Susanna und nahm noch eine Olive. »Und ich kenne die Nummern nicht auswendig.«

»Die von Hanno auf Helgoland kriegen wir raus, mein Handy funktioniert ja. Geht es um den Plan?« Caro war neugierig.

»Ja. Er nimmt Formen an. Und ich habe mir auch gerade überlegt, dass ich keinen neuen Anwalt beauftrage.«

»Es soll besser gleich Blut fließen, richtig so«, freute sich

Betty. »Das hat er verdient. Dann lernt er auch mal, was Distanz bedeutet.«

»Was meintest du denn nun letztens mit diesem Satz, dass Rickmer nichts mehr sagen kann?«, fragte Caro, die immer noch mit sich rang. Sollte sie das Handy einschalten oder nicht? Sie hatte entsetzliche Angst vor den ganzen Eingangstönen und den Vorwürfen auf der Mailbox.

»Ach, Hanno meinte, er habe eine Kehlkopfentzündung, da hab ich mir Sorgen gemacht«, sagte Susanna. »Ich blöde Kuh hab mir Sorgen gemacht. Ist das zu fassen?«

»Moment mal. Woher weiß denn Hanno auf Helgoland, dass Rickmer was am Hals hat?«, wollte Caro stirnrunzelnd wissen. »War die Sicht so gut, dass er bis nach Hamburg sehen konnte?«

»Nein«, sagte Susanna. »Ich erzähle euch alles. Also hört zu. Es ist so, dass ...«

»Guten Tag, Lebensliebe«, sagte da eine männliche Stimme, und alle drei drehten sich um.

Betty sprang auf. »Julius!« Sie flog dem Mann in die Arme.

»Endlich hab ich dich wieder«, sagte Julius Barding. »Ich hab es nicht mehr ausgehalten.«

»Oh, Julius!« Betty war außer sich. »Wie bist du hierhergekommen? Also ich meine, woher weißt du, wo ich bin?«

»Du hast es mir doch geschrieben. Also hab ich den nächsten Flieger gebucht und bin dann mit der Fähre hergekommen. Ich hab so gehofft, dass ihr noch hier seid! Ich hab ein paarmal versucht anzurufen, aber dein Handy war aus. Es wird Stunden dauern, die Mailbox abzuhören, verzeih mir, mein Schatz. Lass dich mal ansehen – gut siehst du aus, ein bisschen müde vielleicht. Habt ihr drei denn eine schöne Zeit zusammen? Ach, wie unhöflich.« Julius ließ Betty los und umarmte Caro und Susanna rasch. »Wie nett, euch wiederzusehen!«

»Hallo, Julius«, sagte Susanna, und auch Caro grüßte ihn und lächelte ihm zu. Das passte ja nun gar nicht, dass Bettys große Liebe auftauchte, gerade jetzt, wo sie doch kurz davor waren, ihre ganzen Knoten zu lösen und anzufangen, sie aufzudröseln.

»Wie lange ist das her?«, fragte Julius und nahm sich einen Stuhl. »Was trinkt ihr? Weißwein? Ich bestelle Nachschub. Herr Ober bitte, noch eine Flasche!« Dann nahm Julius Bettys Hand und küsste sie. »Ach, ist das schön. Ich hab es einfach nicht mehr ausgehalten«, sagte er und sah Betty liebevoll an. Die war von einer Sekunde auf die andere trunken vor Glück.

»O Julius«, sagte sie wieder und strahlte wie ein verliebter Teenager.

Susanna und Caro musterten Julius Barding. Klar, er war älter geworden, so wie sie alle, aber er war sehr attraktiv, und vor allen Dingen sah er sehr verliebt aus und wirkte auch nicht mehr so selbstgefällig, wie Caro und Susanna ihn vage in Erinnerung hatten. Julius Barding hatte blonde wuschelige Haare, die Schläfen grau meliert, er trug eine sandfarbene Hose und ein hellblaues Hemd, Timberlands und einen Dreitagebart.

›Fast wie in einer Werbung für irgendwas mit Sommer‹, dachte Caro spontan. Julius war nicht wirklich schön, aber er hatte eine unglaublich positive Ausstrahlung, und seine blauen Augen strahlten.

›Er sieht so aus, als würde er es sehr ehrlich mit Betty meinen‹, dachte Susanna und verspürte ein ganz klein wenig Neid.

Aber sie zwang sich, das Gefühl sofort zu vernichten. Sie wünschte ihrer Freundin nur das Beste. Auch Caro wünschte sie das. Sehr merkwürdig: Susanna hatte das Gefühl, durch die gegenseitigen Geständnisse wären sie noch mehr zusammengerückt. Sachen gab es.

Der Kellner kam mit einem neuen Wein in einem Kühler voller Eiswürfel und ließ Julius probieren, der das nicht weltmännisch machte, sondern einfach ganz normal.

»Sehr gut.« Er lächelte dem Kellner freundlich zu, und der goss ihnen nach. Julius hob sein Glas in Richtung Betty. »Auf die Liebe und«, nun sah er Caro und Susanna an, »auf die Freundschaft. Möge sie ewig halten. Hört, hört!«

»Das habe ich ja ewig nicht mehr gehört. Hört, hört«, sagte Betty, die bestimmt auch gesagt hätte, dass sie das ewig nicht gehört habe, wenn Julius »Und gleich schneide ich euch die Kehlen durch« von sich gegeben hätte.

Susanna verspürte einen Stich. Betty war verliebt, und sie selbst stand vor den Trümmern ihrer Ehe. Sie konnte sich noch vage an das Gefühl erinnern, das sie gehabt hatte, als sie Rickmer kennengelernt hatte. Überall im Körper hatte es gebitzelt und geschwirrt, als seien Tausende Bienchen und Schmetterlinge in ihr herumgeflogen. Damals hatte sie ein permanentes Glücksgefühl verspürt, auch während einer langwierigen Wurzelbehandlung hatte sie ununterbrochen gelächelt und den Zahnarzt und alle Helferinnen damit geradezu aggressiv gemacht.

Sie seufzte lautlos. Nun war es eben so, wie es war.

»Ich geh mit Julius ein Stück spazieren.« Julius sprang auf und nahm beide Gläser, seins und das von Betty, und die beiden gingen, nein, schwebten davon.

»Muss Liebe schön sein«, sagte Susanna und goss sich nach. Sie hob ihr Glas. »Ein Hoch auf das junge Glück!«

»Ich glaube nicht, dass sie spazieren gehen«, sagte Caro und klang ein wenig neidisch. »Ich glaube, sie werden gleich wilden Sex haben. Outdoorsex sozusagen. Hier auf dieser Käskoppinsel.«

»Quatsch, so was würde Betty doch nie tun«, war sich Susanna sicher. »Unsere Betty macht doch brav das Licht aus.«

»*Unsere Betty* ist nicht so lieb und brav, wie sie aussieht«, sagte Caro bitter. »Die entdeckt gerade das Leben. Ich sage dir, sie tun es. Draußen. Wahrscheinlich in einer Telefonzelle oder so.«

»Es gibt doch gar keine Telefonzellen mehr«, sagte Susanna kopfschüttelnd. »Und *in* einer Telefonzelle ist ja nicht draußen.«

»Dann eben am Strand hinter einer Eisbude oder im Innenbereich der Sparkasse, gelehnt an den Kontoauszugsdrucker, was weiß ich.« Caro nickte siegessicher.

»Gönn es ihr doch. Du, Julius ist richtig nett, aber richtig.« Susanna konnte es selbst kaum glauben. »Er wirkt so … gediegen und ehrlich und grundanständig.«

»War er das nicht schon immer? Er war so, wie wir Männer *nie* haben wollten. Verlässlich. Ruhig. Rücksichtsvoll. Höflich. Langweilig.« Caro nickte selbstgefällig.

»Ach, ich finde das gar nicht schlecht.« Susanna seufzte. »Besser als ein Arschloch wie Rickmer. Bitte sag mir noch mal, dass du den miesesten Sex mit ihm hattest, den allermiesesten deines Lebens.« Sie goss Wein nach.

»Es war furchtbar«, sagte Caro sofort. »Ganz schlimm. Er hat überhaupt nichts Erotisches an sich. Ein Eisblock.«

»Rede weiter. Bist du zum Orgasmus gekommen?«

»Natürlich *nicht*. Wie sollte ich denn, bei diesem kleinen Ding von der Größe einer Erdnuss.«

»So groß ist das Ding nicht!«

»Du hast recht, es hat die Größe einer Bakterie.«

»Kleiner.«

»… einer Mikro… was weiß ich, jedenfalls etwas, das man mit bloßem Auge nicht mehr erkennen kann.«

»Genau. Auch nicht mit einer Lupe.«

»Natürlich nicht.«

»Diese Worte gefallen mir.« Susanna war zufrieden.

»Mit Tom allerdings war es großartig, ich muss es leider sagen.«

Caro setzte sich auf. »Wie jetzt? Du hast doch schon gesagt, es sei furchtbar gewesen.«

»Um dich zu beruhigen. Aber er ist ein guter Liebhaber. Jetzt mal im Ernst: Auch sonst ist Tom nicht zu verachten. Er sieht gut aus, er steht hinter dir, er vertraut dir. Okay, ich korrigiere mich. Er *hat* dir vertraut. Du solltest ihn endlich anrufen.«

»Ich hab was getrunken«, wehrte Caro ab. »Außerdem finde ich es unmöglich von dir, dass du den Sex mit ihm gut fandst.«

»Ich will nur helfen«, sagte Susanna und legte ihre Hand auf die von Caro. »Das kannst du mir jetzt glauben oder nicht. Ich meine das nicht böse. Ich will, dass ihr wieder zusammenfindet. Vergiss das mit mir und Tom.«

»Mpf«, machte Caro. »Ich weiß nicht, ob ich das kann.«

»Dann versuch es.«

»Mpf.«

»Ruf ihn jetzt an.«

»Ich habe Angst, mein Handy einzuschalten. Daran hat sich nichts geändert.«

»Los!«

»Du bist ja schlimmer als eine Gefängniswärterin«, sagte Caro genervt und holte ihr Handy aus der Tasche.

»Genau. Ich hole gleich den Gummiknüppel. Mach an, los. Ich bin schrecklich neugierig.«

Widerwillig gab Caro ihren PIN-Code ein, und kurz darauf fing das Smartphone an, zu fiepen, zu tuten, zu klingeln und auch sonst jede Art von Geräuschen von sich zu geben, die es von sich geben konnte.

Susanna war fassungslos. »Das ist ja entsetzlich. Ist da was kaputt?«

»Natürlich nicht. Das war schon mal so, als ich das Telefon aus hatte. Aber du hast recht, es ist entsetzlich.« Sie starrten auf das Smartphone, das nicht aufhörte, Mitteilungseingangstöne herauszuposaunen. Es war faszinierend; beinahe bekam man den Eindruck, es würde leben.

»Hundertsechsunddreißig Anrufe ohne Nachricht, vierundachtzig Nachrichten auf der Mailbox. Neunundneunzig WhatsApps und SMS, fast alle von Tom, und von Sven. Himmel, nicht dass dem Jungen was passiert ist.«

»Das fällt dir ja früh ein«, sagte Susanna. »Was will er denn?«

Caro überflog die Nachrichten. »Ach so«, sagte sie dann. »Er will wissen, wo seine Fußballschuhe sind und wo das Geld zum Einkaufen liegt, also alles wie immer.« Sie war beruhigt. »Das wird ja Tom ihm wohl gesagt haben. Außerdem habe ich selbst es Sven zwanzigmal gesagt. Warum hören Kinder eigentlich immer nur dann zu, wenn es um Nutella oder Netflix geht?«

»Das weiß ich auch nicht«, sagte Susanna, die an ihre Töchter dachte. Gott sei Dank waren die beiden gerade nicht zu Hause. Sie war auch gespannt, wer sie zu erreichen versucht hatte. Vielleicht funktionierte das Handy ja später wieder und war trocken. Sie musste unbedingt bei Lolli anrufen. Unbedingt.

»Ich ruf ihn jetzt an. Ich tue es einfach.« Caro stand auf, atmete ein paarmal tief durch und wollte Toms Nummer wählen, aber in diesem Moment klingelte ihr Telefon schon wieder.

»Er ist es«, sagte sie tonlos.

»Wahrscheinlich bekommt er gerade einen Schlaganfall, weil das Freizeichen ertönt und nicht die Mailbox dran ist. Nun geh ran«, befahl Susanna, die schrecklich neugierig war.

»Hallo, Tom«, sagte Caro leise, und erst einmal war nichts zu hören außer Toms Atmen.

»Tom, bitte verzeih mir. Ich ...«

»Du musst mir verzeihen. Eigentlich müssen wir uns gegenseitig verzeihen«, unterbrach Tom sie, und Caro verstand überhaupt nicht, was er meinte.

»Wärst du mal ans Telefon gegangen oder hättest zurückgerufen, nachdem ich bei Betty angerufen hatte, hätten wir schon längst reden können. Hast du deine WhatsApps und SMS gelesen?«

»Nein, ich hab mich nicht getraut.« Caro schluckte.

»Oh, Caro, ich war fast erleichtert, als die Bank angerufen hat. So stand ich nicht allein da.«

»Ich verstehe gar nichts«, sagte Caro und leerte ihr Weinglas in einem Zug. In ihrem Kopf schwirrte es.

»Du hast die Schulden nicht allein gemacht«, erklärte Tom vorsichtig.

»Äh, wer denn sonst? Ich dachte ...«

»Ich hab gespielt, Caro.«

»Du hast gespielt. Mit wem? Mit mir?«

»Nein, nein. Ich bin ... ich kann es kaum sagen, es ist so peinlich.«

»Ja, was denn?« Warum war jetzt der Wein alle?

»Ich bin spielsüchtig.«

»WAS?«

»Ja.« Man hörte an Toms Stimme, wie froh er war, dass es endlich gesagt war. »Ich hab Mist gebaut. Riesenmist.«
»Ich auch.«
»Ich weiß.« Tom machte eine kurze Pause. »Ich liebe dich.«
»Tom.« Mehr konnte Caro nicht sagen. Sie merkte, dass ihr heiß wurde vor Liebe und Dankbarkeit. »Ach, Tom.«
»Wir schaffen das. Wir schaffen alles. Wir helfen uns gegenseitig.«
»Tom.« Nun fing Caro an zu weinen, es war ein gutes Weinen, ein klares, reinigendes. Sie hatte das Gefühl, der Schmutz der vergangenen Monate wurde langsam aus ihr rausgespült und machte einem neuen Gefühl Platz: Hoffnung.
»Ich liebe dich auch, Tom. Über alles. Ich schäme mich so.«
»Frag mich mal. Was glaubst du denn, wie es mir geht? Ich hätte, wir hätten viel früher über alles reden sollen. Du hast immer so perfekt auf mich gewirkt, so als hättest du alles im Griff.«
»Und so ging es mir mit dir auch. Ich wollte deine heile Welt nicht zerstören«, schluchzte Caro.
»Das war doch gar keine mehr.« Jetzt weinte auch Tom, und als Caro das hörte, konnte sie nicht mehr an sich halten.
»O TOM! WAS HABEN WIR NUR GETAN! BEKOMMEN WIR DAS JEMALS WIEDER HIN? ICH FÜHLE MICH SO SCHLECHT! SO SCHLECHT! SO UNFASSBAR SCHLECHT! ICH HABE DICH BELOGEN UND HINTERGANGEN!«
Susanna lauschte interessiert und sah dann zu flanierenden Passanten. Mal wieder boten sie ein wunderbares, kostenfreies Schauspiel. Sie winkte dem Kellner. Mehr Wein. Das musste jetzt sein.

Gerade sagte offenbar Tom irgendwas, denn Caro stand auf, hüpfte hin und her, kreischte und erinnerte Susanna an einen Pavian, der mit seinem nackten Arsch versehentlich in Stacheldraht gefallen ist.

»O GOTT!«, brüllte Caro. »WIE EINFACH PLÖTZLICH ALLES IST! ICH FREUE MICH SO! SOLL ICH NACH HAUSE KOMMEN? ALSO JETZT GLEICH?«

»Nein!« Susanna winkte ab. »Wir wollen doch weiterfahren!«

Das fehlte noch, dass sie von der liebestollen Betty und der erleichterten Caro hier in Terschelling hocken gelassen wurde. Außerdem gab es ja noch ihren Plan. Sie musste unbedingt Hanno anrufen und dann Lolli. Der Plan war sagenhaft, Susanna war ganz stolz auf sich.

»O Tom«, ging es unterdessen am Telefon weiter, und der Kellner entkorkte die neue Weißweinflasche extra langsam, um bloß nichts zu verpassen.

»Du sagst wirklich, ich soll bleiben und weitersegeln? Aber was wird dann aus dir? NICHT DASS DU DIR NOCH WAS ANTUST!«

»Caro, bitte!«, zischte Susanna und lächelte dem Ober freundlich zu.

»Nein, ich tue mir auch nichts an. Du sprichst noch mal mit den Bankleuten, o Tom, o Tom! Am liebsten würde ich durchs Meer zu dir schwimmen, mich in deine Arme werfen und dir meine Liebe beweisen.«

»Oh«, der Kellner hatte ganz feuchte Augen. »So was Schönes. Da ist wohl jemand frisch verliebt. Ach, ach.«

»Nicht ganz«, korrigierte Susanna ihn. »Sie und ihr Mann haben gerade festgestellt, dass sie beide ziemlich Mist gebaut haben, und jetzt wurde endlich reiner Tisch gemacht. Sie haben festgestellt, dass sie nicht allein mit der ganzen Last sind, was sie aber schon Monate früher hätten haben können, wenn sie miteinander gesprochen hätten.«

»Ach so«, sagte der Ober enttäuscht. »Na ja, hier bitte, der Wein. Und Sie, haben Sie auch Mist gebaut?«

»Noch nicht«, lächelte Susanna. »Ich plane gerade den Mord an meinem Mann, aber das ist ein anderes Thema. Vielleicht ermorde ich vorher aber auch neugierige Angestellte der Gastronomie.«

»Ich hab schon verstanden.« Der Ober war verschnupft. »Ich wollte nur nett sein.«

»Na klar, ich doch auch.« Susanna lächelte wieder.

»Ich liebe dich für immer!«, brüllte Caro. »Wie gut, dass wir beide einer Sucht verfallen sind, so kommen wir besser klar. Ach, ist das schön!«

Seufzend goss sich Susanna nach. Das konnte noch dauern.

»Oh, Susa«, sagte Caro einige Zeit später, nachdem sie das lautstarke Telefonat mit ihrem Mann endlich beendet hatte. »Ich könnte die ganze Welt umarmen!« Nun schrie sie. »Tom ist mir nicht böse, dass ich kaufsüchtig bin. Er ist spielsüchtig! Ist das nicht wundervoll? Er ist SPIELSÜCHTIG! ER IST REGELMÄSSIG IN SO SPIELHÖLLEN GEGANGEN! IST DAS NICHT HERRLICH?«

Susanna, die mittlerweile mehr als einen Schwips hatte, musste lachen. »Ja, das ist super. Und nun?«

Caro setzte sich. »Nun weiß ich es. Und er weiß es von mir. Unsere Ehe ist nicht am Ende.«

»Aber euer Geschäft, so was hast du zumindest gesagt.«

»Wir werden es gemeinsam schaffen. Ach, bin ich froh! Tom sagt, vielleicht haben wir Altersdepressionen und müssen etwas für uns tun. Mal durch den Wald gehen, die Bäume atmen hören, sagt er, oder wir schauen, ob wir künstlerisch begabt sind.«

»Wenn ich etwas weiß, dann, dass du nicht künstlerisch begabt bist«, sagte Susanna. »Falls du dich daran erinnerst, hatten alle Angst vor deinen komischen getöpferten Figuren. Sie sahen aus wie mumifizierte, grinsende Zombies. Und als du mit Fingerfarbe ein Bild gemalt hast, wurdest du von Frau Melchior zum Schulpsychologen geschickt. Und der hat dich gefragt, ob du in deiner Freizeit Katzenbabys ertränkst. Also hör mir bitte auf mit ›wir schauen, ob wir künstlerisch begabt sind‹.«

»Ist ja gut.« Caro war ganz aufgeräumt. »Mein Kummer ist vorbei.«

»Du bist so dumm«, sagte Susanna. »So unwahrscheinlich dumm. Dumm, blöd und ach, ich weiß ja auch nicht.«

Caro strahlte sie an. »Ich weiß zwar nicht, warum du mich jetzt so niedermachst, aber weißt du was? Es ist mir egal! Aber so was von schnurzegal! Von mir aus bin ich dumm wie ein Roggenbrot. Dumm wie eine Made. Dumm wie Glasreiniger. Na und, wenn schon! Weil meine Ehe gerettet ist und mein Mann so geisteskrank ist wie ich, bin ich froh. Wir werden eine Therapie brauchen!« Sie war außer sich vor Freude. »Gemeinsam werden wir eine Paartherapie machen, wie ich mich darauf freue.«

»Vielleicht solltet ihr beide eher erst mal in eine Entzugsklinik. Der eine für Kauf-, der andere für Spielsucht«, schlug Susanna vor. »Das wäre ein für mich nachvollziehbarer und logischer Anfang.«

»Ach, du Schwarzseherin«, lachte Caro fröhlich. »Komm, wir trinken noch was! Ach, da kommt ja das junge Glück. Zerzaust sehen sie aus. War noch mal Sturm? Hab ich was verpasst?«

»Ja, während du mit Tom telefoniert hast, gab es einen Tornado, mehrere Windhosen, und einige Autos und Kühe sind durch die Luft gewirbelt worden«, erklärte Susanna.

»Wahnsinn, hab ich gar nicht mitbekommen«, lachte Caro und wirkte auf Susanna, als sei sie grenzdebil.

»Na, Betty!«, rief sie jetzt. »Tom ist spielsüchtig! Gerade haben wir telefoniert. Er war gar nicht böse, dass ich so viele Schulden gemacht habe!« Nun brüllte sie. »ER HAT AUCH SCHULDEN GEMACHT! GANZ VIELE SOGAR! QUASI HABEN WIR GEMEINSAM ALLES IN DEN RUIN GETRIEBEN! IST DAS NICHT WUNDERBAR!«

Betty und Julius kamen näher. Sie sahen aus, als hätte ein Friseur während des Haarstylings einen epileptischen Anfall gehabt.

»Oh, das freut mich für dich, Caro«, sagte Betty aufgeräumt. »Du musst mir alles ausführlich erzählen. Wie herrlich, dass Tom auch süchtig ist!«

Julius sah etwas verwirrt von der einen zur anderen, während Susanna nur noch den Kopf schüttelte.

Sie freute sich jetzt schon aufs Weitersegeln mit ihren beiden Freundinnen, die beide von Endorphinen geschwängert schienen und wahrscheinlich nur tumb grinsend im Cockpit hocken würden.

»Ich muss dann mal los«, sagte Julius, und Betty warf sich in seine Arme.

»Jetzt schon! O nein! Geliebter, bleib noch!«

›Gleich raste ich aus‹, dachte Susanna.

»Es hilft nichts! Ich muss!«, rief Julius theatralisch und sah mit zitternder Unterlippe gen Himmel.

»Ich kann euch so gut verstehen«, sagte Caro ergriffen. »Liebe ist etwas Wunderschönes.«

»Jetzt reicht's«, sagte Susanna und stand auf. »Romeo geht jetzt, und Julia kommt mit uns aufs Schiff.«

»Oh, was für ein schöner, wundervoller Vergleich.« Nun weinte Betty. »Jetzt fehlt nur noch die Nachtigall!«

Wäre nicht in diesem Moment eine Möwe über Bettys Kopf geflogen, um ihr zielgenau auf den Kopf zu koten, Susanna hätte die beiden mit den Köpfen zusammengeschlagen.

Doch das schien Julius und Betty noch mehr zusammenzuschweißen. »Das bringt Glück«, japste Julius glückstrunken. »Wir scheinen etwas Besonderes zu sein, wenn die Möwen uns auswählen!«

»O ja! Ich liebe dich so sehr!«, rief Betty.

»Ich dich aber mehr!«, gab Julius kreativ zurück.

»Ich noch mehr!«

»Nein, ich!«

»Nein, ich!«

Es war unerträglich. Noch ein paar Minuten, und sie würden auf Terschelling höchstwahrscheinlich Hausverbot bekommen.

Betty und Julius klebten aneinander wie zwei Ertrinkende.

Susanna winkte dem Kellner, um zu bezahlen. Himmel, hatte sie einen sitzen. Er kam anscharzwenzelt.

»Alles zusammen«, sagte Susanna und setzte sich wieder hin.

»Freuen Sie sich denn nicht mit Ihren Freundinnen? Sie scheinen beide so in Liebe zu sein«, sagte der Kellner gerührt, aber auch vorsichtig, weil er noch ein wenig leben wollte.

Susanna legte Geld auf den Tisch. Sie hatte keine Lust auf Gespräche über Liebe.

»Sie sehen so aus, als seien Sie selbst nicht in Liebe«, sagte der Kellner traurig.

»Nein, ich bin nicht *in Liebe*«, sagte Susanna, die es unerträglich fand, dass Betty und Julius dastanden und sich anhimmelten, und genauso unerträglich war, dass Caro sich benahm wie eine pubertierende Gans. Außerdem fand sie es unerträglich, dass man ihr ansah, dass sie nicht in Liebe »war«.

»Ich selbst bin auch nicht in Liebe«, sagte der Kellner nun und legte das Wechselgeld auf den Tisch.

»Das freut mich«, sagte Susanna.

»Warum sind Sie eigentlich so unfreundlich?«, fragte er, und zum ersten Mal sah Susanna ihn bewusst an. Er hatte ein offenes, freundliches Gesicht und so intensive braune Augen, wie sie Susanna noch nie gesehen hatte. Er musste in ihrem Alter sein, hatte dichtes, dunkles Haar und würde eigentlich besser in einen Rosamunde-Pilcher-Film passen als hier in ein Bistro in Terschelling. Er würde sich auch gut als Labrador-Züchter eignen. Die Welpen würden ihm aus der Hand gerissen werden und er selbst wahrscheinlich ebenfalls von einer Familie mitgenommen.

»Wann haben Sie denn Feierabend?«, fragte Susanna.

26

Sie segelten Richtung Blankenberge.

»Wir segeln Tag und Nacht, sonst kommen wir nie in der Bretagne an«, hatte Susanna befohlen, die ihre Pappenheimer kannte. Am liebsten wäre nämlich Betty mit Julius nach Berlin und Caro nach Hause zu Tom gefahren. Aber so hatten sie nicht gewettet.

»Unsere Handys gehen wieder, Susa«, hatte Betty gesagt, die mit Caro zur *Subeca* zurückgegangen war, während Susanna sich, wie sie sagte, mit dem Kellner vergnügen würde.

»Ich habe irgendwo mal gelesen, dass Männer, die in der Gastronomie arbeiten, ausdauernde Liebhaber sind«, hatte Susanna den beiden zugeflüstert.

»Das kann ich mir nicht vorstellen. Die sind doch bestimmt dauernd müde«, hatte Betty ungläubig erwidert.

»Glaub ich auch. Das dauernde Hin-und-her-Gerenne«, hatte Caro ihr zugestimmt.

»Nein, ich habe es im Gefühl. Bei ihm wird es anders sein.«

»Wie heißt denn der ausdauernde Liebhaber?«, wollte Caro wissen.

»Keine Ahnung.« Susanna hatte mit den Schultern gezuckt. »Was tut das denn zur Sache?«

Dann war sie mit ihm abgezogen und erst wiedergekommen, als Caro und Betty schon tief und fest schliefen.

Nun war es sieben Uhr morgens, und sie hatten gerade abgelegt, tranken Kaffee aus Emaillebechern und aßen Dosenbrot mit Bierschinken.

»Bierschinken, wie herrlich«, sagte Caro. »Genau das gab

es bei deinen Eltern auch immer. Dieses Dauerbrot und Bierschinken.«

»Und Salami«, erinnerte sich Betty. »Als Veganer wären wir früher gestorben.«

»Mama hat immer noch Senf auf den Bierschinken gemacht.« Susanna wedelte mit einer Tube.

»Oh, du hast welchen. Wie herrlich!«

»Da kommt man sich gleich wieder vor wie mit sechzehn«, sagte Caro wehmütig. »Da waren wir noch jung und unbeschwert und dachten, nichts kann uns jemals was anhaben. Da haben wir nicht geahnt, was das Leben für uns vorbereitet hat. Klippen, Berge, Täler, Schluchten. Aber wir haben sie überwunden und gemeistert, es ...«

»Caro, hör bitte auf, so bescheuert zu reden«, fuhr Susanna sie an. »Seit du mit Tom telefoniert hast, bist du nicht mehr ganz dicht. Es ist unerträglich.«

»Ich finde es süß«, verteidigte Betty die Freundin. »Caro hat die Liebe neu entdeckt und ist mit ihrer Sucht nicht mehr allein.«

Caro strahlte. »Ja, so ist es. Gemeinsam süchtig zu sein ist toll. Und viel besser als allein.«

»Ich bin auch süchtig«, kam es von Betty. »Julius ist ein so wunderbarer Mensch. Und er tut so viel Gutes, ach, das wollt ihr gar nicht alles wissen.«

Erwartungsvoll wurde Susanna angesehen. Sie reagierte nicht.

»Er setzt sich für Insekten ein«, sagte Betty schwärmerisch. »Ohne Insekten wäre die Menschheit nämlich verloren.«

»O bitte«, sagte Susanna leise und verdrehte die Augen.

»Du musst gar nicht so gucken.« Betty biss in ihr Schinkenbrot. »Habt ihr das mit den Bienen nicht mitbekommen? Wenn die Biene stirbt, stirbt auch der Mensch.«

»O bitte«, sagte Susanna wieder.

»Wer sich nur für Designermode interessiert, kann ja davon keine Ahnung haben«, sagte Betty bitter. »Julius setzt sich auch für die Tierwelt in Australien ein. Es gibt so viele bedrohte Schlangenarten. Spinnen. Haie. Der Mensch hasst solche Tiere. Julius unterstützt die Organisationen mit seinem Geld. Sonst würde es die Würfelqualle oder den Bullenhai oder das Salzwasserkrokodil bald nicht mehr geben.«

»Ist der Bullenhai nicht eine *der* Haiarten, die dem Menschen *wirklich* gefährlich werden können?«, fragte Susanna kampfeslustig. »Und über diese Krokodile will ich gar nicht erst sprechen. Ich habe mal in einer Doku gesehen, dass die ungefähr hundert Meter lang werden, siebzig Zentimeter lange Zähne haben und Ketten sprengen können. Schönen Dank auch.«

»Julius sagt, die Aggressivität dieser Tiere kommt nur durch die Bestie Mensch«, erklärte Betty mit erhobenem Zeigefinger. »Der Mensch dringt immer mehr in das Gebiet der Tiere ein und drängt sie damit in eine Ecke. Es ist doch kein Wunder, dass die dann verzweifelt um sich schlagen. Die Bestie Mensch ist schuld daran, dass ...«

»Betty«, sagte Susanna. »Bitte hör auf, mit Halbwissen zu prahlen. Das konnte ich noch nie leiden. Du schnappst irgendwo was auf und tust dann so, als hättest du das Thema studiert. Ich freue mich ja für dich, dass du mit unserem Julius so glücklich bist, aber hör mir auf, von der *Bestie Mensch* zu sprechen. Solange du noch Nutella mit dem ganzen Palmöl in dich reinstopfst und deswegen die Regenwälder abgeholzt werden, und solange du Klamotten trägst, die in Kinderarbeit hergestellt wurden, ja, von so kleinen, vierjährigen Kinderhänden, irgendwo in Bangladesch bei unmenschlichen Bedingungen, so lange hältst du bitte die Klappe. Denk doch lieber an den grandiosen Sex mit Julius hier irgendwo auf der Insel, und alle sind glücklich.«

»Sex?« Betty sah sie fragend an. »Ich hatte hier keinen Sex mit Julius.« Sie wurde rot.

»So habt ihr aber ausgesehen«, sagte Caro.

»Nein. Das war der Wind, der unsere Haare zerzaust hat«, erklärte Betty und wurde noch röter. »Wir sind Hand in Hand an der See entlanggelaufen, einzig Seehunde haben uns beobachtet, und dann kam eine Bö und ...«

»Betty. Du hattest Sex mit Julius.« Sie deutete Richtung Land. »Da drüben in Terschelling. Wo? Du kannst mich nicht belügen. Ich sehe es dir an.«

»Ähem«, machte Betty.

»War es an einem außergewöhnlichen Ort?«, geierte Caro. »Los, erzähl. Wir dachten schon, in einer Telefonzelle. Was gibt es noch? In der Hafendusche? In der Vorratskammer eines Restaurants? In einem leeren ehemaligen Kuhstall?«

»Ich bin ja nicht pervers«, sagte Betty entrüstet. »Was denkt ihr denn! So was Ekliges, in einem Kuhstall.«

»Ja, wo denn dann?«

»Meine Güte«, sagte Betty. »Völlig unspektakulär. Auf dem Friedhof.«

Susanna und Caro sahen sie ungläubig an und fragten nicht weiter.

»Wollt ihr Details wissen?«, fragte Betty fürsorglich.

»Nein«, kam es aus beiden Mündern.

Betty war zufrieden.

»Muss Liebe schön sein, und dann noch in der freien Natur«, sagte Caro. »Mir geht es ja nicht anders. Und Susanna ja eigentlich auch nicht, oder Susa, nun erzähl doch mal von der heißen Nacht mit ... wie heißt er denn nun?«

»Otto.«

Caro war fassungslos. »Der smarte Kellner heißt *Otto*? Das ist nicht dein Ernst.«

»Eigentlich heißt er Ottokar«, erklärte Susanna fast verzweifelt. »Aber er wird Otto genannt. Ich weiß nicht, was ich schlimmer finden soll.«

»Oh.« Betty dachte nach. »Wie geht das denn dann beim Sex? Besorg es mir, Otto. Schneller, Otto. Ja, ja, ja, Otto. So ist es gut, Otto. Tiefer, Otto. Jetzt komme ich, Otto. War es so?«

»Ganz ehrlich Betty, ich schmeiß dich gleich über Bord«, sagte Susanna böse. »Natürlich nicht. Caro, würdest du bitte nach Kurs steuern. Ich habe keine Lust, dass uns noch ein Malheur passiert. Ich muss den Kiel irgendwo kontrollieren lassen. Warum hab ich das denn in Terschelling nicht machen lassen! Ihr hättet auch mal mitdenken können.«

Caro bog sich vor Lachen. »Ich kann nicht mehr, ich kann nicht mehr. Bums mich, Otto! Oh, Otto, oh! Ich kann nicht mehr steuern. Bitte nimm du, nimm du. Otto. Das erinnert mich an Benjamin Blümchen, der kleine Freund heißt doch auch Otto.«

Susanna übernahm das Rad. »Ihr seid Kinder des Teufels. Ihr solltet geteert und gefedert und geviertelt werden.«

»Ja, von mir aus«, japste Caro. »Aber erzähl uns mehr von dem obergenialen Otto, dem Oberbumser aus ... wo kommt er eigentlich her?«

»Das sage ich euch nicht«, sagte Susanna, die aber nun auch lachen musste.

»Bitte, Susa, sag es uns, bitte!«, flehte Betty.

»Er kommt aus Otterndorf«, sagte Susanna, und nun war alles vorbei.

Betty und Caro schrien vor Lachen. »Otto aus Otterndorf, ich geh kaputt!«, brüllte Betty.

»Bei ›Schwiegertochter gesucht‹ wäre es der obrigkeitshörige Ober Otto aus Otterndorf«, sagte Caro. »Und in einem Porno der orgasmierende. Bitte, Susanna, sag uns, wie der Sex mit Ober Otto war. Bitte!«

»Nur wenn ihr versprecht, dass ihr nicht lacht.«

»Das geht nicht, tut mir leid«, gackerte Betty.

»Dann sage ich es euch nicht«, beschloss Susanna.

»Ich lache nicht, ehrlich nicht«, lachte Caro mit hochrotem Kopf.

»Ihr glaubt es sowieso nicht«, erklärte Susanna. »Dann kann ich es auch lassen.«

»Ist denn Otto was Besonderes oder eher so ein Otto Normalverbraucher?« Caro konnte sich über ihren Witz totlachen.

»Du bist einfach dämlich.«

»Jedenfalls freut es mich, dass du endlich mal wieder mit jemandem im Bett warst«, stellte Betty fest. »Ist das nicht herrlich? Man entdeckt sich und seine Libido völlig neu.«

»Ich entdecke keine *Libido neu*, hör doch mal auf, so geschwollen zu reden, das ist ja nicht zum Aushalten. So, jetzt haben wir wunderbaren Wind, auf zu neuen Ufern. Und falls es euch interessiert, nein, ich hatte keinen guten Sex mit Ober Otto.«

»Sondern?«, wollte Caro wissen.

»Er wollte nur reden.«

»Reden? Über was denn reden?«

»Über ... Mann. Ihr lacht doch.«

»Nee. Sag jetzt«, bat Caro, die es nicht mehr aushalten konnte.

»Über seine Frau.«

»Wie jetzt?«

»Die hat ihn wegen eines anderen verlassen. Und darüber wollte Otto sprechen.«

»Nicht dein Ernst.« Betty konnte es nicht glauben.

»Doch. Ehrlich. Die Frau hat es bei ihm angeblich nicht mehr ausgehalten. Weil Otto so für Innereien schwärmt.«

»Wie, für Innereien schwärmt? Isst er gern gebratene Kalbsleber mit in Butter glasig gebratenen Zwiebeln, Apfelringen und selbst gemachtem Kartoffelpüree?«, fragte Betty, und Susanna hätte schwören können, dass der Freundin gerade das Wasser im Mund zusammenlief.

»Nein.«

»Dann Nierenspieß«, sagte Betty hoffnungsfroh. »Den gibt es auf manchen Jahrmärkten. Nierenspieße sind nicht zu verachten. Schön gekocht mit einer sämigen Soße, dazu ein labbriges Brötchen, das man in die Soße tunkt. Göttlich.«

»Nein.«

»Dann Lungenragout. Klein geschnittene Lungenstücke werden ...«

»Betty, nichts von alldem.«

»Ja, was meint er denn dann mit Innereien.« Betty dachte nach und wurde blass. »Meinst du etwa menschliche? Isst er Menschenhirn? Um Gottes willen. Mit so jemandem hast du die Nacht verbracht. Was, wenn er dich auch hätte essen wollen? Dann würden wir jetzt noch in Terschelling auf der *Subeca* hocken und müssten alles Mögliche organisieren, und ich wäre noch länger von Julius getrennt.«

»Schön, dass du so an mich denkst und überhaupt nicht nur an dich«, sagte Susanna freundlich. »Also echt. Nein, er wollte kein Menschenhirn essen, auch kein Herz. Er sammelt Innereien in Gläsern.« Susanna sah verzweifelt aus.

Caro und Betty schwiegen.

»Was will er denn damit?«, fragte Caro dann vorsichtig.

»Nichts. Er sammelt sie nur. So wie andere Leute ... Briefmarken sammeln oder Fingerhüte aus Porzellan oder Schneekugeln.«

»Ich kannte mal jemanden, der hat Reißzwecken gesammelt, und ich kannte auch mal jemanden, der Sammelbilder sammelte, aber ich kannte noch niemanden, der Innereien gesammelt hat«, sagte Caro entsetzt.

»Ich kannte auch noch niemanden. Und es sah wirklich befremdlich aus, als ich in Ottos Wohnung kam. Überall Einmachgläser, die mit irgendwas beschriftet waren. Augen hat er auch. Von Iltissen und Mardern und Kühen.«

»Das ist ja entsetzlich. Sind es wenigstens nur Tierorgane?«, fragte Betty, der man ansah, dass es in ihrem Kopf rotierte. Otto aus Otterndorf, der Serienkiller. Man konnte froh sein, dass Susanna heil da rausgekommen war.

»Das weiß Otto selbst nicht so genau«, erklärte Susanna. »Ich habe auch nicht weiter gefragt. Wisst ihr, ich dachte, er würde mich ein bisschen ablenken von dieser ganzen Misere mit Rickmer, ich bin schließlich gedemütigt genug, aber nein, ich musste mich hinhocken und mir sein Drama mit der Ehefrau anhören und mich dabei von toten Augen anstarren lassen. Das ist auch kein wirklich schönes Gefühl.«

»Du Arme«, sagte Caro mitleidig. »Ach Mensch, ich hätte dir so sehr heißen Sex gegönnt.«

»Darum ging es gar nicht«, sagte Susanna. »Überhaupt nicht. Irgendwann hab ich mal so Andeutungen gemacht, und da sagte er, ich sei gar nicht so sein Typ. Er steht eher auf Jüngere.«

»Das wird ja von Satz zu Satz schlimmer«, rief Betty.

»Was soll's. Ich bin eben eine alte Schachtel.« Susanna steuerte gewissenhaft weiter. »Ist egal. Ganz egal. Du hattest wenigstens deinen Spaß auf dem Friedhof, und Caro wird Spaß haben, wenn sie wieder zu Hause ist. Aber ich nicht.

Ich bin zu alt für Otto und muss mich von eingelegten Augen anglotzen lassen und mich über Innereien und eine Ex-Frau unterhalten. Vielleicht ist das die Strafe für mein sorgenfreies Leben. Möglicherweise hab ich das so verdient.«

»So ein Quatsch. Du bist der liebste Mensch überhaupt, Susa, ein bisschen verrückt zwar, aber lieb«, sagte Betty herzlich.

»Wir finden schon einen Mann für dich, der es dir mal so richtig besorgt.«

»Also, darauf kann ich aber auch verzichten, dass jemand aus Mitleid mit mir schläft.«

»Wir könnten zusammenlegen und dir einen Callboy spendieren, so wie damals deiner Mutter.«

Susanna blitzte sie an. »So verzweifelt bin ich nun auch noch nicht, vielen Dank aber.«

»Susanna findet schon jemanden«, war Caro sich sicher. »Wir müssen nur die Sache mit Rickmer klären. Es gibt ja immerhin noch deinen Plan.«

»Ja, der Plan«, sagte Susanna. »Wenn die Handys wieder gehen, können wir ja jetzt Hanno anrufen, und dann Lolli in Hamburg. Und die fragen, was wir da machen können.«

»Um ehrlich zu sein, haben wir schon bei Hanno angerufen und auch mit Lolli gesprochen«, sagte Betty vorsichtig. »Du hast ja gar keinen PIN-Code für dein Telefon, das kann auch mal in die Hose gehen. Wenn du das verlierst, kann jeder damit telefonieren.«

»So wie du, ja?«, fragte Susanna. »Was habt ihr denn zu Hanno und Lolli gesagt?«

»Willst du das wirklich wissen?«

»Nein«, sagte Susanna. »Frag nicht so doof. Natürlich.«

27

»Doch, die Idee ist spitze«, sagte Betty fröhlich. »Ich wollte Rickmer schon immer mal bedrohen. So, dass es ihm richtig wehtut.«

»Das wird ihn ruinieren«, war Caros Meinung. »Und deswegen wird er das auch machen.«

»Ihr kommt auf Ideen.« Sie segelten bei leichtem Wind und kamen gut voran. Susanna war sich nicht sicher, ob das alles ein gut durchdachter Plan war, so wie ihrer.

»Deine Idee ist auch nicht schlecht, aber ein bisschen langweilig«, hatten Betty und Caro gesagt.

»Langweilig? Ich hatte vor, Lolli zu bitten, dass er Rickmer auflauert und ihn entführt, mit Kabelbindern fesselt und auf einem Stuhl bei Ebbe in die Nordsee setzt. Wo ist denn das bitte langweilig?«

»Das kommt doch in ganz vielen Romanen vor. Nein, Rickmer braucht was viel Subtileres, und das geben wir ihm.«

»Wer ist denn dieser Mann?«

»Ein Freund von Lolli.«

»Aha. Also ein Mörder.«

»Nein, Journalist.« Betty verdrehte die Augen. »Das haben wir doch schon gesagt.«

»Liebe Freundinnen«, sagte Susanna feierlich und hielt ihr Gesicht in die plötzlich auftauchende Sonne. »Ich kann mir bei diesem Lolli vieles vorstellen, aber eins nicht: dass er einen seriösen Journalisten kennt.«

»Von Seriosität hat niemand was gesagt. Aber unser Mann, der Freddy, hat gute Kontakte zu den wichtigsten Gazetten, auch weil er wohl immer günstig Nutten besorgt«, erklärte

Caro. »Und da hat Lolli sich überlegt, da könnte man was machen.«

»Mit Nutten?« Susanna verstand nicht.

»Nein, mit Freddy natürlich. Du stehst ja auf dem Schlauch.«

»Das wird herrlich. Wir haben Lolli schon die ganze Korrespondenz mit diesem Anwalt gemailt, mit allen Anschuldigungen, und dann geht's los. Das Beste weißt du ja noch gar nicht.«

»Was denn?«

»Der tolle Rickmer hat jetzt mit dieser Marigold verschiedene Projekte ins Leben gerufen und stellt sich – guter Zeitpunkt, du bist ja länger nicht da – als Opfer hin. Er wurde verlassen, und man hat versucht, ihn auszunehmen wie eine Weihnachtsgans. Also du.«

»WAS?« Fast hätte Susanna eine Halse gefahren. Das Segel klapperte bedrohlich.

»Ja, so ist das. Und Marigold hat ihn aufgefangen und stabilisiert. Jetzt hat Rickmer wieder neuen Lebensmut. Er engagiert sich nun für Frauenhäuser und überhaupt für Frauen in Not. Damit will er zeigen, dass er die Frauen nicht per se hasst. Ist er nicht ein guter Kerl?« Caro nickte fröhlich vor sich hin.

»Das fass ich nicht. Ich bin nur froh, dass die Mädchen weg sind«, sagte Susanna völlig überrumpelt.

»Aber er muss sich doch denken können, dass ich das rauskriege und dagegensteuere. So dumm ist er nicht.«

»Er weiß aber auch, dass du nicht in Hamburg bist«, erklärte Caro. »Und nutzt die Gunst der Stunde mit seiner neuen Flamme. Und genau da wird Freddy ansetzen.«

»Müssen wir nicht zurück? Ihm das Handwerk legen?«, fragte Susanna verzweifelt.

»Nö. Wir machen uns eine schöne Zeit, und wenn wir zurückkommen, geht es los. Keine Angst, wir werden alle live dabei sein.«

»Aber was ...«

»Das sagen wir dir dann«, sagte Betty. »Ich kann jetzt steuern, dann kannst du dich mal setzen und alles sacken lassen.«

»Ja, das ist vielleicht nicht die schlechteste Idee.« Matt übergab Susanna ihr das Steuer. »Also, es fließt kein Blut?«

»Nein.«

»Keine Knochen werden knirschen?«

»Nein.«

»Wie langweilig«, sagte Susanna. »Ich glaub, ich muss mich mal ein bisschen hinlegen.«

»Mach das.« Caro und Betty lächelten der Freundin zu.

Susanna stieg den Niedergang hinunter und streckte sich dann lang in ihrer Koje aus. Dieser Mistkäfer! Diese dumme Kuh von Marigold! Sie schloss die Augen. Ach, eigentlich war es ganz schön, wenn man die anderen die Arbeit machen ließ.

Caro und Betty, das waren schon zwei. Aber sie taten wenigstens was und ließen sie nicht hängen. Während die *Subeca* leicht schräg vor sich hin glitt, lullte sie Susanna in den Schlaf.

Einige Tage später

»Bei drei!«, rief Caro.

Sie standen in Badeanzügen an der Reling und hielten sich an den Händen. Betty hielt sich mit einer Hand die Nase zu.

»Und jetzt! Eins, zwei, drei!«

Sie sprangen ins Meer, es war einfach herrlich. Vor ihnen

lag Frankreich, der nächste Stopp hieß Boulogne-sur-Mer, und sie hatten beschlossen, mal ein paar Tage nicht an die Miseren zu denken und es sich einfach gut gehen zu lassen.

Sie tauchten auf. Caro hatte eine Leine um den Bauch, damit sie das Schiff nicht verloren, denn sie befanden sich mitten auf der See bei Windstille, und die *Subeca* bewegte sich so gut wie gar nicht. An der Leine war am hinteren Ende, also am Schiff, eine Strickleiter befestigt, über die sie wieder an Bord klettern konnten.

Und so hatten sie die Situation genutzt und waren baden gegangen. Das Wasser war klar, herrlich und frisch. Caro schwamm in kräftigen Zügen ums Boot. Dann tauchte sie unter und näherte sich unter Wasser Betty, die schon immer ein Angsthase im Wasser gewesen war. Seit sie zum ersten Mal heimlich im Kino gewesen war und *Der weiße Hai* gesehen hatte, war es immer schlimmer geworden. Sogar im Hallenbad hatte sie Angst vor einem tödlichen Bissangriff, und nicht nur Caro nutzte das allzu gern aus, so wie jetzt. Sie schlängelte sich unter Wasser und mit offenen Augen an Betty heran, die im Wasser herumstrampelte, und griff ihr dann mit beiden Händen in die Waden. Und natürlich brüllte Betty laut los, was Caro unter Wasser hörte, Betty griff unter sich und trat und strampelte, sie drückte Caro dabei weiter unter Wasser, und dann passierte, was passieren musste.

»Bist du verrückt geworden, Betty, so zu treten?«, schrie Caro die Freundin an. »Stell dir bitte mal vor, ich wäre ohnmächtig geworden, und dann?«

»Buhuu!«, heulte Betty. »Du bist böse. Du hast wohl nicht mehr alle Tassen am Zaun, das schlägt doch dem Fass die Krone auf den Arm, du spinnst wohl, fast wäre ich tohooooot gegangen! Und ganz viel Wasser hab ich geschluckt. Von Salzwasser kann man sterben.«

»Wie du dich immer anstellst«, gab Caro zurück und schwamm zurück zum Boot. »Ich geh raus.«

»Ach komm, jetzt bleib noch im Wasser.« Susanna kam angekrault. »Das ist doch so erfrischend. Keine Quallen, nichts.«

»Woher willst du das denn wissen?«, quakte Betty. »Du kannst ja nicht durchs ganze Meer gucken.«

»Jedenfalls gibt's hier keine gefährlichen Tiere, Betty, echt nicht, und schon mal gar keine schlimmen Haie.«

»Es haben sich schon Haie verschwommen und Wale auch, und dann waren die plötzlich verwirrt in Flensburg, obwohl sie eigentlich im Karibischen Meer rumschwimmen sollten«, gab Betty panisch zurück. »Und ihr wisst ganz genau, wie ich zu Angriffen unter Wasser stehe. Seit dem weißen Hai ist mir nichts mehr fremd.«

Caro drehte sich um, legte Zeige- und Mittelfinger als Dreieck auf den Kopf und schwamm schnell zu Betty, dabei machte sie die charakteristische Musik nach: »Dumdumdumdum …«

»Hör auf!«, schrie Betty. »Das ist nicht witzig. Dass du mich immer ärgern musst.«

»Das kommt daher, weil ich so glücklich bin«, lachte Caro.

»Sehr merkwürdig, dass man Leuten Angst machen will, wenn man glücklich ist. Gib mir die Leine.« Betty strampelte auf der Stelle, und Caro löste die Leine.

»Hier.«

»Da ist ja …«, Betty hob das Seil aus dem Wasser und sah dann zur *Subeca*. »Da ist ja gar keine Verbindung mehr zum Boot!«

»Blödsinn, ich hab extra einen besonderen Knoten gemacht«, sagte Susanna und kam nun auch herangeschwommen.

»Aber du hast recht. Die Leiter ist ab. Da treibt sie.« Sie deutete auf die vor sich hin dümpelnde Strickleiter, die von den Holzsprossen an der Wasseroberfläche gehalten wurde.

»Und jetzt?«, brüllte Betty. »Und jetzt? Das ist wie in diesem entsetzlichen Film, von dem immer alle erzählt haben, die gesegelt sind!«

»So ein Quatsch, wir haben ja noch die Badeleiter«, sagte Caro.

»Nein«, sagte Susanna. »Die ist dir doch nach dem Trockenfallen kaputtgegangen, weißt du das nicht mehr? Die Badeleiter ist kaputt, ich hab sie dann ganz abgebaut. Ich ...«

»WAS?« Caro schwamm hektischer auf der Stelle. »Was heißt das denn?«

»Dass wir nur die Strickleiter hatten«, sagte Susanna ängstlich. Sie hatte schreckliche Angst davor, dass Caro ihr eine knallen würde. Caro schwamm um Susanna herum wie ein Löwe um ein Gnu. »Wir haben die Strickleiter aber nicht mehr«, zischte Caro. »Wir haben jetzt nichts mehr.« Sie kam Susanna bedrohlich näher. »Wie um alles in der Welt sollen wir jetzt auf die *Subeca* kommen, hm?«

»Bitte komm nicht so nah«, sagte Susanna und drehte sich mit Caro im Kreis. »Eine gesunde Distanz ist wichtig.«

»Wir haben eine ungesunde Distanz.« Caro deutete auf das Schiff. »Da rauf müssen wir. Und wie, hm? WIE soll das gehen?«

»Wie in dem Film ist das, wie in dem Film«, heulte Betty. »Wenn jetzt noch Haie kommen.«

»Dann geht es wenigstens schnell«, sagte Caro böse.

Betty paddelte wild herum. »Woher willst du das wissen? Wenn einem nicht gleich der Kopf abgebissen wird, sondern erst ein Bein, was dann?«

»Hör doch mal auf jetzt mit deinen blöden Haien«, sagte Susanna. »Wie kommen wir jetzt aufs Boot?«

»In diesem Film, in dem alle über Bord springen und die Badeleiter ist nicht ausgeklappt, da versuchen sie, eine Räuberleiter zu machen«, jammerte Betty. »Aber es funktioniert nicht. Und dann knoten sie Badeanzüge aneinander, aber das hat auch nicht geklappt. Wisst ihr, wie lange man im Wasser überlebt? Wir könnten losschwimmen und Land suchen.«

»In welche Richtung denn? Außerdem schwimmt man doch irgendwie immer im Kreis, hab ich mal gelesen«, erklärte Caro. »Ich könnte dir den Kopf abreißen, Susa. Wie konntest du denn so blöd sein, bitte?«

»Wieso denn blöd? Die Leiter war doch kaputt.«

»Wir hätten doch das Seil mit der Strickleiter viel besser sichern müssen.«

»Hätte, hätte«, sagte Susanna böse. »Jetzt bin ich wieder an allem schuld, klar. Klar.«

»Und ich wollte gerade mein neues Leben anfangen«, greinte Betty. »Mit Julius. Ein Leben, das mir das Schicksal gegeben hat. Jetzt kann ich es vergessen. Bitte, ich will nicht sterben. In *Titanic* hatten sie wenigstens eine Tür, auf die Rose krabbeln konnte. Ich ...«

»Sei mal leise«, sagte Susanna.

»Warum, was bringt das denn?«, heulte Betty weiter, und nun schwamm Susanna zu ihr und hob drohend den Zeigefinger. »Noch ein Wort, und ich tunk dich unter wie damals im Freibad, weil du mir keine dunkelroten Gummibärchen abgegeben hast.«

»Mpf«, machte Betty, schwieg aber.

»Was ist das?« Caro drehte sich im Wasser.

»Ein Boot«, sagte Susanna. »Das ist ein Motorgeräusch. Irgendwo hier fährt ein Boot.«

Sie drehten sich nun alle.

»Da!« Susanna deutete auf einen Punkt.

»Der sieht uns nie!«, rief Caro.

»Wir müssen rufen, los, alle!«, schrie Susanna. »Und winken!«

»Aber wenn der den Motor anhat, hört der uns doch gar nicht«, heulte Betty wieder los. »Es ist umsonst. Damals in *Cast Away* hatte Tom Hanks auf dieser einsamen Insel auch kein Glück.«

»Noch ein Film, und ich ertränke dich!«, rief Susanna. »Los, schreit, ruft, winkt!«

»Ihr habt wirklich Glück gehabt«, erklärte Louan nun zum ungefähr zehnten Mal.

»Ihr habt uns das Leben gerettet«, erklärte Susanna daraufhin ebenfalls zum ungefähr zehnten Mal.

Das Fischerboot war rein zufällig in ihre Richtung gefahren. Das Winken und Rufen hatten die drei Männer erst gesehen und gehört, als sie schon ganz nah an der *Subeca* waren.

»Das hätte schlimm enden können. Wie gut, dass wir in eure Richtung gefahren sind. Die Situation erinnert mich an einen Film, in dem mehrere Leute von einem Segelboot springen, ohne ...«

»Nein, nein«, unterbrach Betty ihn. »Bitte nicht. Ich will nie wieder etwas von diesem Film hören.«

»Wir sind euch wirklich dankbar«, sagte Caro, die völlig erschöpft war. Nachdem die Anspannung weg und die Erleichterung da gewesen war, hatten erst ihre Knie und dann ihr ganzer Körper zu zittern begonnen.

Die Fischer hatten sie aufgesammelt und dann eine Leine über die Reling der *Subeca* geworfen, was nach mehreren

Versuchen geklappt hatte. Dann war Louan an der Außenwand des Boots hochgeklettert und hatte die Strickleiter, die die anderen ihm zugeworfen hatten, befestigt. Dann konnten alle aufs Schiff klettern.

Jetzt saßen die drei Fischer, Yves, Amael und Louan, mit ihnen auf der *Subeca*. Yves hatte eine Flasche Rum mitgebracht und goss ein. Betty hatte das Gefühl, noch nie etwas so Wunderbares getrunken zu haben, während das scharfe Getränk durch ihre Speiseröhre nach unten in den Magen floss.

»Meine Güte«, sagte sie. »Wir wären sonst ertrunken.«

»Nun, es hätte euch auch jemand anderes finden können«, sagte Amael und klopfte ihr auf die Schulter. »Aber wir sind natürlich auch froh. Auf das Leben!« Er hob sein Glas. »Und auf das Glück!«

Sie tranken.

»Woher könnt ihr denn so gut Deutsch sprechen?«, fragte Betty neugierig.

»Wir waren lange Jahre gemeinsam auf See, auf einem deutschen Schiff«, erklärte man ihr. »Und wir sprechen es immer noch gern.«

»Ich mag diesen französischen Akzent sehr«, sagte Susanna und stellte fest, dass dieser Louan der attraktivste von den dreien war. Er sah so aus, wie man sich einen Fischer vorstellte. Groß, breitschultrig, Dreitagebart, volles schwarzes Haar, funkelnde Augen, große Hände, denen man ansah, dass sie zupacken konnten, und, was Susanna am allerwichtigsten fand: erotische Unterarme. Kräftig, muskulös, perfekt behaart. Und Louan hatte schöne Zähne, die er gern zeigte, denn er lachte oft. Ein herzliches, erfrischendes Lachen, das sich ehrlich und fröhlich anhörte. Nicht gestellt, nicht gespielt. Ein echter Kerl, dieser Louan. Nun sah er Susanna an und lächelte ihr zu.

Wie er wohl wohnte? Bestimmt in einem alten, windschiefen, romantischen Fischerhaus am Hafen. Sie, Susanna, also wenn sie seine Frau wäre, dann würde sie abends eine Willkommenskerze anzünden und ins Fenster stellen, damit Louan den Weg nach einem arbeitsamen, entbehrungsreichen Tag auf See auch fand.

Sie, Susanna, hätte einen kräftigen Eintopf gekocht, und die Kinder freuten sich auf den Vater. Im Radio würden Edith Piaf oder Charles Aznavour mit getragener Stimme und voller Wehmut singen, und das Haus wäre selbstverständlich wundervoll eingerichtet, mit alten Familienerbstücken, maritimen Funden und natürlich Liebe.

Sie und Louan würden eine perfekte Beziehung führen. Er war nämlich ein Mann, der für seine Frau einstand, der sie bedingungslos liebte und sie vor Bären und Löwen beschützte. Louan war ein Mann, der nie ein böses Wort zu seiner Frau sagen und ihre Liebe nie infrage stellen würde.

In guten wie in schlechten Zeiten, in Gesundheit und Krankheit, immer.

Jeder Satz, jedes Wort von ihm würde Susanna als Geschenk empfinden. Ohne Wenn und Aber würden sie zusammen durch dick und dünn gehen und alles durchstehen. Egal, was.

Susanna schwelgte in ihrer Fantasie und stellte sich vor, wie er »Cherie« zu ihr sagte oder »Mon amour«, und das waren keine Wörter, sondern Goldkörnchen, denn Louan hatte die besondere Begabung, ihr das Gefühl zu geben, immer …

»Ist etwas mit deinen Augen?«, fragte Louan besorgt.

»Was soll denn damit sein?« Susanna war auf einmal wieder im Hier und Jetzt.

»Du hast so lustig geschielt gerade. Wie dieser Löwe damals in dieser Serie, wie hieß sie noch gleich ... *Daktari* hieß sie.«

»O ja.« Betty musste lachen. »Der Löwe hieß Clarence, oder? Er sah ziemlich gestört aus.«

»Genau«, nickte Louan. »Wie ein Trottel. Es gab auch noch einen Affen.«

»Judy hieß der Affe!«, rief Caro. »Ich habe diese Serie geliebt.«

»Ich auch«, sagten alle anderen bis auf Susanna.

»Du siehst süß aus, wenn du so schielst«, sagte Louan freundlich.

»Ja, das glaube ich«, sagte Susanna. »Wie ein bräsiger Löwe eben, der nicht geradeaus gucken kann.«

»Nun hab dich doch nicht so«, meinte Betty fröhlich. »Sei mal lustig jetzt. Immerhin sind wir dem Tod von der Schippe gesprungen. Wir müssen unseren Rettern auf ewig dankbar sein! Komm, lass uns anstoßen. Alle sollten wir anstoßen, immer und immer wieder.« Glücklich strahlte sie in die Runde. »Ich fange nämlich ein neues Leben an«, schwärmte sie, und Susanna verdrehte die Augen. Nicht schon wieder!

»Ich habe meine große Liebe gefunden. Julius!«, schwadronierte Betty weiter, glücklich, neue Opfer gefunden zu haben. »Meinen Mann werde ich verlassen, ich muss es ihm nur noch sagen. Holger und ich führen schon lange keine glückliche Ehe mehr, denn ...«

Nun sah Louan zu Susanna hinüber, und ihr wurde ganz anders.

Aber sie sagte nichts, weil sie nicht noch mal mit einem grenzdebilen Tier verglichen werden wollte.

Yves und Amael hörten der eifrigen Betty höflich zu, Louan aber stand auf, sah Susanna noch einmal an und verließ dann die *Subeca*. Er kletterte über die Reling hinunter zu seinem Fischkutter. Sie sah ihm nach. Louan drehte sich zu ihr um und lächelte. Dann ging er unter Deck.

Susanna sah zu den Freundinnen. Betty schwafelte und schwafelte, die beiden Männer hatten erneut die Gläser gefüllt, und Caro hatte sich lang ausgestreckt und war kurz vorm Einschlafen.

Susanna stand auf und streckte sich. Niemand sah zu ihr. Dann verließ sie die *Subeca*, kletterte wie Louan auf das Fischerboot und war ein paar Sekunden später unter Deck verschwunden.

28

»Natürlich telefonieren wir«, sagte Susanna zum hundertsten Mal. Sie war wie ausgewechselt, hatte blendende Laune, obwohl sie mal wieder viel zu wenig geschlafen hatte. Aber diesmal hatte sie die Zeit mit etwas Sinnvollem verbracht, nämlich mit dem besten Sex ihres Lebens.

Jetzt stand Louan da und hob beide Arme, um zu winken, während sich die *Subeca* langsam vorwärtsbewegte. Yves und Amael waren mit Leinen und dem Anker beschäftigt, und Susanna hätte viel dafür gegeben, einfach wieder in Louans Arme zu sinken, um alles um sich herum zu vergessen.

Ihr Herz klopfte, wenn sie ihn ansah, ihr wurde warm vor Glück. Er stand so selbstverständlich da und lachte ihr zu, halb froh, halb traurig. Die Stunden mit ihm waren wunderbar gewesen. Es war, als hätte das alles so sein sollen.

Louan war so zärtlich, wie Rickmer es nie gewesen war. Er küsste so, wie Susanna noch nie geküsst worden war. Seine Hände waren so zart gewesen und so ... lieb. Susanna hatte solche Gefühle noch niemals vorher gehabt, weder bei ihrem Mann noch bei einem anderen Liebhaber. Am liebsten wäre sie in Louan reingekrochen. Sie hatte sich an seine breite Brust gelehnt, seinen wunderbar würzigen Duft eingeatmet und sich einfach fallen lassen. Nur für ein paar Stunden einfach sie selbst sein, nur für kurze Zeit. Sie hatte die Augen geschlossen, alles Negative ausgeblendet und sich genommen, was sie kriegen konnte. Es war so wunderbar gewesen, so schön.

So gern wäre sie noch geblieben, bei ihm, mit ihm.

»Wann werden wir uns wiedersehen?«, rief er ihr zu, und sie wusste keine Antwort.

Sie wusste nur, dass sie ein Gefühl verspürte, das sie lange nicht mehr hatte: Susanna war verliebt. Alles in ihr spielte verrückt.

Und das war so schön. »Bald, ich verspreche es«, rief sie zurück und warf ihm Kusshände zu. Sie würde zurückkehren. Sie wusste nicht, wann, aber sie würde.

In den nächsten Stunden sprachen die drei Freundinnen nicht viel. Caro und Betty merkten, dass Susanna ihre Ruhe haben wollte, und respektierten das. Jede von ihnen tat das, was sie tun musste, und erst, als es darum ging, wer als Erste schlafen konnte und wer in die ersten Stunden der Nacht segelte, tauschten sie sich aus.

»Ich mach die erste Schicht«, sagte Caro. »Ich hab ja vorhin geschlafen, als Betty den beiden armen Männern ihre Lebensgeschichte erzählt hat.«

»Gut, dann machst du vier Stunden, dann komm ich dran, dann Betty, okay?«, schlug Susanna vor, und die beiden nickten. Caro ging nach unten, um Essen zu machen, und Betty schickte Julius mal wieder Liebesnachrichten. Die armen Kollegen von Louan, wahrscheinlich bluteten sie schon aus den Ohren. Aber Betty sah so süß und glücklich aus, dass Susanna nichts sagte. Es schadete ihr ja nicht, wenn Betty Nachrichten an Julius schickte. Caro kam mit dem Essen nach oben, und Susanna löffelte Eintopf im Stehen. Ihr machte nichts mehr etwas aus. Sogar wenn sie an Rickmer dachte, empfand sie keine Wut mehr, sondern nur noch eine Mischung aus Mitleid und Gleichgültigkeit.

Allerdings war sie dennoch nicht bereit, ihn einfach so laufen zu lassen, nein, da musste noch was passieren. Sie legte sich in die Koje und war sich sicher, nicht einschlafen zu können, weil es in ihr so tobte und wirbelte, aber merkwürdigerweise dämmerte sie sofort weg und träumte von ihren Töchtern und dann von Louan und dann von Lolli, der mit einem Messer herumfuchtelte und glücklicherweise nur Kartoffeln schälen wollte.

Später segelte Susanna in die Nacht, was wundervoll war. Der Himmel sternenklar, die Temperatur angenehm, die Ruhe zum Heulen schön. Susanna sortierte ihre Gedanken, während die *Subeca* zuverlässig dahinglitt und sie Richtung Bretagne brachte. Als ihre vier Stunden um waren und sie von Betty abgelöst wurde, war sie angenehm schläfrig und döste sofort wieder ein. Es war ein guter, erholsamer Schlaf, und am nächsten Morgen fühlte sie sich wie neugeboren.

»Dir geht es besser«, stellte Caro irgendwann fest, und Betty nickte. »Du hast deine Aggressivität verloren. Das kommt vom guten Sex«, erklärte Betty altklug.

»Wenn du das sagst, wird es wohl stimmen«, sagte Susanna milde. »Falls das aber eine unterschwellige Frage sein sollte: Ja, der Sex mit Louan war gut – nicht nur das, er war sogar großartig, ich hatte noch nie vorher so guten Sex.«

»Ist das nicht merkwürdig, dass wir erst so alt werden mussten, um die richtigen Dinge zu tun?«, meinte Betty. »Ich trenne mich, du hast den besten Sex, und Tom ist genauso süchtig wie Caro, und die beiden werden einander helfen.«

»Das ist wundervoll«, sagte Caro. »Ich habe übrigens überhaupt keine Lust mehr, was zu bestellen. Dieser Drang ist irgendwie weg. Und ich freue mich sehr für dich, Susanna. Wann hattest du denn zum letzten Mal Sex?«

»Keine Ahnung, gefühlt in der Kreidezeit. Das kann man auch gar nicht vergleichen, mit Louan war es magisch.«

»Das ist wegen der Glückshormone«, erklärte Betty altklug. »Die machen was mit unserem Stoffwechsel, irgendwie werden da so Stoffe freigesetzt. Man findet plötzlich alles toll. Na ja, vielleicht nicht alles. Ich zum Beispiel möchte ungern von einem Hai gebissen oder gefressen werden. Letztens ist doch in einem Hai die abgebissene Hand eines Vermissten gefunden worden. Mit Ehering am Finger. Ist das nicht furchtbar!«

»Du immer mit deinen Haien, das scheint ja richtig traumatisierend gewesen zu sein damals mit dem weißen Hai.«

»War es auch. Ich konnte nächtelang nicht schlafen, und als wir auf Klassenfahrt am Bodensee waren, bin ich als Einzige kein Wasserski gefahren. Wegen der Haie.«

»Wegen der Bodenseehaie, stimmt, eine besonders gefährliche Spezies.« Susanna lachte. »Wir hatten alle unseren Spaß, und du hast allein am Ufer gehockt und in der Sonne gebrutzelt.«

»Ich weiß, ich werde deswegen wahrscheinlich irgendwann Hautkrebs bekommen«, mutmaßte Betty. »Jedenfalls freue ich mich für uns alle. Was ist denn das da?« Sie deutete aufs glatte Wasser.

Caro und Susanna folgten mit Blicken ihrem Zeigefinger.

»Äh«, machte Susanna und blinzelte.

»Eine Kegelrobbe?«, mutmaßte Caro unsicher.

»Die haben doch keine Dreiecke auf dem Rücken«, sagte Betty. »Oh, oh, ich gehe tot. Ein Hai, ein Hai!«

»Das kann doch gar nicht sein«, war Susannas Meinung. »Das gibt's doch nicht.«

»Offenbar doch.« Betty war weiß im Gesicht. »Er kommt näher, er schwimmt ums Boot herum. Er hat Hunger. Er will Menschenfleisch.«

»Halt den Mund, Betty«, sagte Susanna. »Uns kann nichts passieren, wir segeln einfach weiter. Werft bitte nichts über Bord.«

Der Hai schwamm nun im Bugwasser der *Subeca*, dann tauchte er plötzlich ab. Betty war erleichtert. »Er schwimmt weg, er will uns nicht, ohoooo, geh weg, geh weg.«

Doch da tauchte er auf der Steuerbordseite wieder auf und schwamm in der gleichen Geschwindigkeit wie die *Subeca*. In dem klaren Wasser konnte man gut erkennen, dass er ziemlich groß war.

»Der ist bestimmt fünf Meter lang«, jammerte Betty. »Wenn der uns rammt!« Und dann sprang der Hai auf einmal aus dem Wasser. Alle drei schrien auf.

»Was sollen wir denn jetzt machen?«, schrie Caro.

»Meine Güte. Gar nichts. Ich glaube, er will nur spielen«, sagte Susanna.

»Spielen? Ich hab noch nie von Haien gehört, die spielen wollen«, greinte Betty. »Haie denken grundsätzlich nur an Nahrungsaufnahme. Wie können wir ihn denn beruhigen? Vielleicht sollten wir ein Liedlein singen.«

»Spinnst du? Ich fang doch jetzt nicht an zu singen«, meckerte Susanna. »Der wird schon abhauen, wenn er merkt, dass hier nichts zu holen ist.«

»Es gibt was zu holen – uns«, bekam sie von Betty erklärt. »Er muss sich nur aufbäumen und dann quer übers Boot werfen, schon kentern wir und sinken, und er kann uns nacheinander verspeisen.«

Der Hai sprang wieder hoch, und dann schlug er mit der Schwanzflosse gegen das Heck der *Subeca*, genau da, wo Caro stand. Die *Subeca* neigte sich etwas zur Seite, und ein Schwall Wasser klatschte übers Deck, woraufhin Caro ausrutschte und dann über Bord ging.

»Neiiiiin!«, schrien Susanna und Betty.

»Das gibt's doch nicht. Wir müssen Caro da rausholen!«, brüllte Betty, und Susanna begann zu weinen. »O mein Gott,

Caro, Caro!« Diesmal war Caro leider nicht unter Deck und schlief, sie tauchte mit schreckverzerrtem Gesicht aus den Tiefen des Meeres auf. »Hillllfääää!«, schrie sie, während der Hai um sie herumschwamm. Und dann war der Hai hinter ihr, und eine Sekunde später sauste Caro durchs Meer, als würde sie in einem Auto sitzen und durch die Gegend rasen.

»Was macht der denn?«, kreischte Betty. »Der Hai entführt Caro.«

Caro kam zurückgeschossen, und der Hai ließ von ihr ab und sprang erneut aus dem Wasser. Diesmal keckerte er dabei.

Er hüpfte um Caro herum und sprang umher, als wären sie zwei Kriegsveteranen, die sich siebzig Jahre nach Kriegsende endlich wiedergetroffen haben.

Caro lachte und hielt sich an einer Flosse fest, woraufhin der Hai wieder losschoss.

»Ist sie verrückt geworden?«, fragte Susanna. »Wieso fasst sie ihn an?«

Der Hai schwamm Schlangenlinien, und Caro freute sich.

Nun kamen sie wieder zurück.

Caro konnte nicht mehr vor Lachen. »Das ist ein Delfin«, gluckste sie. »Darf ich vorstellen: Flipper.«

»Bin ich froh«, sagte Betty. »Ich hätte es nicht gut gefunden, wenn du von einem Hai gefressen worden wärst.«

»Ach echt? Weißt du was: ich auch nicht.« Caro schüttelte den Kopf. Der neue Freund war noch ein bisschen neben ihnen hergeschwommen, aber nachdem niemand mehr ins Wasser kam, um sich von ihm durch die See torpedieren zu lassen, war er beleidigt davongeschwommen.

»So ein süßer Delfin.« Betty konnte sich gar nicht beruhigen. »Wie er gekeckert hat. Hattest du eigentlich Angst, Caro?«

»Wie kommst du denn darauf? Niemand, der mit der Gewissheit über Bord geht, dass da ein meterlanger Hai auf ihn wartet, hat Angst.«

»Jedenfalls ist es gut, dass es ein Delfin war«, stellte Betty fest. »Es wäre auch blöd gewesen, wenn du dann nicht mehr dabei gewesen wärst. Das war ja alles anders geplant.«

»Ich glaube, wir legen uns jetzt alle mal in die Kojen und schlafen ein paar Stunden«, schlug Susanna vor, nachdem sie in Boulogne-sur-Mer angekommen waren und die *Subeca* in der Box festgemacht hatten.

»Eine gute Idee«, sagte Caro, die wirklich müde war. Das alles war doch ein bisschen viel gewesen, Delfin hin oder her. »Ich bin fix und fertig.« Das merkte sie noch mal mehr, nachdem sie sich hingelegt hatte. Innerhalb von drei Sekunden war sie eingeschlafen, und auch Susanna und Betty legten sich hin und dämmerten sofort weg. Eine wunderbare Ruhe legte sich über die *Subeca*. Den Ort konnten sie auch noch später anschauen.

Betty träumte, dass jemand ihren Namen sagte. Wieder und wieder. Betty, Betty, Betty. Elisabeth, wach auf. Nur zwei Menschen sagten Elisabeth: Ihre Mutter, die wahrscheinlich gerade in ihren schottischen Clan einheiratete und …

»Holger?« Betty schoss hoch. »Holger! Meine Güte! Wo kommst du denn plötzlich her?«

»Von zu Hause, Betty. Von zu Hause.«

»Ja, aber …« Sie dankte Gott, dass Julius nicht auch hier war. Nicht auszudenken, wenn beide hier aufgetaucht wären.

»Betty, ich muss mit dir sprechen.«

Sie rieb sich die Augen. »Jetzt? Ich meine, warum? Also,

du weißt doch, dass ich mit Caro und Susa Urlaub mache. Außerdem haben wir doch jeden Tag gewhatsappt.«

»Ja, ja, ich weiß, trotzdem muss ich mit dir reden. Es ist wichtig. Wo sind denn die beiden?«

»Die schlafen auch.« Betty gähnte. »Also, ich verstehe gar nichts.«

Holger sah abgekämpft und müde aus. »Sag mal, woher weißt denn du überhaupt, wo wir sind?«

»Du hast doch mal dieses Find my friends eingerichtet«, sagte Holger, und Betty wurde heiß und kalt. Sie dankte Gott, dass Holger offenbar diese Funktion nicht genutzt hatte, als sie mit Julius im Hotel gewesen war …

Holger saß da und stützte den Kopf in beide Hände. »Außerdem hab ich ein Gespräch gehört. Über dein Handy. Du hast mich wohl versehentlich angerufen, so einen Pocket Call gemacht.«

»Aha. Und was für ein Gespräch?«

»Da waren mehrere Männer, denen hast du von einem Julius erzählt, deiner großen Liebe, und dass du dich von mir trennen willst.«

Betty wurde heiß. Sie sagte nichts.

»Ist das dieser Julius von früher?«, fragte Holger vorsichtig.

Betty nickte. Jetzt war die Zeit der Lügen vorbei. Plötzlich hatte sie ein schrecklich schlechtes Gewissen. Holger saß da wie ein Häufchen Elend. Er wirkte wie ein kleiner Vogel, der aus seinem Nest gefallen war.

Was hatte sie nur alles den beiden Fischern erzählt! Die ganze Geschichte zwischen Julius und ihr. Du liebe Zeit. Wie hatte das nur passieren können, wie blöd war sie denn, ihren Mann versehentlich anzurufen, um dann dämlich loszuplappern.

»Ja, es ist Julius. Julius Barding. Ich liebe ihn, Holger. Er hat sich bei mir gemeldet, wir haben uns getroffen, und … und …«

»Und er ist der Vater von Jan«, vervollständigte Julius den Satz.

Betty dachte, ihr Herz blieb stehen. »Wwwwwwas?«

»Ich weiß es schon lange«, sagte Holger. »Ich hab einen Brief von Julius gefunden. Kurz nach Jans Geburt.«

Einen einzigen Brief hatte Julius ihr geschrieben, in dem er ihr alles Glück der Welt wünschte und hoffte, dass ihr Leben gut werden würde. In dem er geschrieben hatte, dass er ein Konto für den kleinen Jan eingerichtet habe, auf das monatliche Zahlungen geleistet würden. Zu seinem achtzehnten Geburtstag sollte Jan das Geld bekommen, wie sie das so anstellen würden, dass Holger das nicht mitbekäme, das würde man noch sehen.

Eigentlich hatte Betty den Brief vernichten wollen, aber sie brachte es nicht übers Herz. Und so hatte der Brief zwischen ihrer Unterwäsche gelegen, jahrelang gut verborgen, wie sie dachte. Falsch gedacht.

»Warum hast du denn nichts gesagt?«, fragte sie ihren Mann.

Holger sah sie an. Er hatte Tränen in den Augen. »Ich dachte, wenn ich nichts sage, dann ist da auch nichts. Ich wollte so gern eine glückliche Familie. Und die waren wir ja auch.«

Betty nickte. »Ja, das stimmt. Die erste Zeit schon. Wir hätten vielleicht mehr miteinander reden sollen. Dann wäre es vielleicht nicht so gekommen. Andererseits, Holger: Ich liebe Julius wirklich. Ich weiß gar nicht, wie ich es dir erklären soll.«

»Ach Betty.« Holger saß da, verzweifelt und traurig.

»Ich muss dir etwas sagen. Etwas, das du vielleicht jetzt in der Situation gar nicht mehr so schlimm findest.«

»Mir was sagen? Was denn?«

Holger sah sie an. »Erinnerst du dich noch an die netten Fußballeltern, die wir vor einem Jahr oder so bei diesem Spiel im strömenden Regen kennengelernt haben?«

»Anne und Sebastian.« Betty erinnerte sich. Sie hatten zu viert unter einem Schirm gestanden und gelacht, Bier getrunken und Spaß gehabt. Anne und Sebastian waren die Eltern von David, einem Jungen der gegnerischen Mannschaft. Man war sich sympathisch gewesen und hatte sich danach hin und wieder bei Spielen getroffen, gegrüßt, ein Bier getrunken, ein Stück Kuchen gegessen. Nette Leute, keine Frage.

»Willst du mir nun sagen, dass du ein Verhältnis mit Anne hast?«, fragte Betty vorsichtig.

»Nein.« Holger schüttelte den Kopf. »Mit Sebastian. Wir wollen zusammenziehen und gemeinsam unser Leben verbringen.«

29

Betty starrte ihren Mann an. Sie versuchte, sich zu sortieren.

»Du bist schwul?«, fragte sie dann, und Holger nickte.

»Ich bin so verliebt, Betty, ich glaube, mittlerweile liebe ich Sebastian sogar. Ich bin so froh, dass das mit Julius und dir nun so ist, wie es ist, ich bin froh, dass ich das Telefonat mit angehört habe, das du mit den beiden Männern da geführt hast, ich bin froh über alles. Auch dass ich jetzt hier bin und wir reden können.«

»Ja, aber ...«, sagte Betty. »Wie kann man denn plötzlich schwul werden?«

»Ich glaube, ich war es schon immer«, gestand Holger ihr, und nun sah er gar nicht mehr traurig aus. »Aber wie das so ist, man verdrängt solche Gedanken und will ein guter Familienvater sein. Man versucht, ein ordentliches, vermeintlich anständiges Leben zu führen. Mann, Frau, Kinder. Alles gut.«

»Ja, aber . .«, sagte Betty. »Wie kann man denn ... ich meine, wann hast du das mit Sebastian denn gemerkt?«

»Weißt du noch, als wir unter diesem kleinen Schirm standen auf dem Turnier?«

Sie nickte.

»Diese Nähe, die hat mich irritiert. Und dann hat Basti mich angesehen. So intensiv. Da hab ich es plötzlich gewusst.«

»Basti«, sagte Betty. »Aha.«

»Freust du dich denn nicht für mich? Ich freue mich doch auch für dich!« Holger war ganz aufgeregt. »Du, wir kriegen das alles hin. So patchworkmäßig.«

»Weiß Bastis Frau es denn schon?«

»Anne? Nein. Das steht Basti noch bevor. Aber er glaubt nicht, dass es große Probleme geben wird, denn Anne hat auch einen Liebhaber.«

»Na dann.« Betty wusste nicht, was sie sonst sagen sollte.

»Wir sind dann einfach eine große Familie«, sagte Holger froh. »An Weihnachten sitzen wir alle um einen Tisch, die Kinder verstehen sich gut, und wir machen uns gegenseitig Geschenke. Wir sind immer füreinander da, es wird keine schmutzige Wäsche gewaschen.«

»Na dann.« Warum fiel ihr nichts Besseres ein?

Plötzlich musste Betty lachen. Sie sah Holger an und prustete los, und er lachte mit. Sie lachten so laut, dass Caro und Susanna aufwachten und zu ihnen kamen. Betty bekam kaum noch Luft.

»Holger?« Susanna verstand gar nichts. »Du hier? Wie kommt das?«

»Wir haben gerade über unsere Lebenspläne gesprochen«, sagte Betty. »Und die passen plötzlich ganz hervorragend zusammen.«

»Holger schwul. Das hätte ich nicht gedacht. Er wirkte auf mich immer wie der personifizierte Familienvater.« Caro schüttelte den Kopf. »Aber es ist so, wie es ist. Du kannst froh sein, Betty.«

»Bin ich auch.« Holger war wieder weggefahren. Er hatte Basti sogar mitgebracht, und nun waren die beiden Turteltäubchen in einem Hotel in der Nähe, während Holgers Mutter zu Hause in der Wohnung auf die Kinder aufpasste, Wäsche wusch und mal wieder »Grund in alles reinbrachte«.

»Andererseits ist es ja nicht gerade ruhmreich, wenn der Ehemann einen für einen anderen Mann verlässt«, sagte Susanna. »Trotzdem hat sich jetzt für euch alles geklärt. Und für dich auch, Caro. Nur für mich nicht. Ich ...«

Ihr Handy klingelte.

»Das ist Lolli«, sagte Susanna.

»Los, geh ran«, bat Caro. »Schnell, schnell!«

»Ja«, sagte Susanna ins iPhone. »Mmmhmmm, aha, mmmhmmm, oha, uff, irks, oh! Ja, das ist bestimmt nicht so schlimm. Ach, das macht nichts, Lolli. Da hast du recht. Und jetzt? Gut. Gut. Gut. Ja, dir auch. Tschüs.« Sie legte auf.

»Es ist wohl besser, wenn wir die Reise abbrechen«, sagte sie zu ihren Freundinnen.

»Wieso denn das?«

»Dieser Lolli hat versucht, mit Rickmer zu sprechen, und ihm quasi Konsequenzen und Sanktionen angedroht, wenn er seine Anschuldigungen gegen mich nicht zurücknimmt«, erklärte Susanna den Freundinnen.

»Und?«, fragten Betty und Caro gleichzeitig.

»Rickmer muss wohl sehr arrogant reagiert haben, was mich nicht weiter verwundert, woraufhin Lolli kurzen Prozess gemacht hat, wie er sagte. Gemeinsam mit einem Kiezfreund, Oscar, ein komischer Kauz, sagt Lolli, der Alligatoren als Haustiere hält, hat er Rickmer wegen Drogenbesitzes in den Knast gebracht.«

»Rickmer und Drogen! Ein Wahnsinn«, sagte Betty ehrfürchtig.

»Rickmer hat überhaupt nichts mit Drogen zu tun«, sagte Susanna. »Das hat Lolli mit diesem Oscar doch bloß eingefädelt, um ihm zu zeigen, dass es so nicht geht! Echt, Betty, du immer.«

»Oh«, machte Betty. »Und nun?«

»Oscar kennt wohl ziemlich viele Leute, auch Gefängnispersonal.«

»Und?«, fragte Caro.

»Das heißt, dass er das ein bisschen steuern kann, wie lange Rickmer in Haft bleibt und wie er dort behandelt wird.«

»Um Gottes willen, du lässt deinen Mann wohl nicht foltern oder in Dunkelhaft stecken, in ein Loch voller Ratten, an den Wänden läuft das Wasser in Rinnsalen herunter, die Luft ist stickig, und zu essen kriegt er nur verschimmeltes Brot und mit Colibakterien vergiftetes Wasser!«, regte Betty sich auf.

»Meine Güte, Betty, wir sind ja nicht in Alcatraz oder in einem Knast im Iran«, sagte Susanna. »Es geht darum, dass Rickmer seine Anschuldigungen mir gegenüber zurücknimmt.«

»Er nimmt sich bestimmt einen Anwalt. Einen guten. Und er hat doch diesen Herrn Petrosilius«, jammerte Betty. »Der ist bestimmt knallhart.«

»Du meinst Herrn Kornelius«, wurde sie korrigiert.

»Petrosilius Zwackelmann war jemand beim Räuber Hotzenplotz«, sagte Caro.

»Ist doch egal«, sagte Betty. »Jedenfalls ist der ja knallhart. Was sind das überhaupt für komische Abläufe? Wieso muss Lolli sich mit einem Mann, der Alligatoren hat, darum kümmern? Kann man das nicht zivilisiert regeln? Kannst du dir nicht einfach einen neuen Anwalt nehmen, Susa, und dann gehen die Dinge ihren Gang?«

»Könnte ich, will ich aber nicht«, sagte Susanna. »Weil Rickmer nicht blöd ist. Der hat mit Sicherheit alles so arrangiert, dass ich überhaupt nichts kriege, und wenn da nichts ist, kann ich auch nichts holen, Anwalt hin oder her. Es läuft ja alles auf ihn. Und diese Marigold ist ihm bestimmt eine sehr gute Beraterin. Wie ich dieses Weib hasse, ich könnte sie vierteilen und davor teeren und federn und dann …«

Caro hob die Hand. »Um diese Marigold geht es jetzt nicht«, sagte sie. »Was schlägt Lolli vor, oder Oscar?«

»Dass ich nach Hamburg komme und wir gemeinsam zu Rickmer gehen«, sagte Susanna. »Um ihn zur Rede zu stellen und ihn dazu zu bringen, alles zurückzunehmen.«

»Und dann?«, fragte Betty.

»Dann sehen wir weiter. Ich weiß ja nicht, ob er es tut«, erklärte Susanna. »Wisst ihr was? Ich schlag euch was vor: Wir fliegen von hier aus zurück, klären die Dinge, und dann segeln wir weiter. Was haltet ihr davon?«

Caro und Betty dachten nach.

»Wenn alles geklärt ist, machen wir einfach ab hier weiter!«, fuhr Susanna fort.

»Man weiß doch, wie das ist, das sagt man dann, und dann macht man es doch nicht«, lautete Caros Einwand.

»Nein. Ich finde, Susanna hat recht.« Betty nickte. »Bis hierhin sind wir zusammen gegangen, jetzt müssen wir eine Weile auseinandergehen und unsere Sachen regeln. Dann kommen wir wieder hierher und setzen unsere Reise fort.«

»Ich finde es irgendwie komisch, jetzt allein nach Haus zu fliegen«, sagte Caro. »Obwohl ich natürlich sehr froh darüber bin, wie sich mit Tom alles gefügt hat. Wir werden gemeinsam einen Therapeuten …«

»Ja, Caro, das wissen wir ja schon«, unterbrach Susanna sie. »Und ich bin gespannt, was mich in Hamburg erwartet.« Sie seufzte. »Und Holger und du, Betty, ihr müsst es Jan und Lisa sagen.«

»Ich hoffe, sie nehmen es halbwegs gut auf. Man bekommt nicht alle Tage gesagt, dass der Vater sich in einen Mann verknallt hat und auch gar nicht der Vater ist. Jedenfalls nicht Jans.«

»Ich weiß gar nicht, ob wir ihm das erzählen«, sagte Betty.

»Ich glaube, es reicht erst mal, beide von der Trennung in Kenntnis zu setzen. Dieser Basti muss es ja auch noch seiner Frau sagen, aber wenn die auch einen anderen hat, dürfte das nicht so schlimm sein.«

»Ach, ach«, sagte Caro. »Ich will gar nicht zurück.«

»Die ganze Zeit erzählst du uns, wie toll das wird mit Tom, und jetzt willst du nicht zurück, du bist auch eine Eule.« Susanna lachte. »Ich schau mal nach Flügen.«

30

Susanna saß da und starrte die beiden Männer an, die vor ihr saßen. Sie befanden sich in einer der übelsten Kneipen auf dem Kiez, im Elbschlosskeller. Am Tisch neben ihr schlief ein Pärchen seinen Rausch von irgendwann aus, der Tisch, an dem sie saßen, war klebrig von Bier und Schnaps, und Susanna fragte sich, ob das so eine gute Idee war, und das aus zwei Gründen:

Lolli war ein ungefähr drei Meter großer, tätowierter Schlachtermeister mit einem großen Ring in der Nase, einem Bullenring, wie er stolz erzählte. Er trug eine Art Badeanzug, den Männer in den 1930er-Jahren trugen, dazu Lederstiefel und einen Pelzmantel. Seine Haare hatte er entweder irgendwo verloren oder verkauft oder abrasiert, jedenfalls waren auf seinem Kopf keine mehr. Aber das Schlimmste: Lolli war, seit sie sich getroffen hatten, außer sich, weil er keine Leben mehr für Candy Crush hatte.

»Diese Arschkrampen wollen natürlich, dass ich mir Leben kaufe, diese Fickfrösche«, sagte er wütend. »Aber nicht mit Lolli. Ich muss halt warten, bis ich wieder Leben habe.« Ununterbrochen glotzte er auf sein Smartphone und ging dann herum, um Leute zu bitten, ihm Leben zu schicken, was aber irgendwie nur ging, wenn die auch Candy Crush spielten, was aber die wenigsten im Elbschlosskeller taten. Die meisten saßen oder lagen da und tranken oder schliefen oder erzählten dem Wirt oder jemand anderem ihre traurige Lebensgeschichte, in der mindestens eine Scheidung und mindestens ein großer Schuldenberg vorkamen. Und immer hatten die anderen Schuld.

Dann Oscar. Ein Halbkubaner, der heute sehr müde war, weil er die ganze Nacht Doris-Day-Filme geguckt hatte. Er brauche diese Konstante in seinem Leben. Filme mit Happy End. Tote gab es ja tagsüber schon genug. Es gab aber auch Filme, sagte er, die würden ihn fertigmachen. *Sissi* zum Beispiel, *Doktor Schiwago* oder *Vom Winde verweht*. Das könne man ja niemandem zumuten. Susanna hoffte inständig, dass Betty und Oscar sich nie kennenlernen würden. Beide würden nur noch über Filme sprechen und gemeinsam weinen.

Außerdem kämpfte einer von Oscars Alligatoren mit einer beginnenden Erkältung und verweigerte die lebenden Kaninchen, was ein schlechtes Zeichen war. Er konnte das Tier auch nicht so lange allein lassen, der Alligator flippte aus, wenn man sich nicht um ihn kümmerte.

»Wir gehen jetzt zu ihm«, sagte Lolli. »Und versuchen es noch mal im Guten. Wenn nicht …«

»… machen wir kurzen Prozess«, sagte Oscar ernst.

»Was meinen Sie denn damit?« Susanna wurde hellhörig. Sie wollte ungern auch in Haft.

»Ahahahahaaaa«, machte Oscar und schlug auf den Tisch.

»Haste das gehört, Lolli? Haste das gehört?«

»Ahahahahaaaaahaaaaa!«, machte nun auch Lolli, und die beiden taten nun so, als würden sie sich die Schenkel blutig schlagen.

Susanna schloss kurz die Augen. Es half nichts. Da musste sie jetzt durch. Hätte sie doch bloß nie mit Hanno auf Helgoland über Rickmer gesprochen.

»Was ist denn so komisch?«, fragte sie nun.

»Sie!«, rief Oscar. »Du hast Sie zu mir gesagt.« Er konnte sich kaum beruhigen. »Das hat seit fünfzig Jahren niemand mehr zu mir gesagt. Nur mein Strafverteidiger und die Richter. Hihi.«

Susanna beschloss, nicht weiter auf diese Informationen einzugehen »Gehen wir«, sagte sie, stand auf und wollte am Tresen zahlen, doch der Wirt winkte ab. »Macht Oscar.«

Auch gut.

Während sie in Lollis klapprigem Jaguar nach Fuhlsbüttel fuhren, wünschte sich Susanna sehnlichst Betty und Caro herbei. Zu dritt wäre es irgendwie einfacher gewesen.

Die Freundinnen fehlten ihr. Nachdem sie sich am Flughafen in Paris verabschiedet hatten, um nach Hamburg, Frankfurt und München zu fliegen, kam es Susanna vor, als hätte man ihr was amputiert. Sie wollte schnell alles zu Ende bringen und dann zurück.

Auch zu Louan.

Plötzlich freute sie sich richtig auf das Treffen mit Rickmer. Sie würde ihm zeigen, wo der Hase lang lief. Es wurde Zeit, dass ihr Mann mal merkte, dass er sich nicht alles erlauben konnte, wobei: Er saß ja schon in Haft.

»Weiß er denn, dass ich komme?«, fragte sie Oscar, der neben Lolli saß.

»Nö«, antwortete der, während Lolli im ersten Gang versuchte, auf fünfzig zu beschleunigen. »Ich bin Automatik gewöhnt«, entschuldigte er sich.

»Automatikwaffen«, keckerte Oscar, und Susanna sagte nichts und beschloss, nichts mehr zu fragen. Sie hoffte nur, dass die beiden wussten, was sie taten, während Lolli über eine rote Ampel fuhr und einen Radfahrer leicht streifte.

Alles würde gut werden, alles. Irgendwie.

Und dann würde sie mit Betty und Caro die unterbrochene Reise fortsetzen.

Als Caro aus dem Sicherheitsbereich des Flughafens kam, stand Tom schon da und winkte ihr zu wie ein Parkinsonkranker im Endstadium. »CARO, CARO!« Er hüpfte herum und wedelte mit einer roten Rose herum.

Caros Herz klopfte. Sie war so froh, ihn zu sehen, so froh, dass sie beide gemeinsam die Dinge angehen würden. Sie rannte auf Tom zu und umarmte ihn fest, und sie fühlte sich zum ersten Mal seit langer Zeit wieder mal geborgen. Wie hatte sie ihren Mann nur so hintergehen können!

Aber er hatte sich ja auch nicht gerade mit Ruhm bekleckert.

»Ich bin so froh, Caro, dass du wieder da bist, so froh«, sagte Tom und küsste sie.

»Ich auch, Tom, ich auch«, sagte sie nur und schloss die Augen. Alles würde gut werden.

»Jetzt gehen wir erst mal was essen«, sagte Tom fröhlich.

»Ich habe nämlich beim Spielen dreitausend Euro gewonnen!«

München

»Aha«, sagte Jan.

»Oh«, sagte Lisa.

Sie saßen mit ihren Eltern zusammen und hatten gerade erfahren, dass die Mutter vorhatte, nach Berlin zu ziehen, und der Vater schwul war.

»Hoffentlich ist das jetzt nicht zu viel für euch«, sagte Betty besorgt und trank einen Schluck Tee.

»Ach, Unsinn«, sagte Jan. »Meine Mutter ist frisch verliebt in ihren Jugendfreund, mein Vater ist in den Vater meines Fußballkumpels verknallt, und wenn wir wollen, können wir mit Mama nach Berlin ziehen oder aber mit Papa und seinem Mann hier wohnen. Das ist doch nicht zu viel auf einmal. Mann. Was denkt ihr denn?«

»Dass es zu viel ist«, sagte Betty. »Ihr sagt ja nichts außer Oh und Aha.«

»Na ja, natürlich ist das ein bisschen viel«, sagte Jan. »Sollen wir herumhüpfen und Juhu schreien?«

»Natürlich nicht.« Holger war das alles unangenehm. »Natürlich braucht ihr Zeit, um das zu verdauen.«

»Ich will nicht nach Berlin«, sagte Jan. »Ich will hierbleiben.«

»Darüber können wir doch noch sprechen, da ist ja noch gar nichts klar«, entgegnete Betty. »Uns ist erst mal wichtig, dass ihr es halbwegs gut aufnehmt und uns nicht böse seid.«

Jan und Lisa sahen sie abwechselnd an, dann mussten sie plötzlich beide anfangen zu lachen.

»Was ist denn jetzt so komisch?«, fragte Betty.

»Wie ihr dasitzt«, erklärte Lisa. »Wie so Zwölfjährige, die ihren Eltern erzählen müssen, dass sie 'ne Sechs geschrieben haben.«

»Basti lebt vegan«, sagte Holger zu seiner Tochter und war sichtlich stolz.

»Na, dann ist ja alles in Ordnung«, sagte Lisa. »Das ist wirklich süß von dir, Papa. Aber es wäre auch völlig in Ordnung, wenn Basti gern Schnitzel isst.«

»Es ist ja euer Leben«, sagte Jan ernst. »Ihr sollt ja genau so glücklich sein, wie ihr wollt, dass wir es sind. Außerdem sind wir ja nicht blöd.«

»Wir haben schon lange gemerkt, dass mit euch nicht mehr alles so wahnsinnig gut läuft.«

Betty konnte es kaum glauben. »Ihr seid wirklich toll«, sagte sie dann zu ihren Kindern. »So erwachsen.«

»Irgendjemand muss es ja sein«, nickte Jan. »Und jetzt hätte ich gern ein kaltes Bier.«

Hamburg

Susanna saß in dem karg eingerichteten Besucherzimmer, nachdem sie am Gefängniseingang auf mögliche Waffen oder andere Mitbringsel kontrolliert worden war.

Gute Güte, war das niederschmetternd hier. Aber, dachte Susanna, das war ja auch kein Wellnesstempel, und eine Massage bekam man hier wohl auch nur in Form einer Kopfnuss von Mitinsassen, aber darum ging es ja nun auch gar nicht. Lolli und Oscar standen neben ihr und waren voller Vorfreude.

»Pass auf, der ist klein mit Hut«, sagte Lolli nun grinsend, und da ging dann auch schon die Tür auf, und Rickmer betrat in Begleitung eines Aufsehers das Besucherzimmer. Er sah ziemlich mitgenommen aus. Zwar trug Rickmer seine zivile Kleidung, aber die war ganz offensichtlich lange nicht gewaschen worden und zerknittert. Rickmer hasste es, unordentlich auszusehen. Er war sonst immer tiptop gekleidet, nie war ein Stäubchen zu sehen, ein ungebügeltes Hemd würde er nie anziehen. Man sah, dass er lange nicht beim Friseur gewesen war.

Plötzlich tat er Susanna leid, wie er da so ankam und auf den Boden schaute.

Und dann sah er sie.

»Susanna.« Er blickte sie an, kam näher und setzte sich. Er sah verwirrt aus.

»Du weißt es also.«

»Ja, ich weiß es.« Sie nickte.

Jetzt erst schien er Lolli und Oscar zu bemerken. »Haben die was damit zu tun? Susanna, ich und Drogen! Ich hatte doch nie was mit Drogen zu tun.«

»Ja, die haben was damit zu tun«, sagte Susanna. »Also nicht die Drogen, sondern diese beiden Herren.«

»Also, ich verstehe gar nichts. Auf einmal wurde ich verhaftet. Was ist eigentlich los?«, fragte Rickmer und fuhr sich durch die Haare.

»Das wurde dir bereits gesagt, mein Freund«, erklärte Lolli. »Jetzt tu nicht so, als wüsstest du von nichts.«

Mit waidwundem Blick wurde nun Susanna angesehen.

»Ja, das stimmt. Ach, Susanna, ich habe einen Fehler gemacht. Nein, nicht einen, viele. Es tut mir so leid. Ich wollte, ich könnte alles ungeschehen machen. Das mit Marigold, das war wohl ein Fehler. Sie ist ... sie ist ...«

»Lass mich raten, sie ist noch gar nicht hier gewesen«, sagte Susanna, und Rickmer nickte.

»Ich dachte ... also ich denke ... also Susanna, ich weiß gar nicht, wie ich es sagen soll.« Er schaute jetzt wie ein angeschossener Hirsch. »Vielleicht haben wir ja noch eine Chance.«

»Ach, auf einmal?«, fragte Susanna. »Da haben wir eine Chance. Interessant. Wenn dir das Wasser bis zum Hals steht, da gibt es plötzlich Möglichkeiten. Sag mal, Rickmer, hast du mich eigentlich jemals geliebt?«

Er sah sie nun mit großen Augen an. »Was ist denn das für eine Frage?«

»Eine ganz normale«, polterte Oscar los.

Rickmer sagte gar nichts.

»Ich warte«, sagte Susanna.

»Ich weiß nicht, ob ich es getan habe«, sagte Rickmer nun. »Aber ich weiß, dass ich es hätte tun müssen. Gerade eben, glaub es oder nicht, merke ich, was für ein Vollidiot ich bin. Und war. Du hast dich irgendwie verändert in der kurzen Zeit, Susanna.«

»Ich sehe klar«, sagte Susanna und hatte das Gefühl, dass Betty und Caro ihr aus Bad Homburg und München Kraft schicken würden.

»Also, ich sehe klarer als all die Jahre vorher.«

»Das wurde auch Zeit, glaube ich«, sagte Lolli giftig. »Ich kann Typen wie dich nicht ausstehen«, sagte er dann zu Rickmer.

»Meinst du, wir könnten es noch mal miteinander versuchen?«, fragte Rickmer scheu. »Wir könnten uns neu kennenlernen und probieren, eine richtige Ehe zu führen und ...«

»Ich dachte ehrlich gesagt, dass wir eine richtige Ehe geführt haben. Ich dachte nicht, dass du das so derart anders gesehen hast, Rickmer.« Susanna war fassungslos.

»Du lässt dich hier jetzt nicht einlullen«, polterte Oscar los. »Kreaturen wie den kenne ich. Kaum hat er, was er will, zeigt er wieder sein wahres Gesicht.«

Rickmer sah Susanna nur an. »Hilf mir, hier herauszukommen«, sagte er dann. »Und wir fangen von vorn an. Wir könnten auf die Seychellen fliegen oder nach Kenia. Du wolltest doch schon immer in die Serengeti.«

Lolli nickte dem Aufseher zu, der das Ganze fast amüsiert verfolgte. Er drehte sich nun um und ging Richtung Tür.

»Ich habe auf vieles Lust«, sagte Susanna. »Aber ganz sicher nicht darauf, jetzt eine Safari zu machen. Und interessiert es dich denn gar nicht, warum du denn nun wirklich hier in der Untersuchungshaft bist?«

»Das wäre der nächste Punkt, ich habe natürlich schon versucht, Doktor Kornelius zu erreichen. Aber er rührt sich nicht. Ich ... vielleicht kannst du dich ja kümmern, ich ...«

»Sie kümmert sich um gar nichts«, unterbrach ihn Lolli. »Sie hat sich viel zu lange um alles gekümmert. Ach, da bist du ja.« Er sah zur Tür. Ein großer weißhaariger Mann betrat den Raum. Susanna hatte das untrügliche Gefühl, dass dieser

Mann genau wusste, was er wollte, und vor allen Dingen auch, wie man es bekam.

»Darf ich vorstellen: Vlad Romanescu«, sagte Oscar. »Langjähriger Freund, Rechtsanwalt und sehr korrekt. In allem.«

»Alo«, sagte Vlad und sah mit stechenden dunklen Augen in die Runde. »Ig habe untersiedlig Sag vorbereitet.« Er zog Papierstapel aus einer teuer aussehenden Aktentasche. »Genau genomm es fehlen nur einige Untersriften. Han isch Kreuze gemagt.«

»Was soll das?«, fragte Rickmer.

»Mit deinen Unterschriften nimmst du alle Vorwürfe gegen deine Frau zurück, und das gemeinsame Vermögen wird gerecht aufgeteilt. Alle Gelder, die deine Frau in deine Firma gesteckt hat, also in die gemeinsame, werden ihr zurückerstattet. Weiterhin wird ihr das Haus übertragen. Die Details stehen in diesen Unterlagen.« Lolli war ganz geschäftstüchtig, und Vlad nickte.

Rickmer sah fassungslos in die Runde. »Und wenn ich …«

»… das nicht unterschreibe?« Oscar machte Geräusche wie ein Ferkel, das sich über irgendwas freute.

»Dann heißt es tschüs und auf Wiedersehen, oder auf Nimmerwiedersehen. Die Einzelheiten kann Vlad dir dann gern erklären.«

»Mag ig gern«, sagte Vlad.

Rickmer blickte nun von einem zum anderen, zum Schluss sah er Susanna an.

»Du lässt mich verhaften und ins Gefängnis bringen, und willst mich zwingen, dubiose Unterlagen zu unterschreiben. Das hätte ich nie von dir gedacht. Dass du nur deinen Vorteil siehst.«

»Wie bitte?« Susanna dachte, nicht richtig zu hören. »Ach,

ich hab vergessen, dass das Wort Vorteil dir natürlich ganz fremd ist. Deswegen hast du auch diesen Doktor Kornelius auf mich gehetzt.«

»Das ist doch normal bei einer Trennung.«

»Ach, tatsächlich? Auch dass ich angeblich trinke und du Angst vor mir hast, wenn ich alkoholisiert bin.«

Rickmer sagte gar nichts mehr.

»Untersreib«, sagte Vlad. »Muss ig weg zu andere Kund.«

Rickmers Augen verengten sich zu Schlitzen. »Du Mistkuh«, sagte er dann. »Das zahl ich dir heim.«

»Ich sag das jetzt nur einmal«, sagte Lolli. »Einmal, das aber mit Nachdruck. Sollte deiner Nochehefrau irgendetwas passieren, wir finden dich, du jämmerliches Würstchen. Und dann ist Vlad nicht mehr so freundlich wie heute.«

Vlad nickte fröhlich. »Kann Vlad aug anders sein«, trällerte er. »Besser untersreib, sonst nigt gut Kirsch ess mit Vlad.«

Rickmer zog die Unterlagen zu sich, nahm den Stift, den Vlad ihm freundlich reichte, und unterschrieb da, wo die Kreuzchen waren.

»Danke schön.« Susanna stand auf.

»Und nun, kann ich jetzt dieses Gefängnis verlassen?«, fragte Rickmer. »Ihr steckt doch mit denen hier unter einer Decke.«

»Ich hatte mir vorhin überlegt, dass wir dich gleich heute gehen lassen«, ließ Oscar ihn wissen. »Nach diesem Gespräch allerdings finde ich, dass er noch ein paar Tage bleibt, oder was meinst du, Lolli?«

Lolli nickte, und auch Vlad schien von dem Gedanken angetan zu sein.

»Wo soll er denn eigentlich dann hin?«, fragte Susanna, die sich immer noch verantwortlich fühlte.

»Typen wie er fallen immer wieder auf die Füße«, sagte

Lolli weise, während Rickmer aufstand, Susanna hasserfüllt ansah und dann den Raum verließ.

Bad Homburg

»Das ist nicht witzig«, sagte Caro zum zehnten oder elften Mal. »Ich hab fast einen Herzschlag bekommen.«

»Ich werde ja wohl noch einen Scherz machen können. Im Ernst, Caro. Es wird nicht einfach werden. Für uns beide nicht. Und ich hab wirklich drüber nachgedacht, noch mal zu spielen, nur ein einziges Mal. Aber ich hab mich gezwungen, es nicht zu tun.«

»Und ich hatte merkwürdigerweise auch nicht das Bedürfnis, sinnlosen Kram zu bestellen«, sagte Caro. »Aber ich glaube, das ist so was wie eine Anfangseuphorie. Ich vermute, das wird sich wieder ändern, Sucht ist Sucht. Wir müssen …«

»… einen Therapeuten suchen. Hab ich schon«, erklärte Tom. »Morgen ist unser erster Termin. Weißt du was, Caro? Ich freue mich richtig darauf, mit dir an unserem Leben zu arbeiten.«

»Ich mich auch«, sagte Caro. »Ich mich auch, Tom.«

Vier Wochen später

»Auf die Liebe, das Leben, die Krisen und die Lösungen. Und vor allen Dingen: auf die Freundschaft.« Susanna hob das Glas, und Betty und Caro taten es ihr nach.

Sie saßen auf der *Subeca*. Was zu regeln war, hatten sie geregelt. Nun noch diese Auszeit, dann ging es weiter.

Caro und Tom hatten eine Therapie begonnen.

Ob Jan und Lisa mit nach Berlin ziehen oder lieber bei

Holger und Basti bleiben würden, war noch nicht klar. Bastis Frau, mit der Betty sich getroffen hatte, war erstaunlich gefasst gewesen. »So was hab ich mir schon gedacht«, hatte sie gesagt.

Rickmer war in eine kleine Wohnung gezogen und hatte nicht den geringsten Versuch unternommen, etwas gegen Susanna zu unternehmen. Philippa und Desiree hatten die Nachricht von der Trennung ihrer Eltern sehr gefasst hingenommen. Sie waren so aufgeregt wegen ihres eigenen Lebens und des bevorstehenden Umzugs ins Internat, dass sie kaum Interesse an etwas anderem hatten. Für sie beide würde sich sowieso nicht viel ändern. Der Vater war ja kaum zu Hause gewesen, und nun mussten sie ihn eben besuchen, wenn sie ihn sehen wollten.

»Ich bin wirklich froh, dass wir uns haben«, sagte Caro. »Und ich möchte euch danken. Ich glaub, ohne euch wäre irgendwie gar nichts passiert bei mir.«

»Geht mir doch genauso«, sagte Betty und lächelte die Freundinnen an.

»Halten wir fest, dass es gut ist, dass es unsere Freundschaft gibt«, fasste Susanna zusammen. »Und nun trinkt! So einen guten Champagner kriegt ihr nicht alle Tage!«

Sie tranken.

»Morgen geht's früh los«, erklärte Susanna. »Es soll später ziemlich stürmisch werden. Oder wir machen noch einen Hafentag. So oder so«, sie lachte den Freundinnen zu. »Es ist doch so wie immer bei Sturm, egal, wo: Das legt sich wieder!«